PARIS 2041

PARIS 2041

EZEQUIEL SZAFIR

Traduit par Marjorie Gouzee

CAUTE PUBLISHING
AMSTERDAM

Paris 2041
1ère édition en espagnol : mai 2015
1ère édition en français : février 2023

Publié par Caute Publishing, Amsterdam.
ISBN : 978-0-9906049-6-9

Traduit de l'original en espagnol par : Marjorie Gouzee
Photo de couverture : 61365773 © Skypixel | Dreamstime.com

Avertissement : Il s'agit d'une œuvre de fiction. Les noms, les personnages, les
événements et les incidents sont les produits de l'imagination de l'auteur. Toute
ressemblance avec des personnes réelles, vivantes ou décédées, ou des événements
réels est purement fortuite.

Pour ma mère, Raquel,
qui aime Paris,
les livres et la liberté.

« Cela doit-il être ? Cela doit être ! »

Ludwig van Beethoven
Note manuscrite sur la partition originale de son
Quatuor à cordes n° 16 en Fa majeur, Opus 135
Mouvement « Une décision difficile »
Octobre 1826

« Pardonnez-moi si je vous dis que je ne m'attendais pas à ce que, 120 ans après le cas Dreyfus et 70 ans après l'Holocauste, le cri de « Mort aux juifs » s'entende une fois de plus dans les rues de France et d'Allemagne. »

Rabbin Lord Sacks
Discours à la Chambre des Lords, Royaume-Uni
24 juillet 2014

« Je me suis souvent étonné de voir des hommes qui professent la religion chrétienne, religion d'amour, de bonheur, de paix, de continence, de bonne foi, se combattre les uns les autres avec une telle violence et se poursuivre d'une haine si farouche, que c'est bien plutôt par ces traits qu'on distingue leur religion que par les caractères que je disais tout à l'heure. Car les choses en sont venues au point que personne ne peut guère plus distinguer un chrétien d'un Turc, d'un Juif, d'un païen que par la forme extérieure et le vêtement, ou bien en sachant quelle église il fréquente. »

***

« Puis, je montre que le Verbe de Dieu n'a pas révélé un certain nombre de livres, mais seulement cette idée si simple, où se résolvent toutes les inspirations divines des prophètes, qu'il faut obéir à Dieu d'un cœur pur, c'est-à-dire en pratiquant la justice et la charité. »

***

« En outre, puisque les hommes ont des complexions différentes et que l'un se satisfait mieux de telles opinions, l'autre de telles autres, que ce qui est objet de religieux respect pour celui-ci, excite le rire de celui-là, je conclus encore qu'il faut laisser à chacun la liberté de son jugement et le pouvoir d'interpréter selon sa complexion les fondements de la foi, et juger de la foi de chacun selon ses œuvres seulement, se demandant si elles sont conformes ou non à la piété. »

***

« On ne pourrait détruire cette liberté sans péril pour la paix publique et sans dommage pour l'État. »

Baruch Spinoza
Traité théologicopolitique (1670)

Paris, octobre 2041

Année du coq selon le calendrier chinois

- 1 -

« Il semble qu'on planifie plus en automne qu'à n'importe quelle autre saison. Cela a à voir avec la mort, peut-être. On pense à la mort et, automatiquement, on planifie. »

Ray Bradbury, Le terrain de Jeu, 1953

En ce mois d'octobre 2041, l'automne condamnait les Parisiens à une bruine constante, aussi fine que glacée. Paris semblait en permanence enveloppée d'un manteau de brouillard qui cernait chaque réverbère d'une auréole, comme les saints des peintures médiévales. Les rues, vides, n'étaient explorées que par les drones qui les survolaient à basse altitude.

Antoine sortit de chez lui et, à l'instant même où il ouvrit la porte, il sentit sur son visage l'air froid, si froid qu'il en eût un moment le souffle coupé. Il remonta le col de sa veste, regarda aux alentours et discerna à gauche la Tour Eiffel comme enfouie dans les nuages. Au sommet de la tour, un faisceau de lumière traversait le ciel, transformant la ville entière en camp de détenus, en gigantesque prison. L'obscurité lui permettait à peine de deviner la silhouette des arbres déjà nus et, au loin, les lumières d'une avenue.

Paris était déserte ; les persiennes, baissées. Un bruit de fond monotone se faisait entendre, comme si quelqu'un frappait à un rythme régulier contre une porte en bois. Toujours plus fort, toujours plus proche. Mais Antoine n'avait pas besoin de lever les yeux pour en trouver la source. Comme tous les Parisiens, il connaissait ce bruit, enfoui dans sa mémoire ; c'était le son sourd de l'air frappant le petit fuselage d'un hélicoptère inhabité, un drone, volant à basse altitude au-dessus du trottoir, si proche qu'il dût baisser la tête pour l'éviter. Il fixa du regard l'avant de l'appareil et put voir la petite caméra tourner et le filmer ; mais ça ne le dérangeait pas, les drones appartenaient déjà au quotidien des Français.

Antoine attendit devant une vitrine que l'appareil s'éloigne. Il vit son propre reflet sur la vitre et, derrière lui, les lumières bleues et rouges de l'hélicoptère immobile. Il reprit sa marche jusqu'à ne plus entendre son bruit. Seulement alors, il tourna à gauche en direction de l'appartement de son ami Nicolas, qui habitait dans une rue sans issue proche du Champ-de-Mars. Il s'arrêta devant la vieille porte en bois et frappa deux coups forts. Il jeta un regard en arrière pour voir si le drone l'avait suivi, mais la rue était déserte. L'asphalte mouillé reflétait les lumières d'ambre de la Tour Eiffel qui présidait le Champ-de-Mars depuis bien plus d'un siècle.

Il gravit les escaliers étroits jusqu'au deuxième étage. La porte de l'appartement était ouverte. Antoine entra et vit Nicolas de dos près de la cheminée, grand, dégingandé, ses cheveux blonds et longs en bataille comme toujours, un trait qui accentuait son air d'intellectuel bohème. Il n'aurait pas pu être plus différent d'Antoine, qui à trente ans affichait une allure virile appréciée des femmes. Il avait un visage anguleux, une mâchoire carrée, un nez droit et proportionné. Ses lèvres étaient pulpeuses et son sourire, facile. Ses yeux, un mélange de vert et de gris, semblaient changer de couleur selon le temps. Il avait les cheveux noirs et toujours coupés courts.

Antoine enleva son manteau et déposa son sac à dos au sol, près de l'entrée. L'appartement de Nicolas comportait peu de meubles, seulement l'indispensable. Quelques fauteuils, une table basse, un vieux piano à queue et une épaisse moquette couleur vin rouge quand on l'observait à la lumière, sur un parquet composé de grandes planches en bois. Sur la petite table reposait une édition de 1933 de *The River War* de Churchill que Nicolas relisait depuis toujours et qu'il avait achetée sur eBay pour 30 livres sterling.

Une bibliothèque pleine à craquer de livres couvrait l'un des murs. Un autre était occupé par une cheminée dans laquelle quelques bûches brûlaient en crachant de petites étincelles orangées. La cheminée soutenait un cadre en bois avec la première feuille de la partition de la symphonie *Héroïque* de Beethoven, dont la dédicace à Napoléon Bonaparte avait été rayée par le compositeur lui-même, dans un éclat de colère et de haine envers l'homme qui s'était autoproclamé Empereur de France. À côté du cadre se détachait un petit coq en céramique, le corps blanc, la crête bleue et la queue rouge.

- Il est nouveau, ce coq ? Je ne l'avais encore jamais vu, demanda Antoine en le prenant pour l'étudier de plus près. Il regarda un instant la base de la figurine ornée d'une inscription en lettres gothiques noires : « Fier d'être Français ». Antoine lut la phrase à voix haute.

- Mes collègues de la rédaction du journal me l'ont offert il y a des années, quand j'ai pris la nationalité française. C'est laid, n'est-ce pas ? Je n'ai jamais compris pourquoi un pays avait choisi un animal teigneux et arrogant comme symbole national. Quel lapsus, ce symbole français ! - répondit Nicolas.

- Quel lapsus ? demanda Antoine. Et après, on dit que nous, nous sommes arrogants. Toi, tu devrais parler avec des sous-titres, Nicolas. Eh bien, non, ce n'était pas une erreur freudienne, ce qui se passe c'est qu'en latin, *Gallus* signifie deux choses, « coq » mais aussi « Gaulois, Français ». Mais bien sûr, pour vous les Anglais, le latin sonne comme du chinois, bande d'ignorants. Le coq, c'est la vaillance mon ami, c'est ça, la vaillance. Qu'est-ce que tu fais ? Ne me dis pas que tu vas chercher sur Internet ? Tu es un véritable idiot, Nico.

- Regarde ça, - l'interrompit Nicolas, en lisant sur son téléphone portable - la définition de l'académie est géniale : « *Coq : Oiseau de l'ordre des Galliformes* », j'adore la précision, c'est le comble de la référence circulaire[1]. Papa, papa, un coq, c'est de quelle forme ? Galliforme, mon fils, les coqs sont galliformes, et les chiens, eh bien ils appartiennent à l'ordre des canniformes, de même que les

---

[1] « Coq » se dit « Gallo » en espagnol, d'où l'amusement du personnage.

François appartiennent à l'ordre des Franciscains. J'adore cet adjectif, je ne le connaissais pas, je l'utiliserai dans mon prochain article.

- Eh bien regarde, aujourd'hui dans la section horoscope de ton journal - commença Antoine, mais Nicolas l'interrompit.

- Tu rigoles, ne me dis pas que tu lis l'horoscope, ce n'est pas un coq mais un âne que tu es, Antoine, par pitié !

- Laisse-moi finir ! Ce que j'essayais de te raconter, si tu me laissais finir une phrase de temps en temps, c'est que selon l'horoscope chinois, octobre est le mois de la chance pour les personnes nées sous le signe du Coq, comme la nation française. Donc ce mois sera celui de la chance, c'est les Chinois qui le disent, Nico, et moi je les crois - conclut Antoine.

- Je crois aussi qu'il y a du vrai, parce qu'octobre n'est pas un mois quelconque - approuva Nicolas.

- Non, en effet, c'est le mois du Coq, tu m'écoutes quand je te parle ? - plaisanta Antoine.

- Je te parle sérieusement, Antoine. Ce n'est pas un mois quelconque. Réfléchis, si tu devais associer une couleur à octobre, laquelle choisirais-tu ? Sûrement le noir, ou mieux encore le rouge, parce qu'octobre est rouge et dur ; c'est le mois où le soleil se couche pour laisser la place au froid, avec tout ce que ça implique. Tu as déjà remarqué que les révolutions n'éclatent presque jamais en été ?

- Celle de Cuba s'est déroulée en été, l'interrompit Antoine.

- À Cuba il n'y a pas d'hiver, ils n'ont qu'une seule saison qui dure douze mois, et c'est l'été. C'est humain, Tony, personne ne fait une révolution ou ne déclare la guerre en été. Et tu sais pourquoi ? Parce que tout survit en été, mais en octobre tout se fane, le soleil disparaît et nous devenons nerveux sous la menace de l'hiver. Imagine, il n'y a plus de fruits, seulement le froid et la neige, et la faim ; la faim, surtout. C'est pour ça que nous sommes plus violents en automne, nous nous défendons, nous réagissons. Tu me suis ? Parce que dans le fond, nous sommes des animaux Tony, voilà pourquoi tout se produit toujours avant ou après l'hiver.

» Les Allemands ont envahi la France pendant la Deuxième Guerre ; quand ? En mai, non ? - poursuivit-il. En octobre 2005 a éclaté la première révolte de rue des musulmans à Paris, tu te souviens ? Et en octobre 2029, c'était le soulèvement musulman à Marseille. En octobre, toujours en octobre. Pareil pour les Russes, chez qui l'été ne dure pas longtemps, ils savent bien qu'ils doivent attendre octobre, c'est pourquoi leurs deux révolutions, celle du siècle passé en 1917 et celle de celui-ci en 2030, se sont produites en octobre. Et tu sais quoi ? Octobre est déjà là, il fait déjà très froid, le ciel semble de plomb tous les jours, et tu verras que les Français perdront patience plus tôt que tu ne le penses - affirma Nicolas.

- Et alors ? - demanda Antoine.

- Eh bien, tout va exploser cette fois-ci, Tony, voilà ce que je pense - répondit Nicolas. Si tu me le demandes, ça éclatera plus tôt que ce que les gens imaginent. Nous commençons à manquer de temps.

Nicolas se leva de sa chaise, marcha quelques mètres et s'appuya sur le rebord de la fenêtre. Il resta un instant immobile, le regard perdu vers l'horizon. Ensuite il laissa sa bouteille de bière sur le piano en bois, souleva le couvercle, retira la toile de velours rouge qui protégeait les touches et joua les premières notes d'une mélodie de jazz.

- Tu es un véritable personnage, Nicolas. Qu'est-ce que tu as lu, Nostradamus ? - demanda Antoine en feuilletant une revue, assis sur un fauteuil en cuir, les jambes croisées sur la petite table basse.

Nicolas arrêta de jouer, se tourna vers son ami et reprit la conversation.

- Nous allons trop lentement, nous manquons de temps. Je ne crois pas que les gens en supporteront encore beaucoup.

- Mais non, Nicolas, mais non. Moi, je te dis que les gens résistent depuis des années, insista Antoine. Cette semaine, ça fera 15 ans que la Grèce est sortie de l'Euro, 15 ans déjà. ça semble incroyable que la Grèce ait un jour fait partie de l'Euro.

- Ce qui semble incroyable, c'est que la France et l'Allemagne aient un jour partagé une monnaie, qui a eu l'idée d'une telle aberration ; ils ont vraiment pensé que ça allait fonctionner ? Partager une monnaie, c'est vivre ensemble pour le meilleur et pour le pire ; une union monétaire est à l'économie ce qu'un mariage est à un couple, la moitié se solde par un divorce ! Avec l'Euro, ils ont mis la Grèce, l'Allemagne et la France dans un même lit ; un vrai *ménage à trois*[*2], c'était évident que l'un d'eux finirait par l'avoir dans le cul ! - conclut Nicolas. Il rit de sa propre blague et laisse à nouveau courir ses doigts sur le piano.

---

[2] En français dans le texte.

- Qu'est-ce que tu joues, Nico ? - demanda Antoine.

- Ce qui me vient. ça, c'est la *Sonate au piano n° 16* de Mozart. Je l'ai tant jouée qu'elle me vient de mémoire. Jouer du piano m'aide à réfléchir et me met de bonne humeur.

- Moi, j'ai la même chose avec la bière - répondit Antoine dans un grand éclat de rire. Maintenant, écoute-moi, laisse ton piano un instant, je vais devoir partir et nous devons nous mettre d'accord sur quelques petits détails.

Nicolas arrêta de jouer et replaça le tissu sur le clavier, en le déployant pour qu'il ne fasse pas de vagues, puis il baissa le couvercle et se tourna pour regarder Antoine.

- Tout ce qu'il me faut, c'est que tu m'obtiennes une carte d'accès pour la Zone libre - dit Antoine. Je dois contacter Farida le plus vite possible. Toi, tu m'obtiens la carte, et moi je me charge du reste.

- Pourquoi crois-tu que je peux t'en obtenir une ? - demanda Nicolas.

- Pas une, deux, cette fois tu viens avec moi, tu seras ma couverture.

- Ensemble ? Déguisés en quoi ?

- Sérieusement, Nico, il faut que tu viennes avec moi, répéta Antoine. Je ne peux pas y aller seul et je dois voir Farida le plus vite possible. Tu n'avais pas un ami au Ministère ? Comment il s'appelait encore, le type qui a été ton chef pendant tellement d'années au journal, Henry, non ? Eh bien appelle Henry et demande-lui les cartes.

- C'est une femme, pas un type. Elle s'appelle Henny, avec deux 'n', pas Henry, et elle est sous-secrétaire au Ministère de l'information.

- Eh bien, tu appelles cette femme alors, celle au double 'n', et tu lui dis que tu as besoin de deux cartes d'accès, une pour toi et une pour ton photographe.

- Pour mon photographe ?

- Oui, c'est moi, je serai ton photographe, idiot. Parfois je me demande comment tu as réussi à intégrer Cambridge ! - s'exclama Antoine.

- C'est parce que je n'ai jamais été à Cambridge, Tony, c'est à Oxford que j'ai étudié - répliqua Nicolas.

- C'est pareil - dit Antoine.

- Je t'obtiendrai tes cartes d'accès, alors ne te plains pas. Maintenant, explique-moi, quel est le plan ?

- Bon, écoute-moi, voilà ce que tu vas faire : appelle Henry.

- Henny, pas Henry, puisque c'est une femme, je te dis - le corrigea Nicolas.

- Oui voilà, Henny, peu importe, dis-lui que tu dois écrire un article pour *La Libre Parole* ; qu'ils t'ont demandé une histoire positive sur la Zone libre. Dis-lui de ne pas s'inquiéter, que le texte sera soumis au comité de censure comme toute la merde que tu publies dans le *Parole* chaque semaine. Dis-lui aussi que pour illustrer l'article, tu as besoin de photos afin que tes lecteurs voient ce que toi tu vois, et puis tu m'apportes ton Canon et je serai ton photographe.

- Nikon.

- Quoi, Nikon ? - s'impatienta Antoine.

- Mon appareil, c'est un Nikon, pas un Canon - expliqua Nicolas.

- Tu vois, tu es un personnage. Tu n'aurais jamais pu entrer à Cambridge de toute façon.

- Sympa, merci. Et dis-moi, qu'est-ce que tu sais de Farida, ils t'en ont dit un peu plus ?

- Pas beaucoup, c'est une descendante d'Algériens, c'est tout ce que je sais.

- Algériens ? - demanda Nicolas.

- Oui, son grand-père était un vétéran de la guerre d'indépendance d'Algérie, de ceux qui se sont battus aux côtés des Français, les Harkis - expliqua Antoine. Dans les années soixante, ils étaient des héros, aujourd'hui c'est la racaille ; tu vois, apparemment les nationalistes français ont la mémoire courte.

- Et comment tu la trouveras dans la Zone libre ? Tu as son adresse ou quelque chose ? Parce que les téléphones portables ne fonctionnent toujours pas là-bas, si ?

- C'est sûr, ils ne fonctionnent pas, reconnut Antoine. ça fait presque un mois qu'ils les ont bloqués et tu sais quoi ? Moi, je pense que c'est définitif. Tout ce que je connais d'elle c'est une sorte d'adresse, je ne sais pas vraiment comment la trouver. Mais obtiens-moi la carte d'accès, de mon côté je verrai ce que je peux faire.

- D'accord, je vais appeler Henny, mais je ne sais pas du tout comment elle va réagir. Avec elle, on ne sait jamais. Quand veux-tu qu'on aille en Zone libre ?

- Cet après-midi - répondit Antoine.

- Tu plaisantes ? Qu'est-ce qui te prend ? Donne-moi au moins quelques jours - s'exclama Nicolas.

- Très bien, appelle-moi dès que tu les as, mais dépêche-toi - répondit Antoine.

Les deux jeunes se levèrent, se serrèrent la main et se regardèrent un instant. Avant de s'en aller, Nicolas demanda : - Tu es sûr de vouloir faire ça ?

- Oui, parfaitement, c'est ce qu'il y a de mieux à faire, c'est comme ça. Au moins, essayons.

- Tu as raison - admit Nicolas. Je t'appelle dès que je les ai. Fais attention à toi.

- Toi aussi - répondit Antoine.

- 2 -

Il était 6:30 et Paris s'éveillait avec le froid, l'humidité et un ciel gris, comme toujours. La file pour accéder à la Zone libre était courte ; tout le monde savait que sans carte d'accès, y pénétrer était impossible. Un homme âgé, vêtu d'un grand pardessus marron et d'un bonnet de paysan, attendait les mains dans les poches, en devinant le visage des autres au travers de ses grosses lunettes à monture épaisse. Il les regardait un à un comme le font les personnes âgées, avec la même curiosité que les jeunes mais sans cette honte qui les inhibe. Il avait la peau épaisse et tannée d'un campagnard.

Deux soldats montaient la garde devant la porte, un homme et une femme, armés jusqu'aux dents, vêtus d'un uniforme de combat noir et d'un béret à pompon rouge. La mitrailleuse de la femme était si grande qu'elle semblait capable d'arrêter un tank d'un seul tir. Le canon était court et large, et elle la tenait avec une fierté phallique. Il ne lui restait plus qu'à la mettre entre les jambes. Antoine attendait debout près de Nicolas, serrant sa carte d'accès si fort dans sa poche qu'il ne sentait presque plus ses doigts. Dans l'autre main, le Nikon l'aidait à se créer son propre mensonge.

- Regarde son bras, Nico, quelle bête, il est plus large que ma jambe - murmura Antoine.

- Et regarde la femme, chacun de ses seins est plus grand que ta tête ! - répliqua Nicolas tandis qu'ils échangeaient un sourire, en essayant de se détendre.

- Je me demande pourquoi ils portent des manches courtes par un froid pareil. Ils doivent être congelés.

- Qui sait, ils sont sous l'influence de tellement de drogues que je ne crois pas qu'ils sentent le froid ou le chaud - répondit Antoine.

Les deux gardes étaient immobiles, un de chaque côté de la porte, enfoncés dans leurs vestes d'une matière semblable à du néoprène, comme les bleus de travail, tellement moulantes qu'elles laissaient deviner leur musculature exagérée. Comme tous les membres des troupes d'élite, ils avaient le symbole du Parti tatoué juste sous le pouce de leur main droite. Le même symbole était également imprimé sur un brassard qu'ils portaient au bras droit dans le style des nazis, si ce n'est que la croix gammée avait été remplacée par les lettres « FL », du Parti France libre, aux commandes du pays depuis plus de dix ans. L'un d'eux avait en plus une petite croix gammée tatouée, une indication de son affiliation à l'aile forte du Parti.

L'homme était petit, mais si musclé qu'il sembla à Antoine qu'il formait un carré parfait, comme un bloc de béton, mais en moins sympathique. En respirant le froid matinal, ses fosses nasales exhalaient une fumée blanche, tel un taureau furieux prêt à charger le pauvre torero qui l'attendait vêtu d'une veste dorée à paillettes, avec des chaussures de danse classique et une cape de couleur pourpre.

À cette vision, Antoine sourit de nouveau. Il observa les mains potelées aux doigts courts et maladroits du garde et en remarquant les ongles rongés, il réalisa que ce bloc de béton cachait en réalité un être humain anxieux et peu sûr de lui, qui devait passer trois heures par jour à la salle de sport et prendre tous les cocktails de drogues qu'on lui fournissait, pour ensuite rester pas moins de dix heures debout à l'entrée de la Zone libre, vêtu comme un personnage de jeu vidéo ou de film porno bon marché. Même s'il ressentit un pincement de pitié pour lui, il l'imaginait irrécupérable.

Les deux amis continuaient d'attendre leur tour. Antoine sentit une goutte de sueur couler dans son dos ; il avait les mains moites. Le vieux devant eux appuya sa carte d'accès devant le lecteur et attendit que la lumière rouge devienne verte. Mais la lampe se mit à clignoter tandis qu'un bip assourdissant se faisait entendre. L'homme se retourna sans comprendre ce qui se passait. Immédiatement, les deux gardes se jetèrent sur lui, le saisirent par les bras et le tirèrent jusqu'à une camionnette bleue sans plaque stationnée devant l'entrée.

- Où est-ce qu'ils m'emmènent ? C'est une erreur, ma carte est authentique, j'ai accès, j'ai accès ! - s'époumonait le vieux tandis que les deux gardes, sans répondre ni même émettre un seul son, le tiraient comme s'il était déjà mort.

Sans avertissement, un des hommes lui asséna un violent coup de coude au visage, suffisant pour lui faire perdre connaissance. Les lunettes et le béret du pauvre vieux volèrent dans les airs, son sac tomba au sol et ses possessions s'éparpillèrent sur le trottoir. Un cahier de notes rouge, quelques crayons, un morceau de pain, une pomme et pas grand-chose d'autre. La pomme roula par terre. Les bras du vieillard pendaient, inertes, ses pieds trainaient derrière lui. Les gardes le poussèrent de force dans la fourgonnette, où un autre agent le menotta et le laissa au sol. En à peine deux secondes, la camionnette partit à toute vitesse par l'avenue. Sur le bord du trottoir gisaient encore la pomme et une chaussure. Les gardes retournèrent en silence à leur poste. Antoine voulut ramasser les effets du vieux, mais Nicolas le retint par le bras.

- Reste tranquille, dit-il les dents serrées.

Un des gardes se baissa, prit la casquette du vieux et la jeta à la poubelle d'un geste mécanique. De retour à son poste près de l'entrée, il écrasa de ses bottes les lunettes à monture épaisse. Le bruit de verre brisé résonna dans le silence de l'aube parisienne. Les personnes restantes dans la file se tenaient tranquilles, comme si rien ne s'était passé. Personne n'osait même regarder les gardes qui reprenaient leur position, de part et d'autre de la porte d'entrée de la Zone libre, sans émettre le moindre commentaire. Une nouvelle fourgonnette bleue se gara à la place de l'ancienne.

Antoine et Nicolas restèrent immobiles. Leur tour était venu. Antoine s'avança le premier. Il plaça sa carte d'accès face au lecteur et attendit de voir la lumière verte s'allumer et la porte tournante s'ouvrir. Cependant, rien ne se produisit. Il sentit son pouls s'accélérer. Il essaya de bouger la carte tandis qu'il observait l'immense porte métallique immobile. Il plaça la carte une nouvelle fois, la tourna, l'éloigna un peu du lecteur, la rapprocha une fois de plus, mais en vain. Sans réfléchir, comme s'il s'agissait d'une carte de crédit, il tenta de la nettoyer avec ses doigts, puis avec sa chemise, la frotta contre son pantalon, et essaya à nouveau. La porte ne bougeait pas, la lumière d'accès restait rouge. Antoine regarda un instant Nicolas.

- Essaye de l'appuyer et de la laisser une seconde. Tu la bouges trop vite, reste tranquille - lui suggéra Nicolas, tandis qu'il s'efforçait de surveiller les gardes du coin de l'œil.

La dernière chose qu'il voulait, c'était croiser le regard de ces animaux ; leur simple présence, leurs corps rigides, leurs mitraillettes surdimensionnées le terrorisaient déjà suffisamment. Les gardes ne bougeaient pas, leurs lèvres ne laissaient pas échapper un seul mot, ils ne regardaient personne dans les yeux. Tout ce qui séparait l'homme de l'animal avait été éradiqué chez ces bêtes. Par leur seule présence, ils rendaient l'air plus dense, plus difficile à respirer, le rythme cardiaque des simples mortels s'accélérait à leur contact.

- Ça ne s'ouvre pas, Nico, ça ne fonctionne pas. Putain, cette conne t'a donné des cartes expirées ! Merde ! Fait chier Henry ! Et maintenant, on fait quoi ? - chuchota-t-il en tentant de ne pas se faire remarquer par les gardes. Mais c'était inutile ; l'un d'eux tourna la tête, comme un robot, et fixa les deux visiteurs. Donne-moi ta carte, Nico, je vais voir si ça fonctionne avec la tienne.

- Elles sont nominatives, tu ne peux pas. Nous ferions mieux de partir - répondit Nicolas.

Un des gardes regarda la fourgonnette et fit un geste. Ensuite, les deux portes avant s'ouvrirent, deux soldats en descendirent et se dirigèrent vers l'entrée. Tous deux portaient des vestes en néoprène et des lunettes noires. Ils avaient la tête raide, dénuée d'expression. Rapidement, la porte latérale de la camionnette s'ouvrit à son tour. À ce bruit, Antoine se tourna et vit les gardes avancer vers lui. Il regarda Nicolas et pensa lui dire qu'ils devaient se mettre à courir, mais juste à cet instant la lumière d'accès passa du rouge au vert et la porte commença à s'ouvrir, puis s'arrêta à nouveau.

- Passe. Va-t-en, vite - le pressa Nicolas.

- Et toi ? Ils vont t'arrêter - hésita Antoine.

- Entre, entre ! Allons, je te retrouve de l'autre côté - répondit Nicolas, poussant Antoine à passer, de profil, par l'ouverture étroite de la porte.

En avançant, la dernière chose qu'Antoine vit fut l'expression paniquée de Nicolas et les deux gardes s'approcher de lui. La porte se ferma alors d'un coup sec et Antoine n'entendit plus rien d'autre que le vide.

- 3 -

Antoine se trouvait dans une pièce sombre, sans la moindre lumière. Il resta immobile.

- Allo, il y a quelqu'un ici ? - demanda-t-il sans oser avancer ne fût-ce que d'un pas.

Quelques secondes à peine s'écoulèrent, peut-être une minute, mais cela sembla durer une éternité pour Antoine. Il pensa qu'ils allaient l'arrêter, il s'inquiétait pour Nicolas de l'autre côté de la porte, il se sentait coupable de ne pas être resté avec lui. Il essaya de se réconforter en pensant que les cartes semblaient fonctionner, et puis après tout Nicolas était un journaliste connu qui travaillait pour le Parti ; il ne devrait pas avoir de problèmes. Antoine continua d'attendre dans le silence un moment, puis répéta :

- Allo, il y a quelqu'un ici ?

Aucune réponse. L'obscurité profonde lui donnait le vertige, l'impression de tomber. Il dut écarter les jambes pour garder l'équilibre et il resta silencieux près de la porte, accroché au Nikon d'une main et à la carte d'accès de l'autre, comme pour en retirer une sorte de protection. Tout à coup, un bip le fit sauter d'un bond en arrière. Instinctivement, il baissa la tête et contracta ses muscles comme dans l'attente d'un coup, tel un chien qui ferme les yeux et baisse les oreilles sous la réprimande de son maître.

Mais rien ne se produisit. Il ouvrit les yeux, reprit sa position et tâta la carte d'accès dans sa poche. Il avait la bouche sèche, la langue collée au palais. Soudain, un deuxième bip retentit, plus fort cette fois, suivi d'une voix disproportionnée, tellement artificielle qu'Antoine ne comprit presque pas ce qu'elle disait. En réalité, plus que des phrases, il eut l'impression d'entendre une suite de mots indépendants et il dut les répéter dans sa tête pour en saisir le sens.

- Restez tranquille pendant que nous réalisons un scan complet de votre corps - avait annoncé la voix métallique.

Un puissant scanner se mit immédiatement en marche dans un bruit assourdissant, comme du fer lourd qui trainerait partout, un son qui lui donna la chair de poule. Au bout de deux secondes, une porte s'ouvrit face à lui et une lumière intense l'aveugla. Il s'efforça de distinguer ce qui l'attendait de l'autre côté, mais il ne voyait que la lumière du soleil. Incertain de ce que le destin lui réservait, privé de la vue, il sortit toutefois de la pièce, hanté par la peur comme un parachutiste qui se lance dans le vide au-dessus de territoires ennemis. Il avança d'à peine quelques pas et se trouva en Zone libre, debout sur un trottoir de l'autre côté d'un mur, comme quelqu'un qui traverse un portail vers l'au-delà. Il sentit le vent froid s'infiltrer entre son manteau et son col, glaçant son dos humide de sueur.

« Qu'est-ce que je fais ici, dans quoi je me suis fourré ? - pensa-t-il. Si seulement je pouvais revenir en arrière, revenir en arrière et être chez moi... » Une fois de plus sa voix intérieure, ce murmure que personne ne sait faire taire pendant les longues nuits d'insomnie. On aimerait bien, mais c'est impossible. Parce que nous pouvons essayer de contrôler, de manipuler, de tromper ou même de réprimer tout et tout le monde ; sauf nous-mêmes. Ce serait comme prétendre qu'un magicien se laisserait avoir par son propre tour en se regardant dans le miroir.

Antoine se sentait coupable de tout, une sensation très familière. Il regarda aux alentours mais il n'y avait rien ni personne à l'exception de deux gardes, de même que de l'autre côté de l'entrée, postés de part et d'autre de la porte, avec leurs mitraillettes obscènes, leurs brassards tellement démodés, tellement siècle dernier, vêtus du noir de rigueur ; la couleur de la mort selon la tradition lancée par Hugo Boss avec les uniformes SS en 1933. Il avança d'un pas dans la rue déserte. Il observa les bâtiments et il lui sembla avoir voyagé dans le temps, comme s'il se trouvait face au Paris de l'après Deuxième Guerre mondiale. Entrer en Zone libre équivalait à faire un saut dans le passé. Il nota qu'il manquait des vitres à beaucoup de fenêtres et que d'autres avaient été remplacées par des panneaux en bois cloués les uns sur les autres, dans tous les sens.

À l'un des portails, il vit un chien allongé, le dos contre le mur et les yeux fermés. Son museau était presque aussi grand et maigre que son corps. Il ressemblait à un vieil intellectuel dont les chairs auraient été rongées par le temps. D'un simple regard, on pouvait lui compter les côtes. Sa queue, presque nue, faisait un tour acrobatique pour se cacher entre ses pattes arrière. Le chien leva légèrement la tête et lança un regard perdu à Antoine ; mais il ne l'estima pas assez intéressant. Il reposa son museau sur ses pattes avant, ferma les yeux et baissa les oreilles. En regardant d'un côté et de l'autre, Antoine réalisa que tout était gris, des tons infinis de gris. La Zone libre était un film en noir et blanc.

Tandis qu'il attendait l'arrivée de Nicolas, il regarda sa montre puis son téléphone portable, mais seulement pour se rendre compte qu'il n'avait pas de réseau ; il avait dépassé le seuil de la civilisation en pénétrant en Zone libre. Il fit quelques pas sur le trottoir, quand le bruit de la porte le poussa à se retourner. Il se sentit soulagé, comme à l'annonce d'une bonne nouvelle. Il avait besoin de voir Nicolas, de marcher avec lui. Il avait gardé l'impression, juste ou non, de l'avoir abandonné à son sort. S'il était conscient d'avoir fait ce qu'il fallait, son angoisse ne répondait pas à la raison, mais bien au cœur. Aussi ressentit-il un soulagement presque immédiat en entendant la porte s'ouvrir derrière lui.

Cependant, la réalité le déçut quand il se retourna sans voir son ami, comme lorsqu'un enfant ouvre un cadeau et n'y découvre pas ce qu'il désirait tant. Une petite femme vêtue d'une veste noire tombant sur ses chevilles sortit de la salle sombre, la tête couverte d'un foulard blanc. C'était peut-être une sœur, une musulmane pieuse, ou simplement une grand-mère quelconque se protégeant la tête du vent froid. Comment le savoir ? Ses pas étaient tous égaux, brefs et rapides, l'un après l'autre, comme si elle fuyait le diable, sans s'arrêter.

La femme continua de bouger ses courtes jambes jusqu'à disparaître. Antoine continuait d'attendre, mais Nicolas n'arrivait pas. La porte restait fermée.

- Bougez, avancez ! - lui ordonna l'un des gardes.

Antoine regarda derrière lui sans pouvoir déterminer lequel avait parlé. Leurs visages restaient impassibles.

- Marchez, avancez, ne restez pas là, vous ne pouvez pas rester ici ! - reprit l'un des gardes, celui qui ressemblait le plus à une femme, même s'il n'était pas sûr que c'en soit une.

Impossible d'en être sûr, puisque l'aspect physique de cet être était celui d'un animal asexué, sa voix était si neutre, si plate, tellement dénuée d'émotion et de nuances, qu'il ne donnait même pas l'impression de crier. Il parlait fort, oui, mais on ne pouvait pas dire qu'il criait, puisque ni vie ni émotion ne se cachaient derrière cette voix. Il avait plutôt émis une série de sons qui, tous ensemble, ressemblaient beaucoup à une voix humaine.

Antoine marcha le plus lentement possible jusqu'au coin,

attendant impatiemment d'entendre le bruit de la porte, sans oser regarder en arrière de peur de croiser le regard des gardes. Mais rien. Il continua sa route une dizaine de minutes jusqu'à rejoindre le canal Saint-Martin. La Zone libre restait endormie, les lumières de la rue encore allumées. Depuis déjà quelques mois, la Zone libre qui avait occupé tout le 18e arrondissement s'était étendue pour inclure maintenant une partie du 19e, jusqu'au canal Saint-Martin, des deux côtés, transformant ainsi le Quai de la Loire en frontière est.

Les arbustes et les pittoresques bancs en bois qui suivaient le cours d'eau se trouvaient désormais hors de portée. Les ponts d'acier qui traversaient le canal depuis plus de deux siècles, ceux qui constituaient autrefois une destination touristique, étaient aujourd'hui fermés. Sur l'un d'eux était accrochée une bannière étroite, si longue qu'elle caressait presque l'eau, de couleur rouge et noir et ornée du logo du parti : « FL ». En dessous, la phrase « Reste tranquille et continue » était imprimée en lettres gothiques.

« Des lettres gothiques partout, quelle idée fixe, mon Dieu ! Qu'est-ce qu'ils reprochent à l'écriture Arial ? - se demanda Antoine. Peut-être que si au lieu d'Arial, on l'avait appelée Aryenne, ces bâtards décérébrés l'utiliseraient un peu plus. »

Antoine pensa une fois de plus à Nicolas, mais il resta tranquille et continua. Il atteignit le canal et s'assit pour attendre sur l'un des bancs en bois, le regard perdu sur les eaux. Il ne s'inquiétait pas encore ; Nico était un journaliste connu et très proche du Parti, ce qui le rendait d'une certaine manière intouchable. En théorie, en tout cas. C'était ce qu'Antoine pensait, ce qu'il voulait croire. Il pourrait bien sûr y avoir eu une confusion avec son nom, ce ne serait pas la première fois. En vérité, son ami s'appelait Nicolas Right, mais depuis plusieurs années il signait ses articles Maurice Dubois. Après avoir obtenu la nationalité française et avoir commencé à écrire des éditoriaux sur la politique locale, Nicolas avait pensé que les lecteurs jugeraient qu'un journaliste anglais n'avait pas le droit d'écrire sur des affaires internes à la France. Ainsi, avec la montée du nationalisme et la guerre contre l'Angleterre, Nicolas avait décidé d'adopter un nom français.

Il avait alors cherché sur Internet et choisi parmi les prénoms les plus utilisés en France en 2030 : Lucas, Gabriel, Mohamed, Louis et Maurice. Dès qu'il avait lu Maurice, il avait pensé à Ravel et à sa *Rapsodie espagnole*, mais surtout aux concerts pour piano qui lui avaient coûté tellement d'efforts lors de sa période au conservatoire de musique à Londres. Comme il avait haï Ravel et ses compositions impossibles à exécuter sans les avoir étudiées jusqu'à l'épuisement ! Mais une fois dominées, elles étaient restées gravées pour toujours dans sa mémoire motrice, comme le vélo.

Vingt ans plus tard, Nicolas s'asseyait devant son piano et savait jouer le *Concerto pour main gauche* de Maurice Ravel avec la même maitrise que lors de son examen final au conservatoire. Gaucher lui-même, un concert pour main gauche lui avait semblé être une attention particulière en égard de la minorité gauchère. Mais plus tard il avait découvert que Ravel l'avait en réalité composé à la demande du célèbre pianiste Paul Wittgenstein qui avait perdu son bras droit pendant la Première Guerre mondiale en se battant du côté de l'Empire austro-hongrois. Peu de temps après, le pauvre Wittgenstein passerait du statut de héros de guerre à celui de fugitif, pour avoir été catalogué par les nazis comme un « *volljude* », un type totalement juif.

Parce qu'en Allemagne nazie, on pouvait être totalement juif, ou seulement un peu juif. Trois quarts par exemple, ou cinq huitièmes. Pour les Allemands, être juif se calculait mathématiquement, un peu comme être un idiot ou un fils de pute. On pouvait l'être un peu, beaucoup ou totalement.

Dans la même logique, Shakespeare avait fait dire à Lancelot, une fois que Jessica avait précisé que tant son père que sa mère étaient juifs : « Alors, en vérité, je crains que vous ne soyez damnée de père et de mère ». Les idées n'avaient apparemment que très peu évolué entre 1596 quand Shakespeare écrivit le *Marchand de Venise* et 1933 en Allemagne, ou 2041 en France. La technologie avait évolué, mais la bêtise humaine restait inchangée.

Ainsi, Maurice Dubois était cent pour cent français, cent pour cent gaulois, pas pour son côté coq mais bien pour son côté français. Avec les années, il était devenu un journaliste et écrivain célèbre, et le processus avait enfoui Nicolas Right dans le plus profond des anonymats au point qu'en 2041, peu de gens connaissaient le véritable nom de Maurice Dubois.

Nicolas profitait de cette dualité pour maintenir une vie personnelle relativement clandestine tandis que Maurice Dubois se transformait petit à petit en son alter ego, et avec le temps, en son opposé idéologique. Si Dubois était un journaliste au nationalisme et au racisme manifeste, Nicolas travaillait aux côtés de la Résistance pour renverser le Parti. Malheureusement, songea Antoine, la carte d'accès était émise au nom de Nicolas Right, tel qu'il figurait sur sa carte d'identité, et rien ne laissait présager que les gardes sauraient qu'il s'agissait en réalité de Maurice Dubois.

Voilà à quoi pensait Antoine tandis qu'il continuait d'attendre plus d'une heure après son arrivée en Zone libre, sans nouvelles de Nicolas. Il devenait désormais évident que quelque chose s'était produit.

Sept heures et demie sonnaient déjà et les nuages dévoilaient un timide soleil qui peignait tout de rouge en cette matinée d'octobre. « Octobre rouge » songea Antoine. La Zone libre commençait à se réveiller : la rue s'animait, des enfants couraient et criaient, on entendait le vrombissement omniprésent des drones bleus de la police, des noirs de la police secrète et de quelques verts de l'armée, qui tournaient autour des têtes des citoyens en apparence libres et indifférents à tout. Y compris à la présence d'Antoine, qui regarda sa montre une fois de plus et se mit à marcher vers le point de rencontre suivant : le bar Julet, situé dans l'ancienne rue de Crimée, désormais renommée Rue André Tulard.

« Le Parti », comme on l'appelait, gouvernait l'autoproclamée

Sixième République française depuis plus de dix ans et était entré dans une frénésie incontrôlable d'extravagance baptismale, en changeant tous les noms de rues reliés à une France démocratique et multiculturelle. À l'instar des Romains, les Français s'évertuaient à rayer les gens de l'histoire. Mais la majorité des Parisiens continuaient de se référer aux anciens noms de rue, moins dans une intention de défi ou de résistance que parce qu'ils ne parvenaient pas à suivre le rythme auquel le Parti réécrivait l'histoire.

Le bar Julet n'avait rien de spécial. À vrai dire, rien n'était spécial en Zone libre. Ce n'était qu'un vieux trou sombre dans un coin oublié : l'ombre de ce qui avait autrefois été un bastion culturel. Les vieilles tables en bois et les lampes en cristal blanc gardaient une certaine dignité, mais les étagères qui contenaient hier des dizaines de bouteilles de toutes les couleurs étaient aujourd'hui vides. Deux ventilateurs tournaient au plafond, si lentement qu'ils déplaçaient à peine l'air ambiant. Derrière le comptoir, le serveur séchait les couverts avec un chiffon, blanc à une époque lointaine. Une fois secs, ils atterrissaient bruyamment dans un tiroir en bois.

Au comptoir, assis sur un tabouret, l'unique client de cette matinée lisait une copie de la *Libre Parole* tandis qu'un de ses doigts s'aventurait derrière son oreille, sans trouver plus que ses propres cheveux qu'il s'obstinait à tirer, comme si à chaque tiraillement il lisait un mot.

Antoine s'assit à une table près de la fenêtre, le regard tourné vers la circulation. Même si parler de circulation en Zone libre était un euphémisme, puisqu'il n'y avait pas de voiture, seulement des cyclistes et des piétons, tous ensemble et dans toutes les directions, les uns sur les autres, comme dans un marché médiéval.

Il était 7 h 45 et Nicolas aurait déjà dû arriver au bar. L'heure convenue n'était même pas dépassée d'une minute, mais Antoine pressentait un malheur. Ils avaient décidé que si à 7 h 50 l'un des deux n'apparaissait pas au second point de rencontre, ils avorteraient l'opération avec l'ordre de quitter immédiatement la Zone libre. Il vérifia à nouveau l'heure. Il était 7 h 46. Pour une raison évidente, la grande aiguille de sa montre semblait avancer plus lentement que d'habitude, sans doute parce que plus on est anxieux, plus le temps passe lentement.

Antoine commençait à désespérer ; ils travaillaient depuis deux ans déjà dans la Résistance et rien ne s'était jamais mal passé. Les procédures d'urgence et les opérations avortées arrivaient aux autres, jamais à lui. Il commença à repenser à sa conversation avec Nicolas, pensant qu'il s'était peut-être trompé sur l'heure, ou sur le bar, ou sur le banc du canal. Était-ce bien là qu'ils avaient décidé de se retrouver ? Il n'en était pas sûr.

Comme toujours avec lui, chaque fois que quelque chose se passait mal, il remettait en question sa participation à la Résistance. « Pourquoi s'imposer ça à soi-même, à ses êtres aimés ? Quel besoin éprouve une personne anonyme, ainsi que des millions d'êtres égaux, de mettre en danger sa vie pour celle des autres, alors que personne ne le voit, ne le comprend, ne le sait, n'en est reconnaissant ? Quelle logique se cache derrière les héros anonymes ? » Il se rappela une phrase que les français connaissaient tous par cœur : « La gratitude du Commandant est infinie en cas de loyauté, mais si vous le trahissez, c'est une balle dans la tête ».

Il regarda une fois de plus sa montre ; il était 7:51, l'heure de s'en aller. L'image des deux gardes tirant Nicolas par le bras lui vint à l'esprit. Il regarda par la fenêtre du bar et chercha son ami du regard. Mais Nicolas n'était pas là, il avait sûrement des ennuis. Antoine sortit l'appareil photo de son sac à dos pour préparer son alibi, puisqu'il en aurait besoin cette fois. Il lança un dernier regard à sa montre puis à la rue avec l'illusion de reconnaitre son ami dans la foule. Mais il n'y avait pas la moindre chance.

« Cette fois nous avons merdé, tôt ou tard ça allait m'arriver, je le savais » pensa-t-il. Il prit quelques clichés du bar, une de la rue bondée depuis sa table et se dépêcha de ranger l'appareil. Il se rappela les paroles de son père, quand il avait acheté sa première moto : « Tony, rappelle-toi qu'il existe deux sortes de motards : ceux qui sont tombés, et ceux qui vont tomber ». Une fois de plus, sa voix intérieure lui reprochait d'être là, d'avoir passé la porte en laissant son ami derrière, d'avoir voulu jouer les héros quand en réalité il voulait seulement être heureux comme tout le monde.

« Comment puis-je être si idiot, si naïf ? » pensa-t-il. Il posa sa tête entre ses mains et poussa un profond soupir. Il passa ensuite en revue la procédure d'abandon de l'opération, les réponses à donner si on l'interrogeait.

Il était prêt ; il se leva et se mit en route. Il n'avait plus d'espoir, il annulait l'opération.

- 4 -

Antoine s'achetait tous les mois un billet de loterie. Un chanceux remportait le grand prix, un parmi les millions qui détenaient un billet, mais Antoine gardait toujours l'espoir qu'un mois, ce serait son tour. Invariablement, quand il allait acheter un billet au magasin de tabac du coin, il demandait au vendeur le billet gagnant. « Bien sûr, le voici » lui répondait le vieux renard parfaitement conscient qu'il vivait de ça, de vendre l'illusion qu'un jour son client gagnerait.

Même s'il n'y avait qu'une chance sur plusieurs millions, Antoine gardait toujours le billet dans sa poche avec l'espoir secret que cette fois, son tour viendrait. Plus encore, il imaginait très souvent, dans les moindres détails, ce qu'il ferait quand il gagnerait, comment il l'annoncerait à sa famille, à ses amis, comment il dépenserait chaque centime. Il appliquait la même logique, mais inversée, lors de chaque départ en mission risquée. Les probabilités qu'un événement tourne mal et qu'il soit fait prisonnier, avec comme conséquence torture et mort, dépassaient de beaucoup celles de gagner à la loterie. Et pourtant, il restait convaincu que rien de mal ne lui arriverait jamais. À quelqu'un d'autre d'accord, mais à lui, jamais. Pourtant ce jour-là en Zone libre, tandis qu'il revoyait le processus d'annulation de mission, il sentit qu'il s'était trompé, que ça pouvait lui arriver, que les statistiques s'avéraient aussi implacables que le destin.

Il regarda par la fenêtre et vit quatre gardes marcher coude à coude en direction du bar, deux de chaque côté de Nicolas. Ils l'avaient arrêté et maintenant ils venaient pour lui, pensa Antoine. Il se leva et regarda aux alentours. Il se fraya un passage entre les tables et chaises jusqu'à la porte. Il n'était pas sûr de ce qu'il devait faire, courir, attendre, ou essayer de résister. Les gardes avaient déjà presque atteint le bar, aussi était-il impossible de s'échapper par la porte. Il pensa sauter par la fenêtre, mais l'espace était trop petit. Il regarda alors derrière et vérifia que le bar était tranquille et que personne ne semblait deviner ce qui était sur le point de se produire.

Derrière le comptoir, le serveur nettoyait maintenant des verres à l'aide d'un chiffon aux pointes effilochées, si vieux qu'il en était presque transparent. L'unique client avait refermé son journal et appuyé sur une serviette ses lunettes de lecture, tandis qu'il savourait un verre de thé maure comme s'il s'agissait d'un whisky, s'humectant les lèvres et buvant à petites gorgées. Chaque fois qu'il posait le verre sur le comptoir, il faisait un petit commentaire au serveur, au sujet du Parti, de la liberté ou de la révolution. La présence d'un étranger à une table de leur bar ne semblait pas les déranger.

Au plafond, le ventilateur continuait de tourner dans un bruit sourd si monotone que plus personne ne l'entendait. Le plafond, autrefois blanc, était passé au brun jauni au fil des nombreuses années d'enfermement et de fumée de cigarettes. Près du ventilateur, des tubes bleus fluorescents attiraient et électrocutaient les mouches. De temps à autre, le bruit d'un insecte carbonisé rompait l'ennui de la matinée.

Antoine ne trouva pas de meilleure idée que se cacher aux toilettes. Aussi entra-t-il et s'enferma-t-il pour attendre. « Mais, attendre quoi ? » se demanda-t-il. Il ne le savait pas, mais il attendrait un moment. Il pensa que peut-être, en ne le voyant pas, les gardes supposeraient que Nicolas leur avait menti, qu'Antoine ne l'avait jamais attendu dans ce bar. Ou peut-être devrait-il se livrer.

De toute façon, avec sa carte, il ne pourrait plus sortir de la Zone libre. Il devait affronter les gardes, c'était ce qu'il devait faire, c'était le plus correct. Ou peut-être, rester encore un peu dans les toilettes et attendre, autant que nécessaire, des heures s'il le fallait, jusqu'à être sûr qu'ils étaient partis. Mais, et Nicolas ? Non, il devait sortir, et il le ferait. Il ne pouvait pas laisser son ami seul.

Il déverrouilla la porte de sa cachette et sortit prudemment. Les toilettes semblaient vides. Il ouvrit la porte de quelques centimètres et regarda vers le bar, aussi tranquille qu'avant. Sans avoir besoin de tourner la tête, il put voir dans un vieux miroir au mur le serveur toujours occupé à nettoyer ses verres. Peut-être l'attendaient-ils dehors, pensa-t-il. Il fit quelques pas et se tourna pour voir la salle. Les gardes n'étaient nulle part mais, à une des tables, assis seul et de dos, se trouvait Nicolas.

Sa première réaction fut un grand soulagement, mais il dut se retenir avant de faire un pas de plus. Ça pouvait être un piège. Peut-être avaient-ils obligé son ami à s'asseoir là pour l'attendre et ils l'arrêteraient dès qu'il se montrerait. Mais pour ça, ils auraient eu besoin de la complicité de Nicolas et Antoine ne pensait pas qu'ils l'auraient obtenu. Et puis le plan restait le même, ça ne changeait rien ; il ne pouvait pas laisser son ami seul. Il tâta à nouveau la carte d'accès dans sa poche, replaça son sac à dos et prit le Nikon dans son autre main. Il marcha jusqu'à la table, la contourna et s'assit face à Nicolas sans un mot.

- Antoine - dit Nicolas.

- Qu'est-ce qui s'est passé, Nico ? Je me suis tellement inquiété - répondit-il à voix basse, en posant une main sur l'épaule de son ami. Tout va bien ? Je t'ai vu arriver avec les gardes et je me suis caché aux toilettes.

- Aux toilettes ? s'étonna Nicolas. Eh bien, il ne s'est rien passé. Je me suis retrouvé en plein changement de garde, et ils m'ont retenu une heure en attendant l'arrivée des uns et le départ des autres. Ceux de la fourgonnette étaient descendus pour relever leurs collègues, pas pour m'arrêter. J'ai eu très peur, mais pour rien.

» Ils ont laissé passer une dame âgée et ensuite ils ont fermé l'entrée pendant une heure. Les nouveaux agents ont activé la porte et je suis passé sans problème, ensuite à l'intérieur ils m'ont scanné et quand ils ont vu que j'étais un journaliste du Parti, ils ont décidé de m'escorter. Une idée de fous, je suis désolé, Tony. J'ai dû attendre dans une pièce sombre quelques minutes. Tu n'imagines pas quelle frayeur j'ai eue. Je ne savais pas qu'on pouvait éprouver une peur pareille. Le silence, l'obscurité totale, l'absence de tout, le vide sont plus effrayants que le pire des cauchemars.

Le serveur leur servit du thé maure dans un petit verre transparent aux bords dorés. Il ne servait à rien de demander aux clients ce qu'ils voulaient boire, il n'y avait rien d'autre que du thé maure en Zone libre.

- Au moins, ils t'ont laissé passer, dit Antoine. J'étais sur le point d'annuler l'opération, et quand je t'ai vu avec les gardes, j'ai cru qu'ils t'avaient arrêté. Quelle frayeur ! Enfin, on est là, et dans dix minutes on doit aller à notre rencontre avec Farida. Cette femme, c'est sûr qu'elle du cran, Nico, c'est la quatrième personne avec laquelle je traite. Ils disparaissent les uns après les autres, ils partent en fumée, comme par magie, sans laisser de trace. C'est de la folie, de la folie pure.

Pendant ce temps, au fond du café, la télévision était toujours allumée sur la même chaîne, la seule visible en Zone libre, la France libre 1, ou FL1 comme on l'appelait. La présentatrice, une fausse blonde au regard glacial, commentait les dernières nouvelles des attaques terroristes dans la ville ; quelqu'un aurait placé une bombe sous la voiture de Pierre Custeau, Sous-secrétaire des affaires internes du Parti. Le Commando juif avait revendiqué la responsabilité de l'attentat.

La voiture, expliquait la femme, avait explosé juste au moment où la victime avait démarré. Le Sous-secrétaire et ses deux gardes avaient été réduits en cendres. La police médico-légale n'avait pas pu identifier les corps en raison de l'extrême température générée par les explosifs synthétiques utilisés par les terroristes, qui avaient littéralement fait fondre l'intérieur de la voiture et ses batteries.

La présentatrice lut ensuite un communiqué de l'ambassadeur d'Israël envoyé au Président de la France libre dans lequel il condamnait l'attentat dans les termes les plus énergiques possible et niait tout lien, appui ou assistance au Commando juif. « Le CJ a agi de manière indépendante et à son compte propre. Le gouvernement de la France libre prendra toutes les mesures en son pouvoir, sans limites, pour trouver et condamner les coupables d'un tel acte criminel. »

Le mot « condamner » signifiait en réalité « exécuter » et ne faisait évidemment aucunement référence à un procès ou à une peine d'emprisonnement. Les procès étaient le lot des gouvernements faibles, les prisons une charge inutile sur les épaules des justes. Les Juifs, pour leur part, conscients qu'une fois de plus l'Europe se refermait en un piège mortel, n'attendraient pas les bras croisés.

- Je te le dis, Nico, ces Juifs sont fous. Je ne peux pas croire qu'ils ont fait exploser la voiture de Custeau. À quoi pensaient-ils ? Le CJ est hors de contrôle.

- Je ne comprends pas ce qu'ils font - répondit Nicolas. Mais je pense qu'ils ont un plan et qu'ils le suivent ; ils ont appris à ne dépendre de personne, seulement d'eux-mêmes. Mais tu as raison, c'est un peuple, comment dire ? Obstiné ? C'est ça, obstiné, et plus.

- Obstinés, les Juifs ? Moi je dirais qu'ils sont têtus comme des mules. Les millénaires passent et ils restent là, avec leur *matza* - plaisanta Antoine, et Nicolas rit aussi.

- L'autre jour, quand on a fait sauter le leader des radicaux musulmans et que personne ne l'a revendiqué, j'ai automatiquement pensé au CJ - avoua Nicolas. Parce que je ne voyais pas le Front de Résistance musulmane faire ça. S'ils ne l'ont pas fait jusqu'à maintenant, je ne crois pas qu'ils vont changer de stratégie soudainement. Et ceux du CJ, ils ont de l'aide. Plus Israël s'efforce de nier être derrière, plus je crois que ce sont eux qui planifient et même exécutent chaque mouvement et chaque attentat.

- C'est très probable - reconnut Antoine. C'est sûr que le matériel leur vient d'Israël. Et en parlant de ça, quand vas-tu à Londres ? Nous nous trouvons sans matériel, nous.

- Bientôt, j'espère, parce que le *Parole* veut publier une histoire sur le chômage rural en Angleterre, et j'ai demandé à l'écrire. Mais ils ne m'ont pas donné de visa, donc je ne sais pas encore si je pourrai y aller. Dans tous les cas, j'ai réglé un « colis saint » pour demain, au même endroit et à la même heure que d'habitude. Tu iras la chercher ou c'est Patrick qui ira ? - demanda Nicolas.

- Un autre colis saint ? Non, Patrick n'ira pas ; j'irai - dit Antoine. Je laisse Patrick en dehors de tout ça pour quelques semaines, je ne veux pas qu'il se brûle les ailes. Il est trop jeune et nous en aurons besoin plus tard.

- D'accord, j'essayerai de leur dire que ce sera toi qui récupèreras le colis.

- C'est ça, dis-leur que je n'ai aucun péché à confesser, mais que je leur rendrai visite quand même - plaisanta Antoine dans un grand sourire qui dévoilait toutes ses dents.

- Oui, bien sûr, l'homme sans péché, c'est ça - rigola Nicolas. Qu'est-ce que tu en dis, on se met en route ?

- Oui, mais d'abord donne-moi une minute pour prendre quelques photos de toi ici dans le bar. N'oublie pas que je suis ton photographe. Fais une tête de type intelligent et souris parce que c'est gratuit en Zone libre - dit Antoine en riant tandis qu'il prenait quelques photos du célèbre journaliste savourant un thé maure dans un bar coquet de la magnifique Zone libre. J'adore ce Canon, il est génial. Même moi je peux prendre de bonnes photos !

- Ce n'est pas un Canon, c'est un foutu Nikon, espèce d'ignorant ! C'est si dur de lire les cinq lettres écrites au-dessus de l'objectif ?

- « Foutu Nikon » fit semblant de lire Antoine, maintenant oui, je pense que je m'en souviendrai. Allons-y, Farida nous attend.

Nicolas laissa un billet de dix nouveaux francs sous le verre vide et se leva. Antoine déplaça un peu le verre pour couvrir le visage de Louis Darquier, dont le portrait au crayon occupait le centre du billet.

- Tu es un gamin. Tu ne grandiras donc jamais ? - demanda Nicolas.

- Je n'ai pas l'intention de devenir un gars intelligent comme toi et je n'ai pas envie de voir le visage de ce fils de pute - répliqua Antoine avec son éternel sourire.

Les deux amis quittèrent le bar pour se diriger vers le canal Saint-Martin. Ils rejoignirent le même banc en bois où Antoine avait attendu une heure plus tôt ; ils s'assirent tous les deux et contemplèrent l'eau en continuant leur conversation. Un drone survolait sans arrêt la rue presque déserte. L'eau du canal clapotait doucement contre la rive, et les rares canards réveillés ce matin nageaient comme d'habitude, en file indienne et selon un tracé irrégulier. De l'autre côté du canal se trouvait le mur qui séparait la Zone libre du reste de Paris, un ensemble de blocs de béton gris, droit et brut, entouré de fil barbelé.

Le mur avait séparé la population de Paris en deux groupes : les « autres » qui vivaient en Zone libre et les « nôtres », qui vivaient de l'autre côté, dans la ville, comme des personnes normales. La pauvreté, quoique non dépouillée d'une certaine dignité, aidait au lent processus de démarcation de cette différence, rendant les « autres » toujours plus différents des « nôtres ». La cohabitation avait apporté aux « autres » une sensation renouvelée d'identité collective, qui les différenciait encore des « nôtres ».

Antoine et Nicolas, les deux amis vêtus comme des « nôtres », attendirent sur le banc en bois quelques minutes jusqu'à ce qu'une jeune femme qui se promenait sur le bord du canal s'asseye près d'eux. Elle portait une burqa noire qui lui couvrait tout sauf les yeux.

- Comme je te le disais - dit Antoine d'une voix basse mais suffisamment claire pour que la fille à son côté l'entende - je me suis toujours demandé quels vêtements portaient les femmes sous ces burqas noires. Qu'est-ce que tu en penses ? Peut-être une culotte rouge et un soutien-gorge push-up ?

- Tu me le demandes à moi ou à ton ami ? Parce que dans mon cas, je ne porte rien - répondit la jeune femme, qui s'appelait Farida.

- Rien ? - demanda Antoine.

- Je n'aime pas les sous-vêtements. Je préfère être nue - répliqua-t-elle d'une voix ferme.

- Je l'imaginais bien ! Mais alors c'est mieux que tu gardes ta burqa noire, il ne faudrait pas qu'un homme de saute dessus - répondit Antoine surpris par la réponse, le regard toujours fixé sur Nicolas pour que de loin, ils semblent discuter entre eux et non avec Farida.

- Pourquoi cela devrait-il me déranger qu'ils me sautent dessus ? Tu es jaloux, peut-être ? - interrogea Farida.

- Ce qui est sûr, c'est que je n'ai jamais misé un franc au casino, biaisa Antoine. Je n'aime pas prendre de risques, tu sais ? Ainsi, je n'oserais jamais découvrir ce qu'il y a en dessous d'une burqa. Je suis plutôt un homme simple. Si ce n'est pas affiché de façon claire et explicite, je n'achète pas.

- Toi, ce que tu es, c'est un maudit troglodyte - répliqua Nicolas en coupant court à la conversation. Je suis désolé d'interrompre votre discussion hautement intellectuelle, mais nous devons partir. - Ensuite, en se tournant vers la femme, il ajouta : Comprends bien que ce n'est pas un jeu, tu m'entends ? Fais très attention.

- C'est toi qui me dis que ce n'est pas un jeu ? Je ne sais pas comment tu t'appelles, mon gars, mais crois-moi que j'en suis parfaitement consciente. Les jeux n'existent pas en Zone libre - répondit Farida.

- Je m'appelle Antoine - se dépêcha d'intervenir Antoine, sans laisser à Nicolas le temps de répondre.

- Tais-toi, idiot, mais qu'est-ce qui te prend ? s'énerva Nicolas. Pour l'amour de Dieu, Tony, nous ne sommes pas censés donner nos noms, qu'est-ce que tu crois ? Allez, on y va, lève-toi, on s'en va.

- Ne m'appelle pas Tony, je ne suis pas un gamin, d'accord ? - répliqua Antoine d'un ton ferme.

- Avant que vous ne partiez, j'aimerais vous dire quelque chose - les interrompit Farida. Je vous remercie tous les deux. Vraiment, merci. Je comprends très bien ce que vous faites, ainsi que le risque que vous courez, et je sais qu'aider le Front de Résistance musulmane doit sembler étrange, mais nous luttons pour les mêmes principes de liberté que vous. Ce n'est pas nous les radicaux, ceux qui décapitent les gens sur Internet ; ceux-là sont nos ennemis aussi, vous devez nous croire. Même s'il est très tard, nous sommes là.

- Ne t'inquiète pas. Même si certains ne le comprennent pas, nous sommes tous dans le même bateau. Nous le faisons pour vous, mais aussi pour nous - expliqua Nicolas.

- Alors, dis-nous la vérité, Farida - interrompit à nouveau Antoine. C'est vrai que tu ne portes rien sous cette burqa ?

- Absolument rien, Tony - répondit Farida.

- Ne m'appelle pas... - commença Antoine, sans terminer sa

phrase. - Toi, si, toi tu peux m'appeler Tony - concéda-t-il finalement, et il imagina la fille sourire sous sa burqa, parce qu'il lui avait semblé voir ses yeux se fermer un peu. Mais il n'en était pas sûr.

Antoine et Nicolas se levèrent et immédiatement, Farida saisit le petit paquet laissé par Antoine sur le banc et le cacha sous sa burqa. Sans se hâter, les deux amis marchèrent jusqu'au coin, où ils tournèrent en direction de l'entrée principale de la Zone libre. Antoine regarda une dernière fois en arrière la silhouette noire d'une jeune femme assise sur un banc en bois, le regard perdu et les mains sous ses jambes à la recherche d'un peu de chaleur, à côté du canal Saint-Martin, dans le 18e arrondissement de Paris, désormais une partie de la Zone libre.

- Antoine, je suis furieux. Tu es un imbécile fini. Qu'est-ce qui t'a pris de lui dire ton nom ? Tu sais que tu as fait une connerie, non ? Tu n'aurais pas dû flirter avec elle, tu es un insensé, en plus d'un imbécile - l'incendia Nicolas.

- Insensé ? Non, monsieur, je ne le suis pas. Tu sais que je ne me suis pas trompé, que je ne l'ai pas fait sans réfléchir, tu me connais et tu le sais. Cette fille portait une burqa noire, elle se promène couverte, elle peut être plus moche que le diable. Ce n'est pas un flirt, est-ce que tu es aveugle ? Je voulais seulement qu'elle sache que ça nous importe, qu'elle n'est pas seule, que nous la voyons comme une personne, pas comme un numéro de plus dans la Zone libre. Cette fille vit en enfer, elle a beaucoup de cran, c'est une héroïne. Qui sait, dans un mois elle sera peut-être morte, et moi je parlerai avec l'un ou l'autre de ses remplaçants. Elle disparaîtra pour toujours. Et tu sais le pire ? Elle le sait, elle sait qu'elle risque sa vie. Mais elle se lève le matin, elle sort de chez elle, s'assied sur ce maudit banc en bois face au canal, sous une dizaine de drones qui la surveillent et écoutent tout, et elle attend que nous lui donnions un paquet.

- Je comprends, Tony, bien sûr que je te comprends, mais tout ce que tu gagnes, c'est que tu nous mets tous en danger. Tu as fait une erreur. Ne refais plus jamais ça - insista Nicolas.

Quand ils arrivèrent à l'entrée principale, les deux gardes carrés attendaient toujours dans la même position que quelques heures plus tôt, avec leurs vestes en néoprène et leurs manches courtes, leurs énormes mitraillettes et leurs visages anonymes. Antoine observa les mains des gardes, vérifiant qu'ils avaient tous les deux une croix gammée tatouée comme symbole du Parti. L'aspect des petits tatouages était en soi sinistre, comme un code mafieux, de ce bleu foncé et avec ce contour flou qui étaient depuis toujours synonyme des tatouages de mauvaise qualité.

« Ça, c'est nouveau, ils montrent enfin leur vrai visage - pensa Antoine. Les croix gammées sont chaque jour plus présentes, chaque jour plus explicites. »

Ils passèrent leurs cartes d'accès et cette fois, la porte s'ouvrit sans encombre. Enfin de l'autre côté, Antoine se tourna et lut l'inscription en lettres gothiques :

ZONE LIBRE - ENTREE RESTREINTE.

SEULS SONT ADMIS LES MUSULMANS ET

PERSONNES AVEC CARTE D'ACCES.

De son côté, Farida restait assise sur le banc en bois, les mains sous ses jambes, en quête de chaleur, à l'abri du froid. Elle ferma les yeux et sentit le vent glacé sur son visage, à travers la fine toile noire de sa burqa. La jeune musulmane se leva et marcha près de l'eau, les paroles d'Antoine toujours à l'esprit. Elle ne put s'empêcher de sourire, lâcha même un petit rire. C'était la première fois en longtemps que quelqu'un lui parlait comme à une femme. C'était la première fois, depuis qu'ils l'avaient enfermée en Zone libre, qu'elle se sentait comme une véritable personne. Elle se rappela le visage d'Antoine, ses yeux inquiets, la manière dont ses mains s'agitaient tandis qu'il parlait sans arrêt, un mot après l'autre, sans même prendre le temps de respirer.

Et en plus il avait flirté avec elle, lui, un homme libre, jeune et beau, il l'avait regardée. Elle accéléra le pas près de sa maison, sans pouvoir arrêter de sourire. Il lui était impossible de l'oublier. « Il a l'air intelligent - pensa-t-elle. Mais, en réalité, il ne m'a même pas vue, il n'y a pas moyen que je lui ai plu. Si seulement il pouvait me voir une fois sans la burqa... une fois seulement, ce serait suffisant. Si nous pouvions parler sans hâte, comme les gens normaux, comme les gens libres, je suis sûre que je lui plairais. » Elle regarda les canards sur le canal, écouta les clapotis de l'eau sur la rive, et pour la première fois elle perçut une certaine beauté dans la Zone libre.

Elle s'arrêta un instant et regarda les alentours. La magie de Paris était toujours présente, elle ne l'avait simplement jamais remarqué. Elle se consola en pensant que si Antoine était là, elle pourrait lui montrer cette vieille maison aux murs couverts de jasmin d'hiver. Elle pouvait sentir leur parfum de loin, avant même de tourner le coin. Les branches avaient grimpé le long du mur, entourant les fenêtres, chacune d'elles, jusqu'au toit. Le jaune des fleurs se mêlait au vert des feuilles qui brillaient sous les infinies gouttes de rosée. Sans cesser de sourire, Farida tourna au coin quand, soudain, elle vit un drone voler à ses côtés dans la rue, la petite caméra fixée sur elle. Elle évita de le regarder pour empêcher le maudit appareil d'identifier son iris.

Toute trace de sourire quitta rapidement son visage. Elle s'efforça de garder le même rythme, de marcher tranquillement, avec une apparente normalité, sans s'arrêter, sans accélérer. Mais le drone ne cessait de la suivre. Elle marcha plus de cinq minutes qui lui semblèrent durer une éternité. Un homme qui la croisa lui chuchota qu'un drone la collait. « Comme si je ne l'avais pas remarqué » pensa Farida. Elle décida alors de changer de stratégie et s'arrêta un instant, comme pour regarder la vitrine d'un magasin de vêtements de seconde main. Le drone resta immobile à côté d'elle. Elle pouvait entendre le bruit de ses hélices et, si elle fermait les yeux et se concentrait, elle sentait même le vent sur ses habits. Dans le magasin, une femme âgée regardait un maillot de football. Leurs yeux se croisèrent, et Farida put voir la panique dans le regard de la dame à la vue du drone collé derrière elle.

Farida revint sur ses pas, en direction du canal. Le drone continuait de voler lentement à ses côtés, silencieux et toujours plus proche. La jeune fille mit les mains dans sa burqa et tâta le paquet qu'Antoine lui avait donné. Il était toujours là. Elle chercha le soleil qui se couchait déjà entre les toits et tenta de se placer à contre-jour pour éviter que la caméra du drone puisse la voir clairement. Elle changea à nouveau de direction, mais le drone ne la quitta pas. Farida commença à désespérer et, sans savoir que faire, s'assit sur un banc en bois près du canal, baissa la tête et la mit entre ses mains. S'ils l'arrêtaient, il lui serait impossible d'expliquer la présence du paquet. Et s'ils l'interrogeaient, parviendrait-elle à ne pas divulguer le nom d'Antoine ? Farida regretta d'avoir alimenté leur conversation. Ça avait été une erreur. Mais alors, à cet instant précis, le moteur du drone prit de la vitesse. Les yeux levés, elle le vit s'éloigner et raser l'eau avant de disparaître au coin.

Quelque trois ans plus tôt, la nuit du 9 au 10 novembre 2038, s'était produit un événement qui changerait l'histoire des Musulmans de France. Tout avait commencé le matin du mardi 9 avec l'apparition d'un enfant chrétien âgé de quatre ans à peine, son petit corps flottant dans la Seine. La chaîne d'informations officielle avait diffusé sans discontinuer l'image grotesque des pompiers tentant de repêcher le petit corps avec des cordes depuis ses bottes en caoutchouc. L'un poussait de loin avec un bâton, l'autre tentait de l'attraper tel un cowboy américain, ratant à chaque essai mais réessayant chaque fois. Finalement, il parvint à attraper une petite jambe à partir de sa botte, pour le lever comme un trophée et le montrer à la foule amassée sur la rive. Il régnait un silence sépulcral.

Un gros plan du corps déjà sans vie de l'enfant, enflé d'eau, les yeux presque sortis de leurs orbites et le cou tordu, occupait la première page des journaux du matin. Le chef de la police s'était empressé d'attribuer l'assassinat au Commando radical islamique, en le qualifiant d'« assassinat rituel, la conséquence inévitable après tant de décapitations, plus de cent chrétiens égorgés en France en un peu plus de cinq ans ». Les déclarations du chef de la police étaient entrecoupées de reportages de citoyens furieux qui criaient vengeance. « Jusque quand ? » avait titré *La Libre parole*, en grandes lettres noires sur la photo de l'enfant. Le chef de la police avait déclaré : « Si les gens sortent dans les rues pour chercher vengeance, nous ne pourrons pas les arrêter. »

Et c'est ainsi que se produisit ce que le gouvernement qualifia de soulèvement spontané et populaire. Des centaines de jeunes portant chemises noires et brassards à croix gammée prirent d'assaut les rues de Paris cette même nuit et au cri de « vengeance » détruisirent les vitrines des magasins des quartiers à majorité musulmane. Par la même occasion, ils attaquèrent également les magasins du quartier juif. Des milliers de personnes revêtirent la chemise noire. Un groupe de jeunes de la Résistance française, armés de matraques, tenta d'arrêter les chemises noires et provoquèrent un affrontement qui se solda par des dizaines de morts. L'aube du 10 novembre surprit les rues de Paris envahies par la police, la Grande mosquée détruite et incendiée, plus de quatre-cents Musulmans assassinés et des centaines de personnes arrêtées.

Dans un discours télévisé de la matinée du 10 novembre, le chef de la police promit de veiller à la sécurité de la population musulmane de Paris. Pour cela, le gouvernement avait décidé qu'il serait plus sûr pour les Musulmans de vivre dans une zone protégée, mais libre. En moins de deux semaines, on avait construit un mur qui entourait le 18e arrondissement de murs de ciment, le transformant en « Zone libre », c'est-à-dire libre de Chrétiens, où seuls les Musulmans pouvaient vivre. Le gouvernement s'était engagé à protéger ses citoyens musulmans et pour respecter cette promesse, il leur avait demandé de collaborer en se réfugiant tous en Zone libre.

La densité d'habitants par kilomètre carré grimpa en flèche, c'était évident, mais il s'agissait d'un dommage collatéral inévitable et c'était pour leur bien. Pour garantir la sécurité des Musulmans, les autorités ont émis un décret qui les empêchait de sortir de la Zone libre sans une autorisation spécifique qui se présentait sous la forme de « carte de sortie », émise de manière exceptionnelle pour les citoyens aux emplois catalogués comme « indispensables ». En effet, dans l'enceinte de la Zone libre, les Musulmans seraient exactement ça : libres de se déplacer, à pied ou à vélo, puisque la densité de population ne laissait pas d'espace aux voitures, qui de toute façon avaient été confisquées avec le reste de leurs biens et propriétés pour financer la construction du mur et les autres mesures de sécurité nécessaires pour les protéger. Une mesure somme toute absolument juste, puisqu'elle était prise pour leur bien.

- 5 -

Antoine se promena une demi-heure sur la rive de la Seine jusqu'à la place René Viviani, qui avait été rebaptisée Parc Robert Brasillach un an plus tôt. Viviani s'était avéré trop pacifiste pour mériter une place dans la capitale de la Sixième république française, tandis que Brasillach, plus qu'une simple place, méritait un véritable parc. De là, on pouvait profiter de la meilleure vue sur la cathédrale de Notre-Dame qui, illuminée dans la nuit parisienne, se faisait fastueuse, pharaonienne. La cathédrale était une affirmation du pouvoir passif, presque éternel et provocant ainsi l'Église de Rome. Mais afin de montrer clairement qui dirigeait le Paris temporel, le gouvernement avait enjoint d'orner les deux grandes tours de bannières rouges et noires au symbole du Parti. Goebbels lui-même n'aurait pas fait mieux.

Antoine regarda un instant les gargouilles qui s'élevaient des toits de la cathédrale, chimères aux formes d'animaux terribles et imaginaires, bêtes conçues pour effrayer le diable en personne, monstres qui semblaient prêts à sauter du haut du bâtiment. Leur vision était aussi terrifiante aujourd'hui que 800 ans plus tôt. Le ciel de plomb, orageux, le brouillard épais orangé par les lumières de la cathédrale, le tonnerre et les éclairs sporadiques semblaient donner vie aux statues, qui suivaient les passants des yeux. Antoine prit peur et accéléra.

Le Quai de Montebello était désert ; la majorité des Parisiens préférait rester chez eux que faire face à la tempête qui s'annonçait, ce même orage qui maintenait les drones au sol, offrant une pause rare dans leur omniprésence au-dessus des têtes des citoyens français. Antoine tourna à gauche et traversa la place en diagonale en direction de la petite chapelle qui l'attendait au bout du chemin.

La paroisse de Saint-Julien-le-Pauvre était étonnamment sobre et petite pour les standards grandioses de la capitale de la Sixième république française. Fondée au milieu du XIIe siècle, elle n'était plus aujourd'hui qu'une simple église de quartier. Antoine monta le fastueux escalier de marbre jusqu'à une petite porte en bois. Il regarda un instant à l'intérieur puis ouvrit ; le grincement des charnières effraya les colombes qui s'envolèrent dans un bruissement d'ailes.

Une fois à l'intérieur, il reconnut le parfum caractéristique des églises, cette odeur de bois mêlée à l'humidité. L'obscurité était presque totale, à peine nuancée par les reflets des vitraux en émail et l'éclat opaque des lampes en bronze. L'église semblait vide. Le silence absolu était brisé par le craquement des longues planches de bois sous les pas d'Antoine en direction du confessionnal. Le jeune homme s'arrêta un instant et se signa avant de s'agenouiller sur le petit meuble recouvert de velours rouge. Sur l'autel, le père Grouès nettoyait un calice à l'aide d'un mouchoir blanc bordé de bleu, indifférent à sa présence. Ses yeux se posèrent sur son visiteur sans que ses mains cessent de répéter le mouvement circulaire autour de la coupe. Il approchait les soixante ans, était chauve et affichait un léger embonpoint, le ventre appuyé contre l'autel. Ses mains fortes aux doigts épais semblaient plus appartenir à un paysan qu'à un serviteur du Seigneur.

Sans hâte apparente, il acheva son œuvre. D'un mouvement lent et précautionneux, il replaça le calice sur la table de l'autel, s'assurant de ne pas laisser de marques de doigts sur l'objet désormais impeccable. Il y lança une dernière œillade de satisfaction et d'orgueil, attrapa une Bible et regarda l'heure. Il se dirigea vers le confessionnal ; les planches de bois crissèrent à nouveau sous les pas du Père. Antoine l'attendait à genoux, silencieux. Le prêtre ouvrit la petite porte du confessionnal et s'assit d'un mouvement agile.

- Mon Père, pardonnez-moi, car j'ai péché - chuchota Antoine.

- Oui, Tony, crois-moi que je sais bien que tu as péché - répondit le curé.

- Allons, père Henri, ne m'appelez pas Tony, je m'appelle Antoine.

- Je m'excuse, Antoine, c'est que pour moi, vous êtes tous les fils du Seigneur.

- C'est vrai. Excusez-moi, mon père, appelez-moi comme vous voulez.

- Alors, dis-moi, mon fils, qu'est-ce qui t'amène par ici ?

- Nicolas m'a dit que vous aviez un colis saint à me remettre.

- Un colis saint ? C'est comme ça qu'ils l'appellent ? Disons plutôt que ce sont des colis, simplement, rien de plus. Pour être honnête avec toi, Antoine, j'attendais la venue de Patrick.

- Il n'a pas pu venir, il m'a fallu le remplacer.

- Il va bien ?

- Oui, bien sûr, Patrick va très bien.

- D'accord, ça me rassure - répondit le curé, en soulevant le petit rideau de toile marron qui le séparait d'Antoine afin de lui remettre une petite caisse. La voilà, fais très attention à toi.

- Dieu vous bénisse, mon père.

- Dieu te bénisse toi, mon fils. Mes prières vous accompagnent, toi et les tiens.

- Pour être honnête, plus que vos prières, ce qui nous aide beaucoup, c'est votre service de colis. C'est très bien, ce que vous faites.

- Et dis-moi, mon fils, comment va Hussein ?

- Je ne sais pas, mon père, mais je crains qu'il n'aille pas très bien. Ça fait quelque temps qu'il a disparu. Il a raté notre dernière rencontre, et depuis il ne répond plus aux messages. Je ne sais pas si ceux du Parti l'ont liquidé ou si ce sont ceux du Commando radical islamique, mais le fait est qu'il n'est plus là. Nous avons un nouveau contact au Front de Résistance musulmane, une jeune femme, trop jeune peut-être, je m'inquiète pour elle, en vérité. Elle s'appelle Farida. J'espère seulement qu'elle aura plus de chance qu'Hussein.

- Je l'espère aussi, mon fils ; si seulement je pouvais faire plus.

- Vous faites déjà beaucoup, mon père, vous pouvez en être sûr. Maintenant je dois partir, j'espère vous revoir bientôt.

- Je sais que ce que je fais est bien, mon fils, c'est la parole de Jésus. Dans Lucas 22:35, Jésus dit à ses disciples : « Quand je vous ai envoyés sans bourse, sans sac, et sans souliers, avez-vous manqué de quelque chose ? Ils répondirent : De rien. Et il leur dit : Maintenant, au contraire, que celui qui a une bourse la prenne et que celui qui a un sac le prenne également, que celui qui n'a point d'épée vende son manteau et achète une épée ». Alors tu vois bien, fils, il n'y a rien qui ne se trouve pas dans la Bible, à condition de savoir la lire. Tout ce que je fais, c'est t'aider à vendre ton manteau pour acheter une épée. Et toi, dis-moi, tu t'en vas comme ça, sans prier ?

- Je n'ai jamais été très bon pour prier, mon père, je ne crois même pas en Dieu, mais je fais tout ce que je peux pour aider mon prochain.

- Je le sais et tu fais beaucoup. Prends simplement soin de toi, tu me le promets ?

- Oui, mon père. À bientôt.

- Dieu te bénisse, mon fils.

Antoine se leva et se dirigea vers la porte. À la sortie de l'église, il partit d'un pas hâtif vers la Zone libre ; il savait qu'il était dangereux d'avoir le paquet dans son sac à dos et qu'il devait le remettre au plus vite. Dans l'entrée principale, il se retrouva, une fois encore, face à deux gardes, deux monstres aux chemises noires à manches courtes et aux visages dénués d'expression, tellement à la mode. La carte d'accès mit du temps à fonctionner, mais cette fois Antoine prit sur lui et attendit calmement. Quand la lumière verte s'alluma et que les deux bips résonnèrent, il réussit à passer son corps par l'étroite ouverture de la porte métallique. Une fois encore, il se retrouva dans la salle sombre.

- Restez tranquille pendant que nous réalisons un scan complet de votre corps - récita la voix métallique, tandis que s'élevait le bruit assourdissant du scanner.

« Scannez-moi les couilles, imbéciles », pensa Antoine.

Cette fois, la porte extérieure ne s'ouvrit pas mais les lumières s'allumèrent. La salle si terrifiante n'était plus sombre désormais.

- Bonjour. Veuillez placer votre visage contre le masque noir au mur, nous devons scanner vos iris - déclara une voix de femme étonnamment aimable, qui venait de derrière un grand miroir sur l'un des murs.

- Comme ça ? - demanda Antoine en plaçant son visage contre ce qui ressemblait à un masque de soudure.

- Oui, monsieur ; restez simplement tranquille un instant jusqu'à entendre un bip - répondit la femme. Votre carte est autorisée par le Ministère, étendue au photographe du journaliste Nicolas Right, sous le nom de Tony Pineau. Pouvez-vous s'il vous plaît me confirmer que vous êtes bien Tony Pineau ?

- Oui, mais mon nom est Antoine Pineau, pas Tony Pineau - répondit-il.

- Avez-vous emporté votre carte d'identité unique ?

- À vrai dire non, je suis désolé. Je ne savais pas que ce serait nécessaire, les autres fois...

- Ne vous inquiétez pas - l'interrompit la femme - le scan de vos iris a confirmé votre identité et votre numéro CIU 78.119.104. C'est le bon numéro ?

- Oui, c'est correct - confirma Antoine.

- Il ne me reste qu'une question : que pensez-vous photographier ?

- Nous préparons un article sur l'extension de la Zone libre, celle du côté du canal, où se trouvait avant le 19ᵉ arrondissement. Ça donne très bien, surtout les bancs près du canal.

- Très bien. Veuillez toucher l'écran vert à votre gauche avec l'un de vos doigts pour l'activer, et ensuite lire les règles de comportement imposées à tous les visiteurs de la Zone libre. Quand vous aurez fini, cliquez sur le bouton *accepter* et la porte s'ouvrira automatiquement. Passez une bonne journée en Zone libre, monsieur.

Antoine suivit les indications et lut avec attention les règles pour les visiteurs de la Zone libre. Il était interdit de parler aux habitants ; de se réunir à plus de deux ; d'emporter plus de 200 nouveaux francs, ainsi qu'un tissu d'autres bêtises qu'il ne trouva pas l'énergie suffisante de lire. C'était trop pour lui, chaque ligne s'avérait aussi grotesque que terrible. Il toucha de l'index le bouton « Accepter » à côté duquel était inscrit : « J'ai lu les instructions et je comprends et accepte que l'État a le droit de me sanctionner de quelque façon que ce soit si je ne les respecte pas ».

La porte s'ouvrit. Cette fois, la petite pièce était plus éclairée que l'extérieur, où le ciel était gris et le vent d'un froid polaire. Antoine se rendit directement au lieu de rendez-vous, un petit café sur un coin de la Rue Riquet appelé *Le Bellerive*. Une fois là, il s'assit à une table près de la fenêtre, d'où il pouvait voir le fleuve. Jusqu'à peu, de petites barques de toutes les formes, types et couleurs étaient amarrées dans ce même lieu uniquement occupé désormais par quelques canards courageux qui défiaient tant le climat que le Parti, nageant en groupe de plus de deux, parfois jusqu'à trois ou même quatre, dans ce qui constituait de toute évidence une violation flagrante des règles en vigueur pour tous les visiteurs de la Zone libre.

« On dirait que les canards sont dispensés de respecter les règles - pensa Antoine - ou peut-être qu'en réalité, ce sont des membres du Parti ? » Il prit un exemplaire gratuit de *La Libre Parole* que quelqu'un avait laissé sur une autre table et lut les titres en première page : « Le contrôle monétaire allemand sur ses voisins de l'Europe du Nord arrive à son terme », signé par Maurice Dubois, le principal éditorialiste du principal journal de la France libre ; une gazette fasciste pro-parti.

Antoine abandonna le journal et sortit un vieux livre de son sac. Il s'agissait d'une édition de poche de la *Trilogie new-yorkaise* de Paul Auster, un des nombreux auteurs interdits, raison pour laquelle le lire en format électronique était impossible et il fallait se débrouiller pour en obtenir un exemplaire papier sur le marché noir. Auster n'avait pas été interdit seulement en sa qualité de Juif, même si cette raison aurait déjà été suffisante, mais également en sa qualité de libéral opposé aux nouvelles dictatures européennes et, surtout, pour être un vieux grincheux qui, à plus de quatre-vingt-dix ans, ne se taisait jamais. Lors d'une interview, il avait osé qualifier de sénile le Commandant de la France libre.

Antoine essayait de comprendre le deuxième conte, intitulé

« Revenants ». Plus qu'un roman ou un ensemble de trois gros contes, la *Trilogie new-yorkaise* était à la littérature ce qu'un *divertimento* ou un *scherzo* étaient à la musique classique. Auster s'était offert le plaisir d'envoyer balader toutes les conventions de style, de rythme ou d'esthétique ; il avait inventé quelque chose de nouveau, obsédé par son amour des mots et sa découverte maladroite de la vieillesse.

Antoine écrivait des notes dans les marges des pages afin d'essayer de se rappeler qui était qui dans une histoire où les personnages portaient des noms de couleurs : il y avait monsieur Noir, monsieur Bleu, monsieur Blanc, etc. jusqu'à l'ennui.

« Parfois je me dis qu'ils ont bien fait d'interdire ce type » pensa Antoine, pour rire. Quelques minutes plus tard, un homme entra dans le bar et s'assit sur la chaise libre à la table d'Antoine.

- Bienvenue en Zone libre, Luc - l'accueillit Antoine.

- Ça faisait longtemps qu'on ne s'était plus vus, salua l'homme. Toi aussi, ils t'ont contrôlé quand tu es entré ? Moi, ils ont allumé les lumières de la salle noire et ils m'ont posé plein de questions.

- Oui, moi aussi, confirma Antoine. On dirait qu'ils passent à la vitesse supérieure pour contrôler qui entre et sort de la Zone libre. Ils renforcent la sécurité, Luc, c'est de plus en plus compliqué, chaque heure tout empire un peu. Pour être honnête, je ne sais pas combien de fois nous pourrons encore entrer.

- Ceux du Front ont besoin d'encore deux ou trois colis de plus, et après ils seront prêts - plaida Luc.

- À condition de pouvoir trouver ces maudits détonateurs, parce qu'ils sont difficiles à obtenir. Ceux du Commando juif nous les ont promis, mais pour une raison ou une autre ça leur prend beaucoup trop de temps. J'ai peur que les Israéliens soient devenus plus prudents depuis les derniers attentats. On dirait que des radicaux islamistes se sont infiltrés dans le Front de résistance musulmane et ça a freiné Israël, qui y réfléchit à deux fois désormais.

- Ce n'est pas l'ambassade turque qui les retient, si ? - demanda Lucas.

- Je ne pense pas, répondit Antoine. Jusqu'à présent chaque fois que les Israéliens envoyaient un paquet, les Turcs nous le livraient le jour même. Mais on verra bien.

Le serveur s'approcha de la table et, comme d'habitude, leur servit sans demander de grands verres de thé maure. De retour au comptoir, il prit la télécommande et monta le volume. La chaîne d'informations FL1 montrait la finale de la coupe de football d'Europe du Sud entre le Paris Saint-Germain et les Grecs du Panathinaïkós. Le commentateur sportif était complètement ému par le résultat de la première mi-temps, deux à un pour les locaux.

- Les deux équipes - annonçait-il, euphorique - sont libres de joueurs étrangers, de noirs, de Juifs et de Musulmans. De l'eau a coulé sous les ponts depuis ces temps où les races inférieures, au corps noir plus développé mais à l'intelligence médiocre, dominaient nos équipes. Depuis ces temps où les Allemands et les Juifs contrôlaient notre économie, où les étrangers occupaient nos emplois et où les Musulmans tuaient nos frères et nos sœurs. Aujourd'hui, nous sommes enfin libres ! Rappelez-vous, mesdames et messieurs, que les Grecs ont inventé la philosophie et la démocratie, et que nous, les Français, nous avons émancipé le monde de l'esclavage, nous avons universalisé les concepts de liberté, d'égalité, de droits de l'homme et de modernité. Quel match ce soir ! Quel jour magnifique pour commémorer notre liberté ! Je t'aime Grèce libre, je t'aime France libre ! - cria le commentateur, presque aphone, tel un hooligan ivre d'alcool bon marché.

La caméra filma les gradins du stade, où des milliers de Français faisaient le salut nationaliste, un bras tendu levé vers le haut et l'autre croisé à quatre-vingt-dix degrés, ce même salut inventé des décennies plus tôt par un comique antisémite, Français d'origine arabe, qui n'avait pas su réaliser à temps que le racisme commençait toujours par les Juifs, mais ne s'y arrêtait jamais, et qui au bout du compte s'était retrouvé à mordre sa propre queue. Mais quand il le réalisa, il était déjà trop tard. Noir et Musulman, il a fini en Zone libre.

Plus tôt, les Français avaient vu leurs jeunes faire la « quenelle », ce salut pseudo-nazi et ils n'avaient rien dit. Maintenant, des milliers de jeunes dans les rues et les stades reproduisaient ce salut inventé par un humoriste, ce geste qui n'était rien d'autre que la version légale du salut nazi. Les arrière-grands-parents de ces mêmes jeunes s'étaient battus comme de véritables héros face à l'invasion allemande durant la Première Guerre mondiale, leurs grands-parents étaient morts par centaines de milliers des mains des nazis ; et aujourd'hui, ironie de la vie pour un peuple amnésique, eux-mêmes reproduisaient ce salut nazi dans les rues de Paris.

Mais ça n'avait dérangé personne, personne n'avait eu honte, puisqu'ils pensaient qu'il ne s'agissait que du traditionnel antisémitisme européen. Ils ne réalisaient pas qu'en réalité, il s'agissait d'un symptôme, la fumée d'un feu silencieux de racisme et de haine qui couvait au sein de leur propre peuple. La validation de l'antisémitisme social comme étape préliminaire à l'antisémitisme d'État. Les Musulmans encourageaient cet antisémitisme sans réaliser qu'ils seraient les suivants, les Français laissaient les Musulmans décapiter les Juifs sans réaliser que leur tour viendrait également.

- Écoute cet idiot - s'impatienta Antoine. Pourquoi ils n'essayent pas de jouer un match contre l'Angleterre ? Ou, s'ils l'osent, contre le Manchester United, qui compte tant de joueurs musulmans et africains. Peut-être ont-ils peur qu'ils leur bottent leur cul aryen et libre ?

- C'est déjà l'heure de partir, allons-y - répondit Luc tandis qu'il se levait, non sans laisser un billet de dix nouveaux francs sur la table. Antoine, comme toujours, déplaça la tasse de thé pour couvrir le visage moustachu au centre du billet.

Ils marchèrent sans échanger un mot, tandis qu'Antoine prenait quelques photos du canal Saint-Martin, jusqu'à un banc près de la rive. Cette fois, la femme à la burqa noire les attendait déjà. Antoine s'assura que Farida apparaisse sur son dernier cliché.

- Comment sais-tu que c'est elle ? - interrogea Luc. Pour moi, avec la burqa, elles se ressemblent toutes, je ne peux pas les différencier. Pour moi, ça pourrait aussi bien être un homme assis sur ce banc.

- C'est vrai, au début elles semblent toutes se ressembler, mais après tu commences à reconnaître la personne à l'intérieur. C'est comme une intuition, grâce à sa manière de s'asseoir, les mains sous les jambes, grâce à sa manière de bouger, et évidemment grâce à son regard.

Antoine rangea son appareil dans son sac à dos et s'assit près de Luc, sur le même banc que Farida.

- Ils nous ont imposé à tous les deux une vérification de sécurité complète avant de nous laisser entrer. Ils ont même scanné nos iris et ils nous ont posé des questions - raconta Luc, en regardant toujours Antoine. Tu as une idée de ce qui se passe ?

- Aucune idée, mais il se passe quelque chose, c'est évident - répondit Farida. Je les sens au-dessus de nous en permanence. Hier deux amis ont disparu, ils ne sont jamais revenus d'une réunion dans ce que nous pensions être une maison sûre. Nous en avons discuté avec la Police musulmane, mais ils ne savent rien. Ils croient que le Parti envisage sérieusement de tous nous transférer, cette fois dans un lieu à la campagne, loin de Paris. Ils appellent ça le Projet d'Évacuation de la Zone libre, ça fait quelque temps qu'on en parle, mais maintenant je crois que c'est du sérieux.

- Merde ! - s'exclama Antoine. Farida, nous t'avons amené plus de détonateurs aujourd'hui, mais nous avons besoin d'au moins une semaine pour t'apporter le reste, et le temps presse.

- Je sais, Antoine, je suis déjà désespérée - avoua Farida. J'ai la sensation que les drones me suivent tout le temps, à chaque instant, chaque mouvement que je fais. Je ne le supporte plus, je crois que je vais devenir folle. Je ressens la même sensation de noyade que quand je faisais mes excursions de plongée et que je finissais mon oxygène loin du bateau, un sentiment de vertige, de panique.

Antoine prit le petit paquet enveloppé de papier marron et le plaça contre la jambe de Farida, pour être sûr qu'elle le remarque.

- Prends-le maintenant. Nous devons partir, mets-le sous ta burqa.

- Je le vois maintenant, merci, Tony - dit-elle, en déplaçant sa main vers le paquet.

Mais Antoine, intentionnellement, ne l'avait pas lâché. Leurs mains se rencontrèrent et Farida saisit la sienne fermement tandis qu'il restait là, tranquille et silencieux.

- Allons-y, le pressa Luc.

- Laisse-moi un instant- demanda Antoine, puis il inventa une excuse. - Nous sommes restés sur ce banc moins de deux minutes, ce serait suspect si nous partions si vite.

- C'est ça, ne me laissez pas encore. Reste un peu plus, Antoine - ajouta Farida.

Antoine lâcha le paquet et lui prit la main avec force, comme pour la protéger. « Qu'elle est petite », pensa-t-il. Un par un, il sentit ses doigts fins.

- Tu as froid, pas vrai ? - lui demanda-t-il.

- Un peu. Tu sais Antoine, les vêtements d'hiver ne sont pas arrivés chez nous, en Zone libre, alors on s'arrange avec ce qu'on a.

- Appelle-moi Tony, toujours, promis ?

- Oui, je te le promets.

Antoine déplaça un peu sa main et remarqua qu'elle portait un petit bracelet. Il le tâta des doigts comme un aveugle tente de reconnaître un objet qu'il ne peut voir.

- Il appartenait à ma mère, dit-elle.

- Qu'est-ce qui était à ta mère ? - s'étonna Luc, sans comprendre ce qui se passait.

- Rien, oublie, il est temps qu'on y aille - esquiva Antoine, en serrant une dernière fois la main de Farida en guise d'adieu.

- Quand te reverrai-je ? - demanda-t-elle.

- Je ne suis pas sûr. Demain, peut-être. Le plus vite possible. Tu iras bien, tu me le promets ? - demanda Antoine.

- Je te le promets - répondit Farida, la voix brisée. Maintenant va-t-en, ne dis pas au revoir s'il te plait, va-t-en seulement.

Antoine la regarda dans les yeux, ébaucha un sourire chaleureux, de ceux qui expriment la solidarité, qui semblaient dire « je te comprends », « je ressens pareil » ou peut-être tout simplement « je suis avec toi ». Antoine et Lucas se levèrent et se dirigèrent vers l'entrée principale de la Zone libre. Farida restait assise là, comme toujours, les mains cherchant sous ses jambes la chaleur de son propre corps. Les canards nageaient dans le canal et les drones volaient, précédés par le claquement monotone du vent des hélices sur le fuselage. Ses yeux suivirent les deux jeunes jusqu'à les perdre de vue. Elle replaça le paquet dans sa burqa et se mit à marcher non en direction de chez elle mais le long du canal, les yeux perdus dans le vide. Pendant ce temps, les jeunes tournèrent au premier coin et accélérèrent le pas.

De petites gouttes de pluie glacée commencèrent à tomber sur leur tête. Antoine n'arrivait pas à parler, il était étrangement silencieux. Il savait qu'il voyait peut-être Farida pour la dernière fois ; la jeune femme vivait peut-être ses dernières heures. Ils le pressentaient tous les deux. Il songea que la cruauté était facile à ignorer tant qu'elle restait anonyme - car l'anonymat était le principal allié de l'indifférence.

- 6 -

Nicolas s'arrêta devant le Consistoire central israélite de France, au numéro 17 de la rue Saint-Georges. Il reconnût le bâtiment grâce à la croix gammée peinte à la bombe noire sur sa porte, aux bornes de béton sur le trottoir pour éviter les voitures piégées et à la petite *mezuzah* en bronze rendu opaque par le temps, inclinée vers un côté comme pour indiquer le chemin au visiteur, placée à droite du seuil de la porte. La vieille porte en bois, avec son sommet en bronze et ses infinies couches de peinture vert foncé, avait été témoin de plus d'un siècle de barbarie européenne.

Une fois à l'intérieur, il dût attendre dans une petite salle décorée par un unique fauteuil en velours vert et une vieille bibliothèque en bois, pleine jusqu'au dernier étage de grands livres à couverture en cuir marron en apparence tous pareils. En faisant plus attention, il put lire sur chaque tranche une année inscrite en doré, de 2017 à 2035. Pour la communauté juive de France, le temps semblait s'être arrêté aux lois raciales du 15 septembre 2035.

Quand la porte s'ouvrit, un homme entra et lui tendit la main ; grand, il avait une expression aimable, des lunettes rondes dans le style de Trotsky ou de Lennon et une petite barbe soigneusement taillée. Nicolas tenta de deviner son âge ; il se basa sur sa peau blanche fine et déjà ridée, ses yeux bleu clair, ses paupières fatiguées et son visage anguleux. Il estima qu'il devait avoir plus de soixante ans. Il était si grand et maigre que son pantalon de flanelle marron, soutenu par des bretelles en cuir, se plaquait sur les côtés.

Le bureau, grand, comportait des meubles élégants. Une série de portraits en noir et blanc occupaient l'un des murs. Nicolas reconnut Theodor Herzl, l'écrivain Émile Zola et une dame âgée au visage de grand-mère juive qu'il supposa être Golda Meir. Au sol, appuyé contre le mur, se trouvait le portrait du Commandant, sûrement utilisé lors d'une réunion officielle. Le bureau en bois avec couvercle en cuir marron soutenait deux petits drapeaux, un de la France et un d'Israël.

- Monsieur Dubois, merci d'être venu. Je suis Marcel Bloch, le Président en fonction de la Communauté juive ; je dis en fonction parce que nous n'avons plus tenu d'élections depuis plus d'un an. Comme vous pouvez l'imaginer, personne ne veut de ce poste - expliqua-t-il avec un sourire forcé.

- Merci de me recevoir, monsieur Bloch. Je peux vous appeler Marcel, n'est-ce pas ? - demanda Nicolas.

- Bien sûr. Asseyez-vous à mon bureau.

- Marcel, j'ai parlé avec Clément Cohen et il m'a promis qu'il vous expliquerait les raisons de ma visite. Je suppose qu'il l'a fait, n'est-ce pas ?

- Il m'a mis au courant, mais il ne m'a pas donné beaucoup de détails.

- Comment ça se passe, ces derniers temps ? - demanda Nicolas dans l'espoir de lancer la conversation.

- Eh bien, que dire ? Nous sommes très inquiets, reconnut Marcel. Il ne reste plus beaucoup de Juifs à Paris, ça, j'imagine que vous le savez déjà, il en reste beaucoup moins que ce que les gens pensent, surtout au Parti.

- Laissez-moi deviner, environ vingt mille ? - demanda Nicolas.

- Oh, non ! Moins de cinq mille dans toute la France ! - répondit Marcel, en gesticulant de manière exagérée. Et ce alors qu'on était cinq cents mille en 2030. Les gens et le Parti gardent ce chiffre en tête, mais nous ne sommes plus autant, en réalité il ne reste plus personne.

- Cinq mille, rien de plus ? Comment est-ce possible ? - s'étonna Nicolas.

- Dès que les lois raciales de 2035 ont été édictées, une immense majorité de Juifs est partie au Canada, environ trois cent mille, et le reste en Israël. Le Canada a offert l'asile à tous les Juifs français et vous comprendrez qu'il s'agissait d'une grande opportunité pour les deux parties, au niveau de la langue. Rendez-vous compte, maintenant le français est la langue la plus parlée en Israël après l'hébreu et le russe, qui l'eût cru ?

- Je ne savais pas qu'autant de Juifs étaient partis au Canada, c'est-à-dire, on imaginait bien que beaucoup étaient partis à Israël, mais je suppose que l'histoire du Canada est restée très secrète - dit Nicolas.

- Oui, en effet, parce que le Canada francophone est un ennemi idéologique. Ce sont des Français au fond, vous savez ? Alors il est difficile pour le gouvernement d'éveiller la haine contre eux quand, au bout du compte, ce sont nos frères. Pour le Parti, il est facile de faire en sorte que les gens haïssent les Américains ou les Anglais. Mais les Français du Canada ? Non, eux, mieux vaut les ignorer. C'est pour ça que le Parti a gardé toute l'affaire secrète. Résultat, en moins de cinq ans, presque tous les Juifs ont quitté la France ; les rares qui restent sont très vieux ou trop obstinés pour s'en aller.

- Ce qui vous inclut, j'imagine ? - demanda Nicolas afin de tâter le terrain pour les questions qui allaient suivre.

- Oui, ça m'inclut. Je suis Français et je veux rester ici autant que vous. - répondit Marcel.

- Je vois bien et je le comprends. Maintenant, laissez-moi en venir au fait - répondit Nicolas d'une voix tranquille mais ferme. Comme vous le savez, le Parti renforce la sécurité en Zone libre. Il est devenu très difficile d'y entrer et presque impossible pour les

Musulmans d'en sortir. Le temps nous presse, et nous avons besoin d'aide.

- Et que puis-je faire pour vous ? - interrogea Marcel.

- Nous fignolons les préparatifs pour le Jour J - répondit Nicolas.

- Le Jour J ?

- Oui, le jour où nous commencerons la lutte - clarifia Nicolas.

- La lutte armée pour libérer les Musulmans de la Zone libre ?

- Non, ça c'est ce que fera le Front de Résistance musulmane, avec qui il est évident que nous collaborons. Mais nous, nous sommes la Résistance et ce que nous ferons, c'est renverser le Commandant et lutter pour que la France redevienne une démocratie.

- Et le Commando juif ? - interrogea Marcel.

- Ils travaillent avec nous, ils font partie de la Résistance - répondit Nicolas.

- Si vous travaillez avec le Commando juif, alors, qu'attendez-vous de moi ?

- Nous aurons besoin de beaucoup de gens pour nous aider à préparer le grand coup. Comme vous pouvez l'imaginer, Marcel, nous préparons notre Jour J depuis plus de deux ans déjà et nous pensons que l'heure est venue d'agir. Nous sommes sûrs aussi que le Parti le sait, aussi s'agit-il désormais d'une course contre la montre que nous ne pouvons pas nous permettre de perdre.

- Je vois, vous avez besoin de beaucoup de gens, bien sûr. Sincèrement, vous espérez que je recrute des gens dans la communauté juive ? - interrogea Marcel.

- Ce qui est sûr c'est que nous avons besoin de ressources, de gens, de maisons où nous cacher, d'hommes et de femmes prêts à se battre, nous avons besoin de radios, de voitures et aussi d'argent. Quand notre Jour J arrivera, ce sera tout ou rien.

- Écoutez, la communauté juive a déjà discuté de ce sujet il y a quelques mois, nous savons tout ça et nous le comprenons, mais nous avons décidé de ne pas nous impliquer en tant que communauté. Vous devez savoir que nous faisons face à une énorme pression et à une surveillance de la part du Parti. Nous payons des sommes exagérées par tête, y compris pour les enfants, pour notre liberté de mouvement, pour ne pas finir en Zone libre. Vous devez bien le savoir. Nous sommes complètement ruinés. Nous parvenons à peine à payer ce qu'exige le Parti, qui soit dit en passant ne cesse d'augmenter les tarifs de mois en mois. Il est évident, monsieur Dubois, que nous sommes de votre côté, qui est également notre côté.

» En vérité, je vous suggère de parler au Commando juif. Nous, nous sommes le maillon faible de la communauté juive, nous devons faire profil bas, et chaque centime que nous avons, chaque nouveau franc, nous devons le conserver pour acheter notre liberté au Parti.

Marcel, prit une bouteille d'eau sur son bureau. Il l'ouvrit, se servit un verre et en but le contenu en quelques gorgées. Il n'offrit pas d'eau à son visiteur, par contre, il le regarda directement dans les yeux avec un visage sérieux. Antoine lui répliqua :

- Mais votre liberté, monsieur le président, n'est rien d'autre qu'une illusion. Ou peut-être ne réalisez-vous pas qu'à l'instant même où vous n'aurez plus d'argent, ils vous emmèneront tous en Zone libre rejoindre les Musulmans ? Les Juifs peuvent se battre ou partir, c'est aussi simple que ça. Ils s'unissent au commando juif ou ils feraient mieux d'émigrer - asséna Nicolas.

- Mais, pourquoi ne partez-vous pas vous-même du pays, tête de mule ? Pourquoi c'est moi, le Juif, celui qui doit partir s'il ne se bat pas ? - répondit Marcel en élevant la voix, son visage déjà violet sous la tension, ses veines visibles sur son front tels les fleuves sur une carte.

Il se leva alors d'un mouvement brusque ; son siège tomba au sol dans un bruit retentissant qui ajouta une dimension dramatique à la discussion déjà tendue.

Nicolas resta assis et, sans hausser le ton, répliqua à Marcel :

- Permettez-moi de vous dire que j'attendais autre chose du Président de la Communauté juive, je m'attendais à son soutien inconditionnel envers le Commando juif. Votre réponse me déçoit.

L'histoire vous jugera.

- Vous déçoit ? L'homme attendait autre chose des Juifs ? - l'apostropha Marcel d'une voix ferme, tandis qu'il se penchait sur le bureau et gesticulait avec les mains. Vous attendez toujours autre chose des Juifs, vous, toujours deux poids deux mesures. Les Musulmans ont laissé une minorité de leur propre communauté apporter la barbarie du Moyen-Orient jusque dans les rues de Paris, ils n'ont rien fait pour arrêter leurs frères, ils ont gardé le silence quand les têtes de Chrétiens et de Juifs roulaient dans les rues. Mais ça, ça ne vous déçoit pas, vous n'attendiez pas autre chose des Musulmans, je suppose, rien de plus que la complicité du silence face à vos frères assassinés.

» Et puis vous, les Chrétiens, les « véritables Français », vous avez laissé les choses prendre une ampleur telle que même voter pour la Le Pen n'a rien changé. La main de fer de la droite fasciste française n'a servi à rien contre la terreur islamiste. Le discours de Marine Le Pen vêtue en orange n'a pas suffi à vous réveiller. Les « véritables Français » ont renversé leur gouvernement de droite parce qu'ils le considéraient trop mou et ont apporté ces délinquants que nous avons aujourd'hui.

» Je vous rappelle que vous tous, ainsi que votre plume, avez transformé la France en une dictature fasciste - insista l'homme. Mais ça, ça ne vous déçoit pas. Vous n'attendiez pas autre chose des musulmans ni des chrétiens, ni des « véritables Français ». Seulement des Juifs. Eh bien, notre réunion est terminée car vous ne comprenez rien, vous ne comprendrez jamais. Nous sommes moins de cinq mille, je vous l'ai dit, pour la majorité vieux et pauvres ; nous ne nous impliquerons pas, pas en tant que communauté. Vous voulez les Juifs de votre côté ? Eh bien parlez avec ceux du Commando et nous, laissez-nous en paix. Vous trouverez en eux ce que vous cherchez, des Juifs prêts à se battre à vos côtés. Nous, laissez-nous tranquilles. Maintenant, retirez-vous, monsieur Dubois.

Le président de la communauté juive se leva et, en silence, raccompagna Nicolas jusqu'à la sortie.

Nicolas sortit du bâtiment et entendit le bruit violent de la porte dans son dos. Il n'était pas certain d'avoir compris la conversation qu'ils venaient d'avoir. Il remonta le col de son large pardessus et replaça sa casquette pour se protéger du vent. Il marcha en direction de la Rue Saint-Lazare. Un drone volait si bas sur le trottoir qu'il dût s'arrêter pour l'éviter. Il resta immobile un instant, en attendant que le drone s'en aille.

« Allez, décide-toi, que je puisse me dépêcher », pensa Nicolas tandis que ses mains faisaient signe au drone de s'écarter de son chemin, comme pour chasser une mouche. Il fut surpris de remarquer que le drone était noir, chose rare. La majorité était bleus ou verts. Les noirs appartenaient à la police secrète et, pour cela, Nicolas savait qu'ils possédaient des caméras et micros au lieu d'armes et de gaz. Le problème de cette nouvelle génération d'hélicoptères, la fierté de l'industrie militaire de la France libre, c'était qu'ils étaient très silencieux et plus petits que leurs prédécesseurs, et par conséquent d'autant plus dangereux. Le drone continua son vol droit sur Nicolas.

« D'accord, j'ai compris, c'est à moi de me bouger » grogna Nicolas, tandis qu'il traversait la rue pour continuer sa marche sur le trottoir opposé.

Il reprit son chemin d'un air indifférent ; ce n'était pas la première fois qu'il devait changer de route pour pouvoir garder la tête droite. La majorité des magasins de la rue Saint-Lazare étaient fermés, les persiennes métalliques baissées, couvertes de graffitis et de pancartes officielles du Parti.

Nicolas s'arrêta un moment pour regarder l'une d'elles sur laquelle un homme noir, très musclé et vêtu aux couleurs de l'équipe nationale anglaise de football, maillot blanc et manches rouges, tapait dans une balle enflammée, une véritable boule de feu, qui atterrissait sur une petite grange au toit de paille orné d'un drapeau français, qui s'embrasait. Une grande inscription en lettres gothiques noires disait : « Les noirs, les Juifs et les Musulmans contrôlent l'Angleterre. Gardons notre France libre et propre ». Nicolas continua son chemin quelques rues de plus et à peine quelques mètres après la Rue de Budapest, il entra dans un salon de coiffure.

Le salon Jaffo semblait être une parcelle de France figée dans le passé. Deux écrans de TV plats transmettaient la chaîne FL1 en silencieux, avec les nouvelles 24 heures sur 24, sept jours sur sept. Tout le reste du salon était blanc. Les murs, les chaises, les tables. La seule exception était un petit tapis bleu et rond, situé au centre de la pièce. Sur la table basse, une revue et plusieurs tablettes étaient prévues pour les clients qui attendaient leur tour.

À ce moment, le propriétaire et coiffeur, David Jaffo, s'occupait d'un client avec qui il était engagé dans une conversation typique d'un salon de coiffure. Le coiffeur était de taille moyenne mais de complexion massive, comme un joueur de rugby. Ses cheveux noirs et lisses lui tombaient sur les oreilles et sur le front, avec une frange dans le plus pur style des Beatles. Un pantalon noir à la coupe très serrée et d'élégantes chaussures à pointes complétaient son aspect figé dans les années soixante. Nicolas prit place sur une chaise blanche à côté de la petite table basse et prit la revue *RCL : Riches, Célèbres et Libres.*

- Je suis content que la Norvège soit également libre maintenant - dit le client. Elle fera partie du Pacte méditerranéen des nations libres et grâce à ça leurs équipes, une fois nettoyées, pourront participer à la Coupe libre de Méditerranée. Ces Norvégiens, vous verrez, ils ont de bonnes équipes dans leur ligue locale et ils ont de bons joueurs. J'ai hâte de voir la tête des Italiens quand les Nordiques les battront dès le premier match. L'Italie libre se prend pour le berceau du football, mais leurs équipes n'ont pas obtenu de très bons résultats lors de la Coupe cette année. Le match de bienvenue pour la Norvège se joue dans un mois et je te parie que j'irai le voir avec mes gosses.

- La bonne nouvelle, Jean-Jacques - répondit David Jaffo - et ne te vexe pas, ce n'est pas le football, mais c'est que les Norvégiens ont du gaz et du pétrole. Sans leur aide, cet hiver nous mourrions de froid et nous devrions nous déplacer à vélo. Alors je suis d'accord, réjouissons-nous qu'ils rejoignent le pacte.

Quand il remarqua sur les deux écrans que le Président de la France libre s'apprêtait à donner l'un de ses longs discours, le coiffeur prit la vieille télécommande et monta le volume. Une fois par mois, celui qu'on appelait désormais le « Commandant de la France libre » s'adressait à son peuple pendant une heure entière au moment de plus grande audience. Mais ce discours serait différent, cette fois il serait « grandiose », c'était l'expression exacte qu'il avait utilisée ; « grandiose », puisqu'il s'agissait d'un anniversaire de la Seconde Révolution française.

- Mes chers enfants - commença le Commandant, qui se considérait comme le père de tous les Français - nous nous approchons une fois de plus, fiers, d'un anniversaire de la Seconde et dernière révolution française.

Sa voix était claire et posée. Il s'exprimait comme un grand-père parle à ses petits-enfants, en s'assurant que chaque parole ait l'importance qu'elle mérite. Ce n'était pas un discours quelconque, ce n'était pas les bavardages ou racontars d'un vieux général, mais bien un discours pur, de la plus haute expression, propre à un sénateur romain.

Il avait été composé mot par mot avec la précision d'un horloger. Chaque terme se trouvait à sa place et les Français devaient les écouter un à un. Il était clair qu'il jouissait de sa propre voix et que la cadence de ses mots le rendait fou. Il était amoureux de son discours. À quelques occasions, il allait jusqu'à étirer les voyelles pour s'assurer que ses enfants disposent du temps nécessaire pour savourer chaque syllabe.

- Il nous a fallu plus de deux cent cinquante ans pour réaliser qu'ils nous tenaient, qu'ils nous trompaient - poursuivit le Commandant. Il nous a fallu plus de deux cent cinquante ans pour ouvrir les yeux et redevenir libres ! Pendant qu'ils nous faisaient croire que le monde évoluait, en réalité, c'était toujours le même, et dans ce monde, mes chers enfants, nous n'étions rien de plus que des esclaves, rien de plus que la version postmoderne du vieil esclave comme décrit dans la Bible. Une nation française asservie. Et ils nous administraient le pire de tous les poisons : une fausse démocratie. Ils appelaient liberté d'expression ce droit inaliénable des riches et puissants d'imprimer ce qu'ils voulaient, ce qu'il leur plaisait que nous, le peuple, nous lisions. Le droit de mettre la musique sur laquelle eux voulaient que nous dansions, de dire ce qu'eux voulaient que nous, nous répétions.

La liberté d'expression n'a jamais existé en France ! La liberté d'expression, ça aurait été de donner à tous les Français le droit de s'exprimer et d'être écoutés. Mais ça, ça n'a jamais été le cas. Les seuls à jouir de la liberté d'expression étaient les riches, depuis toujours et pour toujours.

À ce point du discours, le Commandant fit une pause pour mettre en évidence la tristesse que lui causaient ces vérités qui l'émouvaient jusqu'aux larmes. Ses paroles ne touchaient pas seulement les quatre-vingts millions d'âmes françaises, mais, avant tout, elles touchaient le Commandant lui-même. À l'instar de Jésus, il avait pour mission de souffrir pour tous les Français. Il but une gorgée d'eau, inspira profondément et poursuivit avec sa grandiose éloquence.

- Non, mes enfants, nous n'avons jamais eu de démocratie en France. Ce que nous avions était une farce, une forme très créative de dictature, mais une dictature quand même. C'était une dictature douce, oui, parce qu'ils nous faisaient croire que notre vote marquait la différence, qu'il servait à quelque chose. Mais notre vote n'a jamais compté, jamais !

Pour la première fois, il haussa le ton ; mais seulement pour prononcer le mot « jamais ». Immédiatement après, il modéra à nouveau le ton de sa voix.

- Les rares citoyens qui jouissaient de la liberté d'expression se sont appropriés nos conversations et discours. Nous allumions nos téléviseurs, nous ouvrions nos journaux, nous écoutions nos radios et ils nous disaient ce que nous devions penser, ce que nous devions aimer, ce que nous devions haïr, ce que nous devions craindre, ce que nous devions dire et, bien évidemment, ce que nous devions acheter. Et plus ils gagnaient en puissance, plus ils pouvaient acheter de liberté d'expression, et ainsi plus de votes.

Mais la clé de toute cette mascarade, c'est que les puissants n'étaient pas si nombreux ni si différents qu'ils nous le laissaient croire. Non, mes enfants, ils ne l'étaient pas. En réalité, ils appartenaient tous à un même corps, à une même âme, chacun leur tour pour nous faire danser sur leur musique, à gauche, au centre, à droite. Les Sarkozy, les Hollande et les Le Pen. Une bande de clowns menteurs, esclaves de Merkel et de ses acolytes.

Et le plus triste c'est que chacun de nous a dansé sur leur musique. Ils nous ont envoyés mourir à la guerre pour eux, comme un enfant qui joue avec des soldats de plomb. Ils ont été jusqu'à nous manipuler pour que nous lancions des révolutions et des contre-révolutions, ils nous ont fait nous attacher à des arbres et en même temps sauver la banque avec l'épargne de nos vies et celles de nos grands-parents et petits-enfants. Et au travers de centaines de guerres et révolutions, de batailles électorales, de discours et de débats, ils ont réussi à garder le contrôle, toujours les mêmes, au travers des siècles.

Mais une seule fois, seulement une en deux cent cinquante ans, ils ont fait une erreur, ils ont dépassé la ligne rouge. Le système s'est effondré en 2025 quand tout a explosé avec la dernière grande dépression. Mais ils étaient si arrogants, si imbus de pouvoir qu'ils ont pensé pouvoir nous faire payer les pots cassés, à nous le peuple, une fois de plus. Et ils ont presque réussi. Nous étions prêts à être un peu plus pauvres et à payer leur addition. Mais non, messieurs, cette fois, ça n'a pas été possible !

Sa voix se brisa et, dans un effort pour se recomposer, il décida de garder le silence et de fermer les yeux. Ensuite il inspira profondément une fois de plus, comme un athlète qui se prépare pour un nouveau saut, et il reprit son discours histoire de jouir de sa nouvelle et absolue liberté d'expression.

- Nous nous serions remis à danser au son des défilés des puissants si les trois grandes nations de ce monde ne l'avaient pas empêché. Ainsi, mes enfants, comme pendant des milliers d'années, la France, Rome et la Grèce ont dû se lever et sauver le monde et notre civilisation occidentale, mettant un terme à ce jeu pervers de pouvoir et de soumission. La victoire est arrivée à l'instant précis où nous avons réalisé que la démocratie était un piège, où nous avons compris que l'heure était venue de nous battre avec nos propres poings, avec des armes, des bombes, tout ce qui nous tombait sous la main.

Mais cette fois, nous ne nous battions pas contre nous-mêmes, mes enfants, au contraire nous avons lancé une révolution contre les puissants de toujours. Les mêmes qui n'avaient pas su nous défendre contre la terreur islamiste, qui avaient laissé mourir des centaines d'entre nous sans lever le petit doigt.

Mais cette fois, c'était différent parce que nous avons lancé la dernière révolution, comme de véritables héros, et nous en sommes sortis vainqueurs. Il nous a fallu cinq ans de lutte militaire pour conquérir vos cœurs, ainsi que pour récupérer les rues et les emplois aux mains des étrangers, des Musulmans, des noirs, des Juifs. Cinq ans pour éradiquer de nos villes la terreur islamique, pour pouvoir à nouveau monter dans un avion sans être contrôlés comme si les terroristes, c'était nous. Cinq ans pour rompre le joug de la dépendance centenaire aux Allemands.

Nous avons dû attendre 2033 pour disposer d'une Constitution nationale qui défende à jamais nos droits contre la loi islamique, contre l'usurpation étrangère, contre toute forme d'influence externe. Et il nous a fallu encore plus longtemps pour redevenir forts, mais aujourd'hui nous le sommes, mes enfants, aujourd'hui nous sommes au coude à coude avec nos frères du Pacte méditerranéen, nous osons regarder dans les yeux l'Angleterre, les États-Unis, le Canada, l'Australie et toutes ces nations asservies, ces nations marionnettes qui furent un jour nos alliées et nos sœurs, mais qui sont aujourd'hui nos plus farouches ennemies.

Mais la lutte est loin d'être finie. Nous devons continuer à nous battre contre eux, pour notre liberté. Nous devons continuer de nous sacrifier pour notre nation. Maintenant nous sommes plus forts que jamais, maintenant nous avons tout ce qu'il nous faut. Il n'existe qu'un moyen de communication libre en France et c'est celui qui nous appartient à tous. Nous sommes maîtres de nos usines de voiture, de nos entreprises de télécommunications ;

maintenant, nous avons même nos propres centres de vacances, puisqu'hier j'ai décrété la nationalisation des Clubs Méditerranée. Mes enfants, aujourd'hui tout nous appartient et surtout, notre nouvelle liberté !

À cet instant précis, David Jaffo décida d'user de sa nouvelle liberté, qui lui appartenait, et se saisit de l'antique télécommande pour appuyer sur le bouton aussi démodé qu'intuitif de *mute*. Et, de ce mouvement subtil mais décisif du pouce, le coiffeur de la rue Saint-Lazare réduisit au silence le Commandant de la France libre en personne. Bien sûr ses lèvres continuaient de bouger ; en réalité sa liberté d'expression avait été suspendue momentanément. Le coiffeur dit alors à son client :

- Maintenant, mon ami, ça donne très bien, tu peux y aller. *Vive la France Libre**, camarade ! Ça fera cinquante-deux nouveaux francs. David tourna le siège du client pour qu'il puisse se voir dans le miroir, tout en nettoyant à l'aide d'un vieux pinceau les cheveux tombés sur ses épaules.

Nicolas se leva, laissa la revue sur la petite table basse et prit la place du client sur l'unique chaise du salon. Le coiffeur lui mit un tablier blanc et l'ajusta sur son cou.

- Comme ça ? - lui demanda-t-il.

- Très bien - répondit Nicolas, tandis que commençait le claquement des ciseaux qui se déplaçaient à toute vitesse près de son oreille. David se préparait à commencer son œuvre.

- Comment voulez-vous que je vous coupe les cheveux ? - lui demanda-t-il.

- Pas trop court s'il vous plait, comme le type sur ce portrait, là, au mur - répondit Nicolas en pointant une photo en noir et blanc collée près du miroir. C'était un vieux portrait du XXe siècle.

- Très bien, je ferai de mon mieux. Et toi, Jean-Jacques, bonne journée mon ami ! - dit-il au client qui s'en allait.

La porte s'ouvrit, laissant entrer un courant d'air froid. Le panneau « ouvert » attaché par un fil et une petite ventouse transparente tapa contre la vitre.

- Tu devrais venir plus souvent, tes cheveux sont trop longs, Nico - reprocha David quand les deux amis se retrouvèrent seuls.

- Obtiens-moi ce qu'il me faut et tu me verras tous les jours - répliqua Nicolas.

- Tu sais que je fais ce que je peux.

- Ce que tu peux ? - demanda Nicolas.

David acquiesça de la tête.

- Oui, du mieux que je peux, le plus possible. Maintenant, baisse la tête et ne bouge pas, parce que tes cheveux sont très longs.

- David, nous avons besoin de beaucoup plus de détonateurs, le plus vite possible. La situation est très délicate - expliqua Nicolas.

- Nous les attendons, prends patience. La rue est très dangereuse ces jours-ci, et les Turcs sont inquiets, non sans raison. Nous avons déjà accepté la remise, il ne nous manque que leur signal pour y aller.

- Tu m'as dit la même chose la semaine passée - fit remarquer Nicolas.

- Détends-toi un peu, tu veux ? Nous aussi nous avons besoin de beaucoup de détonateurs. Tu sais que nous partagerons notre prochain colis, mais tu dois attendre. Nous ne t'avons jamais laissé tomber, je me trompe ?

- Non, c'est vrai - admit Nicolas en levant la tête pour regarder David dans le miroir.

- Garde la tête baissée, espèce de tête de mule de *goy* ! - lui intima David. Nicolas baissa la tête tandis que le coiffeur lui coupait les cheveux dans la nuque.

- En parlant de garder la tête baissée, devine à qui j'ai rendu visite aujourd'hui - demanda Nicolas.

- Tu as été voir le vieux, pas vrai ? Vous, les *goyem*, vous êtes tous pareils, vous ne pouvez pas laisser mon peuple en paix, jamais. Tu ne te rends pas compte qu'ils font tout ce qu'ils peuvent ?

- David, ça me semble incroyable que toi, tu ne les juges pas. Moi, je pense que les Juifs sont en train de commettre une terrible erreur.

- Ne mélange pas tout - répliqua le coiffeur. Les Juifs sont en Israël mon ami ; ici ce sont nous, ceux du Commando juif, qui combattons la tête bien haute. Mais toi, garde-la baissée que je coupe tes cheveux blonds de *goy*.

- Je voulais juste parler avec le vieux avant le grand jour. Je lui ai fait face et je lui ai dit : « Marcel, l'histoire te jugera. »

- Pareil pour toi. L'histoire va tous nous juger - tempéra David. Les rares qui restent à la direction de la communauté juive sont mes frères, les plus faibles, et ils sont autant victimes que les autres, tu ne peux pas les blâmer. L'histoire jugera la France, les Français, pas les deux mille Juifs qui n'ont pas pu s'échapper à temps.

- Parfois, j'ai l'impression de voir un film du passé, un de ceux en noir et blanc, sur la Deuxième Guerre mondiale. L'Europe s'effondrait petit à petit et les masses ne faisaient rien. Mais cette fois je sais que ce sera différent ; tu verras comme la Résistance française marquera la différence, nous renverserons très bientôt ce pirate et nous le ferons avec votre aide - dit Nicolas.

- Les masses agissent, et beaucoup ; en commençant par voter pour ces criminels qui sont au pouvoir, par croire qu'il y avait un printemps arabe, par nier que le problème du radicalisme islamique venait d'eux, pas des autres. Maintenant tu peux lever la tête, j'ai fini. Ça te va très bien, comme tu peux voir. Je suis coiffeur tu sais ? Pas magicien, je coupe les cheveux mais je ne fais pas de chirurgie esthétique ni de Photoshop. Alors, je n'accepte pas de réclamations ! - plaisanta David qu'il époussetait les cheveux des épaules de Nicolas.

- Je vois que tu es de bonne humeur - commenta celui-ci. Très amusant ! Je vois que tu as récupéré ton vieil humour juif, allez, ça me parait génial. Mais si ça ne te dérange pas, je rirai plus tard, maintenant j'aimerais te poser une question.

- Attaque - répondit David.

- Littéralement ?

- Non, pas littéralement ; en réalité je me demande si tu auras le courage de le faire littéralement quand on te touchera, et j'espère que ce sera pour bientôt. Mais maintenant, contente-toi de poser ta question - répliqua le coiffeur en riant à nouveau et en tournant la chaise de Nicolas pour pouvoir voir son visage.

- Dis-moi, David, où dois-je récupérer notre prochain colis ? - demanda Nicolas.

- Jolanda Sandler - répondit David.

- Qui est-ce ? - demanda Nicolas. Elle est Juive, je suppose ?

- Non, elle ne l'est pas. Toutes les personnes avec un nom étranger ne sont pas forcément Juives, morveux. Jolanda est une infirmière polonaise, catholique, mais elle travaille avec nous. Vu comment ça avance, on va devoir changer le nom de notre groupe et le rebaptiser Commando juif et amis. Jolanda travaille au cinquième étage de l'Hôpital Val-de-Grâce. Tu sais lequel c'est, non ? L'ancien Hôpital militaire. Elle travaille là tous les jours, de 16 heures à minuit, et elle est chargée de la section RMP. Demande-la à la réception, c'est facile de la trouver. Même toi, tu ne peux pas te perdre. Vas-y le jeudi, elle aura ce que tu veux, pas tout, mais assez. Va le prendre de toute façon, c'est mieux que rien.

- Qu'est-ce que c'est, la section RMP ? - demanda Nicolas.

- Littéralement, ça veut dire *Réservé aux Membres du Parti*. Tu sais bien : technologie dernier cri, chambres individuelles avec salle de bain privative, repas délicieux et, enfin, tout ce que nous, les Français, nous ne voyons que dans les revues de riches. Ils ont rénové tout l'étage en secret, pendant que vous, les journalistes, vous étiez occupés à couvrir la supposée révolte islamique à Londres ; sous tes propres yeux et ta plume tellement indépendante - se moqua David.

- Tu as oublié de dire ta plume *goy* - répliqua Nicolas.

- En effet, ta plume indépendante et *goy* - acquiesça David en riant.

- Tu as besoin de savoir à temps qui ira le chercher ? Je ne sais pas encore si je pourrai y aller cette fois. Peut-être qu'Antoine ira - expliqua Nicolas.

- Envoie qui tu veux, arrange-toi simplement pour ne pas laisser Jolanda en plan avec ce matériel, tu te doutes bien que ça lui brûle les mains. ·

- Merci pour ça, David, n'oublie pas de dire à tes amis que les gens de la Résistance leur sont très reconnaissants.

- Ne t'inquiète pas, tu recevras l'addition ! - répliqua David, en éclatant de rire.

Nicolas se leva, serra fermement la main de David, le prit rapidement dans ses bras et quitta le salon.

- 7 -

Antoine arriva à l'Hôpital Val-de-Grâce à 16:00. Le bâtiment en béton carré et impersonnel construit plus de cinquante ans auparavant dégageait une impression d'abandon. Les murs affichaient une couleur indéfinie entre le gris et le marron, les fenêtres étaient noircies par la poussière et la pluie ; et il manquait des lettres au panneau indiquant le nom de l'hôpital. Des décennies de crises et de coupes budgétaires avaient laissé leur empreinte sur ce que les habitants surnommaient « l'hôpital cubain », parce qu'à l'exception des médecins, tout y était sinistre.

Un énorme drapeau français ondulait au-dessus de la porte du bâtiment principal. Antoine se promena sur le trottoir d'en face pour évaluer la situation et aperçut une dizaine de gardes, tous carrés, monter les escaliers de l'entrée, arrêter les gens sur le seuil et leur demander leurs papiers d'identité. Antoine ne les avait pas et pensa revenir. Il s'agissait peut-être d'un simple contrôle de routine, à moins qu'ils cherchent quelqu'un en particulier. Tôt ou tard, il savait que son nom figurerait sur la liste noire. Peut-être s'y trouvait-il déjà. Mais il n'avait aucun moyen de s'en assurer.

« Dix gardes à la porte, c'est trop - pensa-t-il - je ferais mieux de revenir dans une heure. »

Tandis qu'il faisait demi-tour, un drone noir lui bloqua le passage. Antoine le regarda un instant et vit la petite caméra se focaliser sur lui. Il décida alors de traverser la rue et de se rendre à l'hôpital. « Quitte à s'échapper, autant le faire vers l'avant », pensa-t-il. Aussi passa-t-il entre les gardes le regard baissé, évitant tout contact visuel. Aucun agent ne sembla le remarquer jusqu'à ce que l'un d'eux se tourne et l'arrête d'un coup dans la poitrine. C'était comme se cogner contre un mur.

- Où allez-vous ? - lui demanda-t-il.

- Voir le médecin, à la MPR - répondit Antoine.

- Vous voulez dire RMP. Allez-y alors, ne vous arrêtez pas dans les escaliers - répondit le garde sans le regarder.

Antoine entra dans l'hôpital et fit la file à la réception pour demander comment trouver la section RMP, tandis qu'il regardait discrètement aux alentours pour repérer les caméras de surveillance, les lecteurs d'iris et les scanners cachés dans les cadres des portes.

Son cœur battait à tout rompre. Il était impossible de distinguer la vérité d'une simple intuition. La ligne qui séparait l'inquiétude sensée de la paranoïa absolue devenait toujours plus floue. Il ne savait plus si les drones le suivaient ou s'ils volaient simplement au-dessus de lui, si les gardes le cherchaient ou s'ils vérifiaient les papiers de tout le monde. Peut-être tout cela n'était-il qu'une crainte insensée, peut-être les membres du Parti et ceux du Ministère ne savaient-ils rien de ses activités ; peut-être que même s'ils les avaient connues, ça ne les aurait pas intéressé. Mais comment le savoir ? C'était impossible à vérifier. Il sentait qu'il perdait peu à peu la raison, qu'il ne pouvait plus marcher sans penser que chaque drone le suivait.

Il regarda aux alentours et vit deux médecins discuter, l'un d'eux le regarda un instant. Peut-être était-ce des policiers en civil, peut-être même étaient-ils en train de l'attendre. L'un d'eux surtout paraissait trop musclé, c'était certainement un agent en civil. Ou peut-être était-il vraiment médecin ? Pourquoi ne pourrait-il pas être un de ces types qui passe sa vie à la salle de sport ? Antoine chercha sur ses mains le tatouage du parti, mais il les bougeait trop vite en parlant, puis il les mit dans ses poches. De toute façon, il ne devait pas s'inquiéter, ce n'étaient peut-être que des docteurs. Ou peut-être pas. Comment le savoir ?

Encore une fois, il eut l'impression de devenir fou. Son cœur battait plus vite, ses mains devenaient moites. Il sentit sa température interne grimper, tout le monde le regarder. Il enleva son manteau, suffocant de chaleur, et s'efforça de se calmer en inspirant profondément. Après tout, ça faisait plusieurs minutes et ils auraient déjà pu l'arrêter. Ou peut-être le suivaient-ils pour voir qui il allait retrouver. Il pensa que c'était impossible à savoir, que la vérité surviendrait toujours, par définition, trop tard. Il regarda autour de lui et vit une infirmière dont le visage lui était familier. Il était sûr qu'il l'avait déjà vue auparavant.

« Les hôpitaux sont des endroits parfaits pour échanger du matériel électronique, pensa-t-il. Médecins et infirmiers promènent de-ci de-là tant d'appareils électroniques, depuis les stimulateurs cardiaques jusqu'à l'équipement en soi, qu'un détonateur passerait inaperçu. » Antoine rangea sa veste dans son sac, à côté de son appareil photo, et s'approcha du comptoir.

Quand il demanda comment rejoindre la section RMP, on lui signala qu'il aurait besoin d'une carte d'accès spéciale qu'il pouvait demander une ici même.

- Si vous êtes du Parti, vous n'aurez pas de difficulté à en obtenir une. Ou si vous préférez, on peut aussi activer l'accès à la RMP sur votre propre carte d'identité.

« Il ne me manquait plus que ça - pensa-t-il - encore une maudite carte d'accès. » À croire qu'en France libre, rien ne pouvait se faire sans elle. La liberté n'avait jamais été si restreinte.

La section RMP ne se trouvait pas dans le même bâtiment décadent, mais dans un autre situé à l'extrémité opposée du lotissement. Antoine dut suivre sur environ cent mètres un chemin étroit qui serpentait dans ce qui semblait être les jardins d'un palais, avec des haies et des arbustes taillés géométriquement autour d'une source qui lançait un jet d'eau vers le ciel et dont la direction changeait avec le vent.

Antoine contourna la fontaine par la droite pour éviter de se mouiller et se planta face à l'imposant bâtiment de l'École de services médicaux des forces armées. Face à lui s'étendaient les infinies fenêtres de ce qui avait été jadis un fastueux monastère construit au milieu du XVIIe siècle comme cadeau de la Reine Anne d'Autriche, épouse du Roi de France Louis XIII, un Bourbon atypique. Les coupes budgétaires ne semblaient pas avoir affecté le monastère ni son impeccable coupole, surmontée bien évidemment d'un énorme drapeau tricolore.

Antoine entra par la porte principale et se dirigea vers les ascenseurs, toujours attentif aux caméras et aux gardes. L'ascenseur était, comme toujours dans les hôpitaux, une énorme caisse en acier inoxydable, dépourvue de miroirs. La majorité des patients qui l'empruntaient ne souhaitaient pas voir dans quel état ils se trouvaient. Antoine le partageait avec une personne âgée qui semblait déjà morte. Le pauvre homme était enfoncé dans un fauteuil roulant, le cheveu rare et fin sans forme aucune, son pyjama bleu chiffonné et ses faibles mains agrippées au bras de l'infirmière. Elle, de son côté, paraissait à peine remarquer sa présence, ou en tout cas ça l'importait peu ; elle parlait au téléphone d'une voix forte à quelqu'un qui devait être son petit ami. « Elle est trop jeune pour être mariée » pensa Antoine.

Cependant, ce qui dérangeait le plus Antoine dans les hôpitaux, c'était ce parfum unique et douceâtre, un mélange nauséabond de médicaments et de fluides humains. Il resta près de la porte de l'ascenseur afin d'en sortir dès qu'il s'ouvrirait. Quand il sortit, ce qu'il vit ne ressemblait pas à la réception d'un hôpital cubain mais plutôt au hall d'un hôtel cinq étoiles. Une jolie jeune femme vêtue d'une jupe très courte et d'une chemise trop moulante pour contenir ses deux seins siliconés l'accueillit avec un énorme sourire plastique, affichant sa magnifique dentition, blanche et infinie.

« Placez ici votre carte d'accès, s'il vous plaît. », lui indiqua-t-elle en montrant un panneau bleu sur l'un des murs.

- Je suis seulement venu voir quelqu'un, Jolanda Sandler - répondit Antoine.

- Très bien, attendez-moi un instant je vous prie. Je vais la prévenir que vous êtes ici. Quel est votre nom, camarade ?

- Olivier Lunsford - répondit Antoine, en utilisant un de ses faux noms les plus courants.

La femme sortit du comptoir et, se penchant sans plier les genoux, les jambes étirées depuis ses talons hauts jusqu'à sa mini-jupe, elle s'approcha d'un petit microphone et dit à voix basse :

- Monsieur Olivier Lunsford est ici.

Antoine s'assit sur un somptueux canapé en velours rouge et, de là, examina la réceptionniste. Il ne put s'empêcher de loucher sur son décolleté tandis qu'elle se penchait pour écouter la réponse. Elle était grande, avait des jambes interminables qui disparaissaient sous une courte mini-jupe et deux énormes implants ; sa peau lisse et bronzée, et ce sourire permanent qui le rendait furieux. « Tout est équilibré - pensa-t-il. Un hôpital réservé aux membres du Parti. Quelle idée géniale ! »

Moins d'une minute s'écoula et une petite infirmière mince apparut à la porte au fond de la salle, vêtue d'un tablier blanc qui semblait tellement grand pour elle qu'au lieu de quelques petits détonateurs, elle aurait pu y cacher une bombe complète. Elle avait les cheveux blonds, le teint pâle et de petits yeux bleus. Antoine l'estima âgée d'une vingtaine d'années environ, peut-être trente tout au plus. Un insigne numérique sur le rabat de son uniforme indiquait son nom en lettres rouges sur fond noir.

- Accompagnez-moi, monsieur Lunsford, je suis heureuse que vous ayez pu venir - l'accueillit l'infirmière.

Ils entrèrent dans une petite pièce près de la réception. Elle ferma la porte de l'intérieur.

- Ici, nous pouvons parler sans que vous ayez besoin d'une carte d'accès - expliqua Jolanda.

- Merci beaucoup.

- Je suppose que vous êtes Antoine, pas vrai ? - demanda l'infirmière.

- En effet.

- David Jaffo m'avait dit que vous viendriez. Voilà, c'est pour vous, ce sont des vitamines. Vous devrez en prendre une par jour, avec le petit-déjeuner - expliqua l'infirmière, tandis qu'elle lui donnait un petit sac en plastique un flacon de pilules blanches et bleues.

- C'est tout ce que vous avez pour moi ? - s'étonna Antoine.

- Le médecin m'a aussi laissé cette enveloppe. Prenez tout ensemble et si on vous demande, répondez que vous êtes venu chercher les pilules - répondit Jolanda dans un français presque sans accent.

- Parfait, je vous remercie beaucoup. Vous savez ce que contient l'enveloppe ? - demanda Antoine.

- À vrai dire non et je préfèrerais que vous ne me le disiez pas. Je crains de regretter si je l'apprends. Tout ce qui m'intéresse, c'est que vous ayez ce qu'il vous faut et que ça vous aide, c'est tout.

- Vous pouvez être sûr que ça nous aide, et beaucoup, Jolanda - remercia Antoine tandis qu'il ouvrait l'enveloppe et découvrait qu'il n'y avait pas beaucoup de détonateurs, même si c'était toujours mieux que rien. Ensuite il ouvrit le flacon avec les vitamines et les approcha de son nez. - Elles sentent les bonbons, comme des caramels. Ce sont vraiment des vitamines ?

- Bien sûr que oui, saveur orange. Elles vous plairont.

Antoine leva les yeux pour regarder à nouveau l'infirmière. Leurs yeux se rencontrèrent. Elle le regardait, attendait.

- Je peux vous demander quelque chose, Jolanda ? - demanda Antoine.

- Bien sûr, que voulez-vous savoir ? - répondit la femme.

- Quand je vois des personnes comme vous qui s'exposent, qui risquent leur vie, je me demande pourquoi elles le font. Vous n'êtes n'es pas Musulmane, pas vrai ? Ni même Juive ; pourquoi faites-vous ça ? Peut-être avez-vous un fiancé musulman, c'est par amour ?

- Vous voulez savoir pourquoi je le fais moi, ou pourquoi vous le faites vous ? Peut-être espérez-vous trouver votre réponse dans la mienne ? - analysa Jolanda.

- Les deux, je suppose. Je veux comprendre pourquoi vous nous aidez, pourquoi vous êtes là aujourd'hui à parler avec moi alors que vous savez très bien que c'est dangereux.

- Merci d'avoir demandé, Antoine, merci de vous y intéresser, mais dites-moi la vérité, vous avez peur qu'ils vous arrêtent ? Vous avez déjà pris le temps d'y réfléchir, d'imaginer comment ils vous tortureront ou même à quoi ressemblera votre mort ? Vous avez des doutes sur ce que vous faites et c'est pour ça que vous m'interrogez ? Eh bien, sachez que si vous n'aviez pas de doutes, vous seriez fou et malade.

- Je n'ai pas de doutes. Enfin, en réalité, je me demande parfois si ça a du sens de prendre des risques, si je ne devrais pas plutôt faire comme la majorité des gens, vivre ma vie, ce que je dois vivre. C'est pour ça que je me demande s'il vous arrive de ressentir la même chose.

- Eh bien, je crois que vous vivez la vie que vous devez vivre. C'est ça votre vie, Antoine, il n'y en a pas d'autre. Vous savez que beaucoup de Français luttent dans la Résistance, que bientôt nous serons la moitié plus un. C'est tout ce qu'il faut, un de plus qu'eux. Et nous ne luttons pas pour les Musulmans ni pour les Juifs ; nous luttons pour nous, pour en finir avec la tyrannie, avec le fascisme, pour redevenir libres de parler, de nous tromper, et surtout de penser autrement. C'est pour ça que nous luttons, c'est pour ça que je lutte, et je suis sûre que vous luttez pour ça, vous aussi - répondit l'infirmière.

- Bien sûr que nous luttons pour la même chose. Ce qu'il y a c'est que dernièrement, je vois beaucoup de gens disparaître et beaucoup d'autres comme vous risquer leur vie, et j'ai peur de ce qui peut leur arriver.

- Antoine, vous projetez vos peurs sur les autres - dit Jolanda.

- Plus que sur les autres, je m'inquiète pour une personne en particulier, une femme très jeune de la Zone libre. J'ai l'impression que ses jours sont comptés et je ne cesse de penser à elle. Même si je la connais à peine, je sens qu'elle est comme une sœur. Je m'inquiète pour vous aussi, vous êtes très jeune, et je ne suis pas sûr que vous compreniez les conséquences si ça se passe mal, s'ils vous découvrent. Je me demande si vous en êtes consciente.

- Laissez-moi vous raconter une histoire, quelque chose que j'ai appris l'an dernier. J'ai passé presque toute l'année au front, quand nos troupes se battaient contre l'Angleterre et l'Écosse. La guerre moderne est bien plus cruelle qu'autrefois. Les drones sont pervers, vous n'imaginez pas à quel point. Ils sont comme un feu sans fumée, ils consument toute vie sans que personne ne le remarque. Les guerres d'aujourd'hui sont silencieuses, au ralenti, pires que jamais. Et ces jeunes garçons, ils se trouvent les uns face aux autres au front, dans ces véhicules farfelus qu'ils doivent conduire, ils se saluent une première fois et une minute plus tard ils développent un lien pour la vie, un lien unique.

» Ce que vous ressentez, Antoine, est compréhensible. Vous vous inquiétez pour les membres de votre tranchée parce que votre cerveau est en mode survie, c'est comme un retour à l'époque des cavernes, quand l'homme avait besoin que le reste de son groupe survive avec lui, pour ne pas devenir la proie d'autres animaux. L'homme s'est toujours su faible quand il était seul, mais incroyable en groupe. C'est pour cela que dans cette guerre, nous devons veiller les uns sur les autres, parce que quand nos compagnons perdent une bataille, nous aussi nous la perdons ; s'ils meurent, nous aussi nous mourons. C'est comme ça que fonctionne notre cerveau primitif : le petit homme des cavernes qui dort en chacun de nous a pris le contrôle. Mais bon, au moins, cette fois ce n'est pas pour courir derrière un cerf ou une femme ! - plaisanta Jolanda avec une ébauche de sourire.

Antoine observa en silence ses petits yeux bleus. Ce n'est qu'à cet instant qu'il réalisa que c'était une belle femme, intelligente et mûre pour son âge, qui s'adressait à lui comme un général à sa nouvelle recrue. Elle avait un sourire puissant, réconfortant, comme seule une mère ou une maitresse peut avoir. Elle parlait des risques qu'ils prenaient et de la mort avec un calme parfait, presque à la troisième personne. Et elle l'avait aidé à se sentir mieux, plus assuré. Antoine appuya les coudes sur la table, le visage entre les mains, il ferma les yeux et respira profondément. Il comprit en un éclair que ce qu'il éprouvait était de la peur et du vertige puisque tout semblait s'accélérer ; il perdait le contrôle de tout ce qui n'avait été qu'une routine auparavant mais ne l'était plus à présent.

- Dans une heure je vais retrouver cette femme et je ne veux pas qu'elle meure ni qu'elle se batte. Je veux qu'elle rentre chez elle, qu'elle ne s'engage pas dans cette lutte - avoua Antoine, comme s'il n'avait pas écouté un traitre mot de l'infirmière.

- Vous parlez de la femme de la Zone libre ? - demanda Jolanda.

- Oui. Elle est très jeune et elle a peur. Depuis que je l'ai vue, la première fois, depuis que nous avons parlé ce jour-là, je n'arrive pas à oublier sa voix ; je l'entends tout le temps et quand je ferme les yeux pour essayer de m'endormir, je répète ses paroles. Je veux qu'elle survive à toute cette folie. Dans quelques jours ce lieu, et surtout la Zone libre, va devenir un enfer, beaucoup de gens mourront, ce sera la guerre totale, et je ne veux pas que Farida meure, pas elle.

- Eh bien alors sauvez-la. Rappelez-vous que si vous sauvez une vie, vous sauvez l'humanité.

- Je dois partir - répondit Antoine de manière abrupte et il se leva. Il me reste peu de temps. Je suis heureux de vous avoir connue, Jolanda. C'est une guerre très solidaire, nous sommes beaucoup, je sais, mais chacun de nous ne voit que quelques autres membres du groupe. Alors je suis content de vous avoir parlé. Et je suis heureux de sentir que je m'inquiète pour vous aussi, désormais. Encore merci. J'espère vous revoir bientôt, nous aurons besoin de plus de vitamines !

Ils sourirent tous les deux et marchèrent jusqu'à la porte. Antoine entra dans l'ascenseur et s'en alla sans dire au revoir. Peut-être n'avait-il pas le courage de regarder l'infirmière dans les yeux une dernière fois avant de partir. Il avait l'impression que tous ceux qui travaillaient avec lui pouvaient mourir à tout moment ; il ne voulait plus dire au revoir à personne. Dès qu'il sortit de l'étage RMP, il se dirigea vers les toilettes. Il ferma la porte de l'intérieur et ouvrit l'enveloppe avec les détonateurs. Elle en contenait sept, de couleur cuivre, chacun de la taille d'une petite pièce de monnaie. Il ouvrit ensuite le compartiment de batterie de son appareil photo, sortit les piles et mit les détonateurs à la place. Il rangea tout dans son sac à dos et quitta l'hôpital. Il n'y avait plus de gardes à l'entrée. Il prit le métro en direction de la Zone libre.

L'entrée principale de la Zone libre se trouvait juste en face de la station de métro *Joseph Darnand*. En sortant, Antoine remarqua que le panneau de la station portait toujours l'ancien nom, *La Chapelle*. « Incroyable - pensa-t-il. Même après dix générations, ils laissent le vieux panneau, au point que tôt ou tard cette station s'appellera de nouveau *La Chapelle*. ça j'en suis sûr. »

Il regarda derrière lui pour s'assurer qu'il était seul. Alors, sans réfléchir, il prit un marqueur noir dans sa poche et inscrivit un grand « V » sur le panneau. « C'était vraiment une bêtise - songea-t-il - mais ça en valait la peine. » Chaque V peint sur les murs de la ville était un puissant signe de résistance, qui non seulement montrait au Parti que l'ennemi était présent, mais qui rappelait également aux membres de la Résistance qu'ils n'étaient pas seuls, qu'ils étaient nombreux à désirer leur victoire face à la dictature.

Dès son arrivée à l'entrée, il remarqua que les gardes et leurs chemises moulantes aussi ridicules qu'asexuées n'étaient plus deux comme le voulait la coutume martiale du Parti, mais au moins dix, tous arrêtés près de la porte, calmes, presque immobiles, musclés et carrés comme des statues de l'ère soviétique. Antoine put s'assurer qu'il s'agissait de personnes réelles et non de figurines de musée de cire parce que l'un d'eux avait ses cheveux blonds décoiffés, contrairement à ce que le Parti attendait d'eux ; libérés du gel brillant qui les avait maintenus en place depuis le matin, ils volaient maintenant comme la France elle-même dans le vent glacé.

« Ils n'ont même pas la chair de poule, avec le froid qu'il fait. De quels démons sont fabriqués ces gars ? » - se demanda Antoine en lançant un dernier regard à leurs bras forts et nus.

Malgré la présence de tant de gardes près de la porte, le processus d'accès à la Zone libre fut simple et direct. On ne lui posa pas de question cette fois, il eut seulement le scan d'iris et les formulaires électroniques à lire et à accepter. Antoine se dirigea directement vers un bar à moins de cinq minutes de l'entrée. Il s'enferma à nouveau dans les toilettes, sortit les détonateurs de la caméra et les mit dans l'enveloppe de papier marron. En sortant, il nota que le bar était désert, les frigos et comptoirs vides ; il n'y avait pas même un petit sandwich, pas la moindre miche de pain. Seulement du thé maure. Il s'assit à une table près de la fenêtre et regarda l'heure. Il était tôt, il devait attendre. Le Président de la France libre passait une fois de plus à la télévision, le volume si fort qu'Antoine ne parvenait pas à réfléchir, mais il ne dit rien au serveur qui apporta le thé maure non sollicité.

En réalité, il voulait seulement penser à Farida, se la rappeler, ses yeux, sa peau, le contact de ses mains, toujours froides, le fin bracelet offert par sa mère. Mais il n'y parvint pas, le volume de la télévision était trop élevé ; le Commandant ne se taisait pas une seconde, immergé dans son infinie logorrhée. Il racontait des contes et s'écouter parler le fascinait.

Ce n'est pas nous, les Français, qui voulons la guerre - disait-il d'un ton patriarcal. Nous n'en voulions pas dans le passé et aujourd'hui non plus. Ce sont les Allemands qui veulent une fois encore mener à l'abîme, au chemin de la destruction, libérant le plus profond de l'instinct destructeur de l'être humain. Ça a toujours été le cas, depuis que les humains sont humains, les conflits sociaux se résolvent par la violence. Il en va ainsi avec les animaux mais également avec les humains.

Tandis qu'il parlait, le Commandant dut regarder son discours sur un papier qu'il tenait à la main. Cette fois, ses paroles n'étaient plus émotionnelles mais rationnelles ; et pour cette raison, au lieu de la classique prise de vue au premier plan, on le voyait assis derrière un énorme bureau en bois, chaussé de petites lunettes de lecture qui semblaient encore plus minuscules sur sa tête ronde et son nez méditerranéen proéminent. Cette fois, la version académique du professeur s'adressant à ses élèves avait remplacé celle du grand-père parlant à ses petits-enfants.

Pour rappeler au spectateur qu'il s'agissait du Commandant de la France libre, que son corps massif incarnait la France elle-même, un mât avec le drapeau national occupait un côté de l'image. L'écusson avec la double hache au milieu de la ligne blanche prouvait qu'il s'agissait du nouveau drapeau de la République

Libre de France. La devise « Travail, Famille, Patrie » avait remplacé l'ancien dicton tant passé de mode « Liberté, Égalité, Fraternité ». En définitive, le Commandant donnait l'un de ses discours qui depuis quelques mois se focalisaient sur la paix pour le peuple français, dans un effort plus qu'évident pour préparer les citoyens à une nouvelle guerre. Plus il parlait de paix, plus la menace de guerre se rapprochait.

La violence - continua le Commandant - s'est avérée pendant des milliers d'années l'unique manière de résoudre les conflits entre êtres humains. C'est pour cette raison que le plus fort a toujours pu imposer sa volonté, comme l'Allemagne l'a fait tant de fois dans le passé. Mais avec le temps, l'intellect a remplacé la force brute. Les humains ont réalisé que si un groupe d'hommes qui pensaient pareil, qui partageaient des intérêts communs, qui s'aimaient les uns les autres, si ce groupe s'unissait, alors il était beaucoup plus fort que toute personne lointaine ou ennemie, peu importe sa force ou sa puissance.

Ce groupe, s'il détient la majorité, pourra imposer sa volonté à la minorité, sans devoir recourir à la violence. À ce moment, la force de la violence a été remplacée par la force de la loi de la majorité. C'est là que nous en sommes, main dans la main avec l'Italie et la Grèce, prêts à imposer notre volonté à l'Angleterre et à l'Allemagne, mais aussi à soutenir nos frères espagnols qui luttent pour l'union des États ibériques sous un unique drapeau nationaliste.

Maintenant, la loi c'est nous, la loi c'est moi. Et nous sommes prêts à utiliser notre pouvoir récemment acquis pour faire en sorte que l'état de droit, de notre droit, de notre loi, s'applique à l'ennemi. Les citoyens de la vieille Europe et les États de la Méditerranée nous remercieront quand, vainqueurs, nous étendrons sur eux la nouvelle *pax romana*. Comme les Romains ou les Grecs, comme dans le passé notre empereur Napoléon, nous répandrons une fois encore la lumière dans un monde obscur, l'illuminisme dans une ère de terreur. Et ils adopteront nos lois comme les leurs et ils nous seront éternellement reconnaissants. Mais avant que ce futur irrémédiable et inévitable ne se produise, nous devrons entrer en guerre et gagner de nombreuses batailles.

Derrière le comptoir, le serveur, grand et mince, continuait sa fastidieuse tâche sans même réaliser que le Commandant donnait l'un de ses discours. De manière presque mécanique, il séchait un verre à l'aide d'un chiffon jaune, le même qu'il utiliserait un instant plus tard pour nettoyer ses lunettes, les yeux perdus vers l'infini. Sa peau tannée par le soleil, son nez affilé et ses cheveux gominés peignés vers l'arrière lui donnaient l'air d'un personnage sorti tout droit d'un film de Fellini. Comme la majorité de ses amis musulmans, il se considérait Français et il acceptait son nouveau sort comme il l'aurait fait d'une maladie, une qui ne tue pas, mais qui s'estompe avec le temps et finit par se guérir d'elle-même.

- Tu as toujours travaillé ici ? - l'interrogea Antoine.

Avant de répondre, le serveur posa le chiffon sur le comptoir, abandonna le verre et prit la télécommande pour imposer le silence au Commandant.

- Bien sûr que non. Le mot « toujours » n'existe pas, pas pour nous du moins - dit-il enfin. J'ai dû emménager ici, comme tous ceux de la Zone libre. Avant j'étais créatif dans une agence de publicité ; mais vous aurez remarqué que la Zone libre ne compte pas d'agences de publicité, donc j'ai dû changer de profession pour pouvoir gagner ma croûte. Et me voilà, servant du thé, la seule chose qu'il nous reste.

Antoine l'observa avec attention et se demanda si le moment venu, les gens comme ce serveur se cacheraient en attendant que tout finisse, en bien ou en mal. Peut-être au contraire réagiraient-ils en s'unissant à la lutte et en prenant les rues pour pouvoir être libres à nouveau.

Antoine ne comprenait pas pourquoi certaines personnes décidaient de lutter pour leurs idéaux ou au moins pour leur propre survie tandis que d'autres, la majorité, restaient silencieux, transformant leur passivité en complicité. Qu'est-ce qui séparait ceux qui luttaient de ceux qui se contentaient d'attendre ? Que devait faire une personne intelligente et intègre, lutter ou attendre ? Est-ce que lutter revenait à prendre la bonne décision, ou était-ce au contraire un acte incroyablement stupide et presque messianique ?

- D'une agence de publicité à un bar, non par choix mais par obligation. ça doit être très difficile au quotidien - reprit Antoine, en essayant d'alimenter la conversation.

- Ça a été un processus long et pénible, monsieur. Ma femme a été assassinée pendant un raid avant qu'ils nous envoient tous en Zone libre. Elle était enceinte. J'ai cru que ma vie était finie pour toujours. Mais me voilà. D'une certaine manière, ils m'ont libéré en m'enlevant tout, c'est étrange, non ?

- Libéré ? - demanda Antoine.

- Oui, libéré - reprit le serveur tandis qu'il se penchait et prenait sous le bar un petit verre, dans lequel il mit deux glaçons.

Après avoir regardé de tous les côtés pour s'assurer qu'ils étaient seuls, il sortit d'une armoire dans son dos une bouteille de whisky pur malt écossais et s'en versa une mesure. Il regarda Antoine et, désignant la bouteille, lui proposa de le servir, mais celui-ci déclina l'offre avec un geste et un sourire. Après avoir à nouveau caché la bouteille, le serveur approcha le verre de son nez pour humer le whisky et écouta les glaçons crisser. Il ferma ensuite les yeux et respira profondément, avant de reprendre la conversation.

- Je ne suis plus un rat qui travaille vingt heures par jour pour gagner une promotion, pour pouvoir emménager dans un appartement plus grand et avoir de la place pour le bébé ou pour acheter une nouvelle voiture. Maintenant, j'ai à peine de quoi manger et je m'habille avec ce qu'il y a, autrement dit pas grand-chose. Mais je suis libre parce que je ne dépends plus de personne, je n'aspire plus à rien. Les aspirations sont de véritables tyrans, vous savez ? Ce sont elles qui nous gardent toujours insatisfaits. Elles sont un mirage, la carotte tendue devant nous que nous n'attraperons jamais. Dans la Zone libre, ils nous ont enlevé tous nos désirs et illusions à coup de décrets, d'un jour à l'autre, mais ça nous a rendus libres et plus heureux que jamais.

Antoine ne répondit que par un sourire. La Zone libre

ressemblait à une expérience lacanienne. Lacan assurait que les besoins physiologiques pouvaient être satisfaits mais que, par définition, jamais nous ne pourrions atteindre ce que les gens appelaient le bonheur, l'être « complet ». Cette sensation permanente de vouloir plus, d'avoir besoin de ce que nous n'avions pas s'accompagnait, de manière perverse, d'un rêve éveillé selon lequel nous pouvions obtenir ce que nous désirions, être ce que nous voulions être, selon lequel nous pouvions réaliser nos rêves, selon lequel le bonheur existait comme un état que nous pouvions définir et dès lors, atteindre.

Et c'est ainsi que vivait la majorité des humains, dans une lutte pour réaliser un rêve qu'on savait accessible, mais que nous n'atteindrions pourtant jamais, dans un jeu purement pervers. Vouloir quelque chose et savoir qu'il était possible de l'obtenir donnait aux gens l'énergie d'avancer, dans une recherche éternelle de ce qui leur manquait, de ce qu'on leur avait enlevé. C'était la castration, le renvoi du paradis après le péché originel. L'homme se forgeait chaque jour cette illusion de pouvoir atteindre son rêve ; c'était un chemin social que chacun parcourait avec ceux qui l'entouraient. Mais cette recherche permanente était également source d'anxiété, de panique. Or en Zone libre, ça n'avait plus de sens. Il n'y avait plus d'avenir possible, seulement un morne enchaînement du présent. Et avec cela, pour certains, la libération du joug de l'espoir, floutant la frontière qui séparait la vie et la mort, floutant par décret l'angoisse de vivre, la peur de mourir, de ne plus vivre.

Antoine quitta le bar sans dire un mot et se dirigea vers le canal. Il s'assit sur un des bancs en bois près de la rive et sortit de son sac à dos un livre qu'il se mit à lire, ou du moins fit-il semblant. La Zone libre était aussi animée que d'habitude, envahie de drones survolant le canal Saint-Martin. Il en compta cinq en moins de dix minutes. Patrick arriva vite et s'assit à côté de lui.

- Salut, chef, comment ça va ? - lui demanda-t-il.

- Ça va, quoi que je m'inquiète de la quantité de bêtes carrées présentes à la porte d'accès aujourd'hui, dit Antoine, et du nombre de drones qui sont passés en à peine quelques minutes. Tu as une idée de ce qui se passe ? Mon instinct me dit que nous avons eu tort de venir aujourd'hui ; que ce n'était pas le bon jour, aujourd'hui quelque chose est différent, je ne sais pas quoi, mais je ne veux pas le découvrir ici avec toi.

- À ta place je ne m'en ferais pas ; ça doit être à cause de la visite d'un haut membre du Parti. Toujours pareil, Tony, toujours aussi mal que d'habitude dans cette putain de Zone libre - supposa Patrick.

Quelques instants plus tard, une femme vêtue d'une burqa noire s'assit près d'eux sur le banc. Antoine se déplaça pour être un peu plus proche d'elle, mais en gardant toujours les yeux rivés sur son livre. Pendant une longue minute, personne ne dit un mot.

- Pourquoi tu as tant tardé à revenir, Tony ? - interrogea Farida.

- Je sais, je me sens mal, Farida, mais ça a été très difficile d'obtenir le matériel. Comment ça va de ce côté ? - demanda Antoine.

- Mal, comment ça pourrait aller ? Il commence à faire froid et nous n'avons pas de chauffage, les rations alimentaires ont encore été réduites et quelque chose d'étrange se passe, je ne sais pas quoi, mais quelque chose se passe. Ils nous ont ordonné à tous de rester chez nous après vingt heures, une sorte de couvre-feu, c'est la première fois qu'ils nous imposent une chose pareille. Je ne sais pas quoi penser, mais ça me semble évident que nos jours sont comptés. Dis-moi, Tony, les gens en dehors de la Zone libre, les gens dans les rues de Paris, ils demandent après nous ? Et la presse, elle parle de nous ? Quelqu'un fait-il quelque chose ? À ce stade, on espérait qu'ils seraient montés dans les rues, brûlant les voitures de police, détruisant ces maudits drones. Je ne sais pas, est-ce qu'ils sont un peu tristes pour nous, au moins ? Et mes amis au-dehors, mes collègues du bureau, qu'est-ce qu'ils disent ? Ils demandent après moi, ils essayent de réagir, ou ils poursuivent leur misérable existence ? - interrogea Farida. Sa voix se brisa et elle ne put plus continuer.

Antoine garda le silence, il ne trouvait pas les mots. Ils savaient tous deux qu'en dehors de la Zone libre rien ne se passait, personne ne réclamait plus rien depuis longtemps.

- Tony... - Farida tourna la tête pour le regarder dans les yeux - tu dois être intelligent et prendre soin de toi ; ce sera une longue lutte et beaucoup mourront en route ; beaucoup plus que ce que tu penses. Et toi, tu ne devrais pas être l'un d'eux. Pas toi. Ce ne serait pas intelligent de ta part ; suis mon conseil, rentre chez toi et continue ta vie. Ou mieux encore, quitte cet horrible pays. Pars aux

États-Unis, en Angleterre, n'importe où, mais quitte la France. Tu pourras bien revenir quand cette stupide guerre civile qui est sur le point de commencer sera finie. Mais ne reste pas, ce n'est pas ta guerre, Tony.

- Ce n'est pas ma guerre, tu dis ? - répliqua-t-il. Bien sûr que si, c'est ma guerre et celle de tous les Français. Tu sais que je ne lutte pas pour renverser les murs de ce ghetto mais pour renverser ce fils de pute de Commandant et ses complices, pour pouvoir vivre dans un pays normal et en finir avec cet État policier. Je lutte parce que je ne supporterais pas de ne pas le faire.

- Eh bien moi, je lutte parce que je n'ai pas d'autre choix. Je lutte parce que mon frère pense avoir la responsabilité de libérer la France du Commandant et du siège radical de nos frères. Mais si je le pouvais, je te jure que je ne me battrais pas.

- Moi non plus, Farida, moi non plus. Je doute beaucoup et j'ai souvent peur, mais je n'ai pas le choix - expliqua Antoine.

- Toi si, tu l'as. Pars, émigre. Tu sais ce que tu devrais faire ce week-end ? Visiter un cimetière de guerre. Va et regarde les centaines de croix en bois, blanches, toutes pareilles, qui se perdent à l'infini, l'une après l'autre, équidistantes, ça ne s'arrête jamais. Marche entre elles, regarde-les, marche jusqu'à l'épuisement, jusqu'à ce que tes jambes ne te portent plus. Et quand tu seras épuisé, arrête-toi devant une croix, n'importe laquelle, la plus proche, respire profondément et laisse l'air froid de l'automne emplir tes poumons, comme l'eau d'une source. Alors, lis le nom du soldat qui a perdu sa vie et est enterré sous cette croix.

» Et à ce moment-là, demande-toi si vraiment tu penses que cet homme est un héros - ajouta Farida. Et demande-toi si tu veux finir comme lui, mort et perdu à jamais. Parce qu'une croix de plus ou de moins, ça n'intéresse personne. Et oui, c'est sûr que l'histoire est écrite par des héros anonymes comme ce soldat. Mais ils ne l'écrivent pas seuls, en leur nom, comme individu, ils l'écrivent comme un groupe. Ce sont eux les héros qui, tant de fois, en groupe, ont sauvé la France. Toujours en groupe, parce que comme individus ils ne comptent pas, ils n'ont pas compté au moment de faire la guerre. Laisse les autres risquer leur vie pour faire partie de ce collectif appelé héros. Laisse les autres écrire l'histoire. Ta vie a trop de valeur ; ne laisse pas la folie ambiante te l'enlever.

- Mais toi tu te bats, Farida, tu ne restes pas chez toi - répondit Antoine.

- Et dis-moi, quelle alternative j'ai ? Je suis Musulmane, je suis ici enfermée dans ce maudit ghetto, car c'est ce qu'est la Zone libre. Mais si je n'étais pas ici mêlée aux miens, si j'étais dehors, comme toi... Tu crois que je me battrais, que je risquerais ma vie ? Je ne crois pas, tu sais. Le monde est fou, je suis consciente que je suis ici de passage et que nous devons faire du mieux que nous pouvons avec le temps qu'il nous reste. Peut-être que je préférerais continuer ma vie comme le reste des Français. Peut-être que mon frère Nader se battrait de toute façon, avec toi et tes amis, mais pas moi, parce que je ne pense pas que le monde en vaille la peine, je ne crois pas que les gens en vaillent la peine. Plus encore, j'aurais déjà quitté l'Europe. Ce lieu est révolu, les Européens ont raté le train de l'avenir il y a de nombreuses années. Lis Stefan Zweig et ses mémoires d'un monde passé. L'Europe appartenait déjà au passé en 1940, il y a cent ans. Moi, Tony, je serais déjà partie vers un endroit normal. Au Brésil peut-être, comme Zweig. Mais non, je ne me battrais certainement pas, parce que je ne crois pas que celui qui gagnera la guerre et le pouvoir mérite ma vie. Je ne la donnerais pas pour que les vainqueurs obtiennent le pouvoir. Je ne crois pas que tu devrais donner la tienne. Tu comprends, Tony ?

- Tu as peut-être raison, je ne sais pas - répondit Antoine.

- Ce n'est pas peut-être, c'est sûr, tu sais que j'ai raison. Échappons-nous, Tony. Allons-nous-en loin, très loin d'ici, dans un lieu où les gens préfèrent vivre pour un idéal que mourir pour lui.

Farida resta silencieuse. Quelques oiseaux chantaient, ignorants de la barbarie qui planait sur les humains, les abeilles volaient comme toujours, indifférentes à tout, d'un géranium à un autre, près de l'eau du canal. Farida les regarda et reprit :

- Tony, il y a quelqu'un ici, en pleine Zone libre, qui non seulement a pris la peine de planter ces géraniums, mais qui en plus les arrose et les maintient en vie, frais et sains. Cette personne n'est plus libre, elle a sûrement faim, froid et peur comme moi, mais elle a décidé de continuer sa vie, et tous les après-midi, quand le soleil se couche, elle sort sur sa terrasse et arrose ses géraniums, les rouges et blancs. Et, crois-moi, elle ne le fait pas pour défier les puissants, mais parce que ça lui fait plaisir, parce que soigner ces géraniums fait partie de sa vie et ça, ils n'ont pas encore pu le lui enlever.

Antoine la regarda dans les yeux sans rien dire. Il n'avait pas pu prêter attention à ses paroles car il était absorbé par son regard, ses mains aux doigts fins et aux ongles soignés, il écoutait sa voix, savourant chaque mot, chaque pause. Il était tombé amoureux de cette âme si forte, si entière qu'elle parvenait à réfléchir avec tant de clarté, sans douter sur ce qui était bon et ce qui ne l'était pas. Mais il savait aussi que la réalité était inévitable ; qu'ils étaient tous deux là ce matin, pas ailleurs, mais en Zone libre ; et que les mots, aussi durs et honnêtes soient-ils, ne suffiraient pas à renverser ces murs.

- Écoute - dit Antoine, presque sur un ton d'excuse - il se fait tard et tu dois rentrer chez toi, maintenant. Ne reste pas dehors aujourd'hui. Prends l'enveloppe, elle ne contient pas grand-chose, je sais, mais avec ces sept détonateurs, vous aurez presque tout ce qu'il vous faut. Dis à tes frères de considérer que c'est le dernier colis qu'ils recevront, qu'il n'y en aura plus. C'est mieux qu'ils pensent ainsi, ensuite on verra si on arrive à en obtenir d'autres.

- Ça veut dire que je ne te reverrai plus, n'est-ce pas ? - demanda Farida, en cherchant l'enveloppe près de la main d'Antoine. Mais cette fois elle ne le toucha pas, elle saisit simplement l'enveloppe et remit sa main froide et fine sous sa propre jambe, à la recherche de chaleur.

- Je ne sais pas - répondit Antoine. Il ne pouvait rien dire d'autre. Il ferma le livre qu'il tenait entre ses mains et chercha à croiser le regard de Farida, dont les yeux étaient perdus sous la burqa noire. - Farida, s'il te plaît, regarde-moi.

Antoine essaya de deviner ses traits et la couleur de ses yeux. Il avait besoin de mettre un visage sur cette femme. Mais il réalisa tout à coup qu'il serait incapable de la reconnaître sans sa burqa. Il lui prit la main avec force ; elle lui rendit son geste. Pendant quelques minutes, personne ne dit un mot. Seuls les oiseaux et les abeilles osaient briser le silence.

- Je te sortirai de ce maudit asile - dit Antoine. Tu me promets que tu m'aideras ? C'est ça que je ferai, Farida, je te sortirai d'ici.

- Tu ne peux rien faire, rien. Tu le sais bien, Tony. Personne ne sort de cet endroit, personne ne quitte la Zone libre, pas vivant du moins - répliqua Farida.

- Je dois partir, maintenant - dit Antoine en ignorant sa réponse. Mais je reviendrai vite, je le promets. Toi, tout ce que tu dois faire, c'est vérifier tes messages souvent et je te sortirai d'ici.

Antoine se leva pour partir, mais elle ne lâcha pas sa main. Leurs yeux se rencontrèrent à nouveau, et cette fois c'étaient les siens à lui qui étaient humides, c'était lui qui ne pouvait pas affronter la situation. Il avait le pressentiment qu'il la voyait vivante pour la dernière fois.

- Allons-y, en route, nous partons maintenant. J'y vais en premier - dit Patrick en se levant et en se mettant à marcher le plus vite possible.

Antoine resta assis là, sa main dans celle de Farida, silencieux.

- Va-t-en, Tony. J'irai bien, je te le promets. Un jour tu pourras mieux me connaître, tu verras. Je te semblerai fragile, mais je suis très forte, ces bâtards ne pourront rien me faire. Je survivrai, parce que quelqu'un doit révéler au monde ce qui se passe ici, et cette personne ce sera moi. Maintenant va-t-en. Nous nous retrouverons le premier du mois, au café Georges V, sur les Champs-Élysées, à dix heures pile du matin. Souviens-toi, sois ponctuel. Je serai assise là, à une petite table près de la fenêtre - promit Farida, la voix ferme, comme si elle était sûre de ce qu'elle disait.

- Quel premier du mois ? Le café Georges V ne se trouve pas en Zone libre, Farida - s'étonna Antoine.

- Oui, je le sais bien, mais un jour Paris redeviendra libre et ce jour-là je serai vivante, j'aurai survécu et je t'attendrai au café Georges V, le premier du mois, à dix heures du matin, à une petite table près de la fenêtre ; nous nous retrouverons là, toi et moi, et nous parlerons et nous nous regarderons dans les yeux, comme aujourd'hui. Tu ne m'as jamais vue sans ma burqa, tu ne pourras pas me reconnaître. Cherche une femme seule, prenant un thé avec un macaron, à une petite table près de la fenêtre. Souviens-toi, Tony, le premier du mois à dix heures du matin. Je serai là. Et si tu ne me vois pas, prends patience, reviens le mois suivant, parce que tôt ou tard je sortirai d'ici vivante. Maintenant va-t-en et ne t'inquiète pas pour moi.

- Je reconnaîtrai ta voix, Farida. Et tes yeux je les connais parfaitement, ils sont gravés dans mon cœur. Ne t'inquiète pas, parce que je te reconnaitrai. Mais promets-moi que tu continueras à vérifier tes messages, parce que je reviendrai pour toi, je te sortirai d'ici. Maintenant rentre chez toi et ne sors pas jusqu'à ce que tout soit tranquille, va-t-en maintenant, cours, vas-y.

Antoine regarda aux alentours, et après s'être assuré qu'aucun drone ne volait dans les parages, il appuya ses lèvres une seconde sur la main de Farida. Ensuite il se leva et s'en alla sans dire adieu. Il ne voulait pas qu'elle remarque le tremblement de sa voix. Il se rendit directement à l'entrée de la Zone libre, mais avant de tourner au coin il regarda une dernière fois en arrière et la vit, assise sur le banc près de la rive du canal Saint-Martin, les deux mains à l'abri du froid sous ses jambes, immobile. Il crut deviner qu'elle lui souriait sous sa burqa, certaine qu'il reviendrait la sauver. Mais peut-être était-ce son imagination. Ou peut-être pas.

Arrivé à la sortie principale de la Zone libre, il vit une longue file et plusieurs gardes qui allaient d'un endroit à l'autre, perturbés, comme si un drame s'était produit. Quatre gardes armés de lourdes mitraillettes criaient sur tous ceux qui s'écartaient de la file.

- La sortie est fermée, restez calmes et en file ! - hurlait l'un d'eux, une femme selon Antoine même s'il ne pouvait pas en être sûr.

Une personne tenta de faire demi-tour mais les gardes le remirent à sa place avec leurs mitraillettes. Au moins une vingtaine de soldats vêtus d'uniformes noirs, équipés de casques en acier et de boucliers antiémeutes en acrylique transparent entrèrent dans la Zone libre par la porte d'accès piéton et se placèrent de part et d'autre du portique principal, quand celui-ci s'ouvrit.

Antoine n'avait jamais vu le portique principal ouvert. Cinq véhicules blindés bleu foncé ornés de la double hache entrèrent à toute vitesse, suivis par une centaine de soldats, tous vêtus d'uniformes de guerre et portant un armement lourd. Ils marchaient coude à coude, leurs bottes frappant le pavé d'un même son, en coordination totale, comme un seul corps, sonnant comme d'infinis tambours de guerre qui résonnaient à des milliers de kilomètres à la ronde. Rien ne pourrait arrêter ce mur noir qui avançait protégé par un bouclier transparent, les canons de leurs mitraillettes à peine visibles.

Le portique se referma dans un bruit assourdissant tandis que les gardes retournaient à leur poste. Les véhicules armés se dirigèrent vers l'endroit où Farida était assise. Antoine se tourna et commença à courir ; il voulait atteindre Farida avant les soldats et la prévenir de se cacher, de rentrer chez elle. Mais sa course fut interrompue par le corps massif d'un garde carré.

- Où penses-tu aller, petite merde, gamin décérébré ? - lui cria le garde.

Apparemment, les citoyens français n'étaient pas des enfants qu'aux yeux de leur Commandant, mais également à ceux de ses gardiens. Immédiatement, Antoine reçut un coup sec sur le crâne et s'effondra sur les pavés. Il sentit qu'on lui prenait les bras et qu'on le tirait comme un sac de patates jusqu'à la file près de l'entrée. Ils le laissèrent au sol, avec une telle douleur à la tête qu'il pouvait à peine ouvrir les yeux. Il entendait des cris et le sifflement des balles. Il tenta de se mettre debout mais il perdit rapidement l'équilibre et retomba au sol. Il toucha son front et se rendit compte qu'il était mouillé, fort mouillé. Il regarda ses mains et les vit couvertes de sang. Il essaya alors de se lever une fois de plus, mais c'était impossible, comme si une charge magnétique le maintenait cloué au sol. Il se laissa à nouveau tomber et sentit qu'il s'endormait, qu'il ne pouvait plus garder les yeux ouverts, qu'il perdait connaissance.

En un coup le silence se fit et Antoine pensa être peut-être devenu sourd, jusqu'à ce qu'une forte explosion lui fasse ouvrir les yeux et se lever de manière instinctive, dans la file aux côtés de beaucoup d'autres. Tous regardaient vers l'horizon un nuage gris s'élever d'entre les maisons de la Zone libre et prendre la forme d'un immense champignon. Antoine essaya de marcher mais il se sentait trop instable, trop faible. Alors, un garde le saisit par le bras et le tira jusqu'à l'extérieur de la Zone libre. Étourdi, il vacilla quelques instants avant de s'effondrer sur place.

- 9 -

« Là où on brûle des livres, on finit par brûler des hommes. »
Almansor, Heinrich Heine (1821)

La température baissa dès le coucher du soleil et l'obscurité amena les premières gouttes de rosée, qui réveillèrent Antoine. Instinctivement, il porta une main à son front. Il avait l'impression que l'armée entière lui était passée sur la tête. Il se leva et regarda les deux soldats carrés qui montaient la garde de part et d'autre de la porte d'entrée, comme un jour quelconque. Apparemment, il était transparent pour eux. Il marcha quelques mètres et héla un taxi. Une fois assis dans la voiture, il réalisa qu'il avait la chemise couverte de sang. Le conducteur n'osa pas poser de questions. Il chercha son téléphone portable dans son sac à dos.

- Nico, c'est moi, Tony, où es-tu ? - demanda Antoine.

- Je me fais couper les cheveux. Viens, nous devons parler. Tout va bien ? - répondit Nicolas de l'autre côté de la ligne.

- Oui, je crois. J'arrive dans deux minutes, attends-moi.

Antoine coupa la communication sans attendre la réponse de Nicolas et regarda sa montre. Il était resté étendu sur le trottoir pendant au moins deux heures, peut-être plus.

- Que s'est-il passé en Zone libre ? J'ai entendu des tirs - demanda Antoine au taximan.

- Je viens de l'apprendre à la radio ; le Commando radical islamique a tué de sang-froid une dizaine de gardes qui se trouvaient dans la Zone libre, désarmés - répondit le conducteur avec un fort accent parisien. Ils les ont tués un à un, d'une balle dans la nuque, de sang-froid, comme des cerfs. Ensuite, ils ont laissé leur corps là, dans la rue, pour que tout le monde les voie. Une scène vraiment grotesque.

» La police les soupçonne d'avoir importé des armes de contrebande depuis Israël. Ils devraient tous les tuer comme des chiens. Et puis quoi encore, nous devons les nourrir, payer leurs hôpitaux et leurs écoles ? Ils n'ont pas de travail, tout ce qu'ils font c'est baiser et se reproduire comme des lapins, pendant que nous devons travailler dur pour financer leur sécurité. Et comment ils nous récompensent ? En tuant leurs gardes, mais qu'ils aillent au diable !

- Vous êtes sûr que c'est ce qui s'est passé ? - demanda Antoine.

- Bien sûr, je l'ai entendu à la radio. Et ils ont dit avoir montré les corps à la TV - répondit le taximan.

- Je vois. Si vous l'avez entendu à la radio et que c'est passé à la télévision, alors ça doit être vrai - dit Antoine.

- Et vous, qu'est-ce qui vous est arrivé, vous vous êtes vu dans une glace ? Votre front est gonflé comme un ballon de football, vous devriez voir un médecin.

- Rien de grave. Je suis tombé, mais par chance les gardes en face de la porte de la Zone libre m'ont secouru.

Antoine sortit du taxi dès qu'il le put et marcha quelques rues jusqu'au salon de coiffure de David. En ouvrant la porte, il entendit la sonnette qui tintinnabulait à chaque entrée ou sortie d'un client. Il laissa tomber son sac juste à côté de l'entrée, s'appuya sur le mur et soupira. Nicolas et David regardaient les nouvelles sur l'un des téléviseurs. Nicolas était assis sur l'un des sièges blancs et, pensif, humait l'arôme d'une tasse de café près de ses lèvres. David était debout près de lui, encore vêtu de son tablier blanc avec son nom brodé en bleu sur le côté gauche, la télécommande en main.

- Tony, qu'est-ce qui t'est arrivé ? Tu vas bien ? - demanda David en voyant le visage enflammé d'Antoine.

- Je ne sais pas trop, j'ai très mal. J'ai l'impression qu'un train m'est passé sur la tête. Donne-moi un miroir, je veux me voir - répondit Antoine en s'emparant d'un petit miroir à main, comme ceux qu'utilisent les coiffeurs pour montrer leur nuque à leurs clients. - Ce n'est pas si grave que je l'imaginais - se consola-t-il.

- Viens, je vais te donner un ibuprofène 600 et prendre de la glace dans le surgélateur, mon dieu, où as-tu été, tu es tombé à moto ? - interrogea encore David.

- Dans cette putain de Zone libre ! Où d'autre ? J'essayais juste de sortir de là quand les tanks sont entrés à toute vitesse. Mais au moins j'ai pu voir Farida et lui donner les détonateurs, j'espère qu'elle est rentrée chez elle à temps mais je ne sais pas, quand je suis arrivé à l'entrée je me suis retrouvé face à un groupe de soldats. Farida a eu deux ou trois minutes pour s'en aller. Que diable s'est-il passé, qu'est-ce qu'ils disent à la télé ? Les radicaux islamiques ont tué ces gardes ? - interrogea Antoine dans une explosion de paroles et soupirs.

David s'agenouilla devant le petit frigo sous le comptoir de la caisse pour trouver des glaçons.

- Nico, Tony, comme d'habitude ? - cria-t-il, et les deux amis répondirent par l'affirmative.

Le coiffeur prit trois grands verres, mit des glaçons et les apporta sur la table, non sans y avoir d'abord posé trois sous-verres blancs. Il marcha ensuite jusqu'à l'entrée, tourna la pancarte « ouvert » et tira les rideaux pour cacher la porte et les vitrines. Derrière le comptoir, il ouvrit une armoire et examina son contenu avec le regard plein de vie d'un enfant devant un magasin de jouets. Parmi une myriade de bouteilles de différentes formes et couleurs, il en choisit une de gin et servit une mesure dans deux verres, tandis que dans le troisième il versa un peu d'amer italien Fernet Branca.

- Ça sent tellement mauvais... Tony, tu es sûr que tu préfères boire ça ? - demanda David tandis qu'il ouvrait deux bouteilles d'eau tonique et une de cola. - Voilà, deux Gin Tonic pour les hommes, et un amer aux herbes italiennes pour le *freekie* ; ça sent le médicament.

- Je m'inquiète pour Farida, j'ai besoin de savoir qu'elle est arrivée saine et sauve chez elle - dit Antoine sans prêter attention aux commentaires de David.

- S'ils l'ont arrêtée, et avec les détonateurs en plus, nous aurons des problèmes - acquiesça Nicolas.

- Je me fiche comme d'une guigne de ces détonateurs, Nico ! Tout ce que je veux, c'est que Farida aille bien, c'est tout ce qui m'intéresse ! - s'emporta Antoine, la voix agitée.

- Plus de glaçons ? - demanda David.

- Non, merci, j'en ai assez. En plus je n'ai pas si mal, je pense que ça a dégonflé.

- Je ne le disais pas pour ta tête, mais pour ton breuvage de Fernet au cola - répliqua David.

- Va au diable - répondit Antoine.

- Sympa - dit David en souriant.

- Ce que je veux, c'est retourner en Zone libre et voir si Farida va bien - reprit Antoine, sans entrer dans le jeu de David.

- Les nouvelles parlent de plusieurs hommes morts, mais pas de femmes. Après, avec ces bâtards, on ne sait jamais. J'ai appelé des amis et il semble que tout ne soit qu'un montage de ces fils de putes - dit Nicolas, tandis qu'il regardait les glaçons fondre et se mélanger au gin et aux bulles de l'eau tonique. - Saphire, London Gin, qu'est-ce que tu m'as mis ?

- Mais dans quel monde tu vis, toi ? s'étonna David. Ni l'un ni l'autre, simplement ce que j'ai pu trouver sur le marché noir. C'est Russe, mais c'est bon.

- Du gin russe, génial, et la vodka elle te vient d'où, d'Espagne ? - plaisanta Nicolas.

- Alors, si ce n'étaient pas les radicaux islamiques, qui les a tués ? - insista Antoine.

- Eh bien, le gouvernement, c'est un coup monté du Parti - expliqua Nicolas.

- Ne me dis pas que le gouvernement a tué les gardes. Je ne peux pas le croire - s'étonna David.

- C'est encore pire, écoutez ça - reprit Nicolas tandis qu'il ajoutait une rondelle de citron à son gin-tonic importé de Russie, comme si une rondelle supplémentaire allait en améliorer le goût. - Demain, observez avec attention les images à la télévision, les cadavres, les photos dans les journaux. Ce sont des types normaux, maigres. Ils leur ont mis une veste orange qui les grossit un peu, mais si vous faites bien attention, ce sont des personnes maigres alors que les gardes sont carrés. C'est évident que ces cadavres ne sont pas des gardes mais de pauvres détenus d'une prison du coin. Ils les ont sortis de leur cellule à peine quelques heures plus tôt, leur ont dit d'enfiler des uniformes de la Garde du Parti et ils les ont amenés à l'hôpital du ghetto où on leur a injecté un cocktail de drogues. De l'hôpital, ils les ont conduits à la rive et là, alors qu'ils avaient le regard perdu sur le canal, à peine conscients, trois gars de la police secrète les ont fusillés d'une balle dans la nuque. Un tir à bout portant pour chacun quand ils étaient encore debout.

» Une fois au sol, ils ont reçu une balle supplémentaire dans la tête, pour être sûrs que personne ne les reconnaîtrait dans les infos - poursuivit Nicolas. Et leurs corps ont été abandonnés sur place, par terre ; un spectacle dantesque, avec des fontaines de sang qui s'écoulaient des crânes écrasés et formaient une rivière jusqu'au canal. Ils n'ont pas dit un mot, ils n'ont pas fait un geste de douleur ou d'opposition, ils étaient complètement drogués.

» Les passants, en entendant les tirs, sont partis en courant dans toutes les directions, paniqués. Mais en à peine quelques minutes, l'armée était déjà partout, avec leurs tanks et leurs grosses mitraillettes. Ils ont tué trente-sept personnes, sur place, sur le moment, sans discrimination. Ils ont tiré dans tout ce qui bougeait ; curieux, promeneurs, beaucoup qui tentaient de se mettre à couvert... Ils n'ont pas encore diffusé les noms des victimes, mais il semble que ce sont tous des hommes, ce qui a du sens, puisque peu de femmes se promènent seules dans la Zone libre à partir d'une certaine heure.

David posa son verre sur la table basse, prit la télécommande et essaya de monter le volume du téléviseur.

- Elle ne fonctionne pas, je dois trouver des piles AAA et qui sait où on en trouve encore - dit-il tandis qu'il ouvrait le boîtier des piles et les changeait de place, pour voir si ça fonctionnait mieux.

- Je me demande quand tu jetteras à la poubelle ces vieux téléviseurs pour acheter quelque chose de plus décent. Le rétro est à la mode, d'accord, mais ça, ça ne fonctionne plus - dit Antoine en étirant le bras pour atteindre le bouton du volume sur le côté de la télévision, pressé d'entendre les nouvelles.

La chaîne FL1 montrait les images des corps sans vie des gardes de la Zone libre, tandis qu'une voix *off* lisait d'un ton solennel, un à un, les noms des victimes : Jean-Jacques Pierre-Maria Santé, vingt-trois ans, marié, un bébé d'à peine cinq mois ; Marie Deboutien, vingt-six ans, mariée, trois enfants. La liste continua pendant plusieurs minutes.

- Et tu dis qu'ils ont tout inventé. Mais alors, ce ne sont pas de vrais noms ? - demanda Antoine.

- Eh non mon garçon, réveille-toi. Bambi est mort et tout ça n'est qu'une farce - répliqua David.

Quand la liste fut terminée, la chaine diffusa des images de hordes interminables d'hommes et de femmes, par centaines, furieux, proférant des menaces à l'encontre des Musulmans. Ils étaient agglutinés devant les portes de la Zone libre, où un groupe de gardes tentait de les contenir. Ils criaient : « Assassins, fils de pute ! Hors de notre pays ! La France aux véritables Français ! »

L'image passa ensuite à la Place de la Liberté, qui un an plus tôt s'appelait encore Place de la Concorde, où des milliers de véritables Français, tous libres, déposaient des gerbes de fleurs et des messages d'amour et d'espoir aux familles des pauvres gardes assassinés de sang-froid. Beaucoup laissaient aussi des bougies près de l'obélisque égyptien. Le plan, filmé depuis un drone, était imposant : des milliers de personnes armées de bougie marchant près de la Seine et sur le Pont de la Concorde, désormais renommé Pont de la Liberté dans un élan de créativité. Une marée de lumières chancelait dans l'obscurité de la nuit, en lente procession, chaque citoyen la main droite sur le cœur, chantant à l'unisson, comme une seule voix, le majestueux hymne sacré de la Nation libre : « La République éclairera l'Europe, une Europe libre et unie. La

République sauvera l'Europe, vive la seconde révolution, vive la dernière révolution. Français libres, unis. Travail, Famille et Patrie, Travail, Famille et Patrie ! »

- Les gens sont incroyables, de vrais moutons - s'énerva David dans un geste de mépris, en se mordant la lèvre inférieure. C'est ça, de simples et stupides moutons. Je ne peux pas y croire. Il fait froid, il fait noir, mais rien ne les arrête. Ils abandonnent le confort de leur foyer pour crier, jeter des pierres, placer des bougies, offrir des gerbes de fleurs, tout ce qui leur donne l'impression de participer, de prendre une part active et non passive à cette terrible histoire, de garder un certain degré de contrôle sur leur vie et leur destin collectif. Ils exercent leur liberté de faire ce qu'on leur dit de faire. C'est tellement triste ! Quand je vois ça, je perds toute foi en la race humaine. Non mais regardez-les, s'il vous plait, éteignons la télé, ça me rend malade.

Le coiffeur se leva et se rendit une fois de plus à l'armoire à liqueurs, il ouvrit la porte et sortit la bouteille bleue de gin. Il l'observa à la lumière, s'assurant qu'elle était vide ; il en prit une autre et l'ouvrit d'un mouvement rapide.

- *Free-refill*, Nico ? - demanda-t-il en versant le liquide transparent sur les glaçons déjà à moitié fondus.

- Oui, pourquoi pas ? Mais tu vas devoir me mettre plus de glace, plus de citron et plus de tonique - répondit-il en tendant son verre vide à David.

- Ne perds pas la foi, David, s'il te plait - reprit Antoine. Nous n'allons pas mal, on s'en sort plus ou moins bien, nous sommes un pays de gens intelligents, nous sommes forts, la Résistance est déjà une majorité absolue, nous sommes bien organisés, nous avons un plan et nous l'exécutons à la lettre. C'est une question de temps, rien de plus. Tu verras, cette fois nous allons régler les choses nous-mêmes, sans avoir besoin que les Anglais nous sauvent le cul ; nous aussi, nous avons bien appris notre leçon.

» Les gens qui sortent dans la rue ne sont autres que les membres du Parti, leurs employés, ceux qui n'ont pas d'autre choix ; ils savent bien que s'ils ne sortent pas, ils devront en payer le prix. Et il y a aussi les autres, ceux qui sortent toujours et qui sortiront toujours. Dès qu'une histoire leur laissera une place, l'impression d'appartenir à un groupe, quel qu'il soit, ils seront là. Tu verras que beaucoup d'entre eux seront de notre côté le moment venu. Change de chaîne et prépare-toi, mets de la musique et continuons à descendre le gouvernement et à donner une leçon à ces énergumènes. C'est le début de la fin pour ces gens, j'en suis convaincu.

- Regardez ça, il ne manquait plus que ça, c'est le pompon ! - s'exclama Nicolas en pointant la télévision. Qu'est-ce qu'ils font, ils brûlent des livres ? Monte le volume, laisse-moi écouter. C'est incroyable ! Ces gens brûlent des livres parce qu'ils n'en ont jamais lu. C'est parfait, maintenant la folie est totale !

À l'écran, l'image montrait un jeune homme brandir un livre de l'écrivain français Marc Levy en criant : « France libre, France libre ! » et le jeter au feu. Des livres d'autres auteurs comme Orhan Pamuk, Paul Auster et Khaled Hosseini rejoignirent celui de Levy dans un voyage médiéval au travers de la force purificatrice du brasier et de ses tragiques 451 degrés Fahrenheit. Au-dessus de l'Arc de Triomphe, le ciel noir s'illumina brièvement du jaune et de l'orange des flammes affamées, occupées à dévorer une à une les précieuses paroles de la langue française organisées de manière malicieuse et pernicieuse, formant des idées dangereuses en une prose maladroite écrite par ces auteurs étrangers qui n'étaient pas de véritables Français.

Les flammes, si puissantes, montaient si haut que les gens ne pouvaient pas s'en approcher. Ils formaient un cercle autour du foyer, lançaient des livres et liseuses électroniques dans le feu, de loin. Ils s'enflammaient en découvrant le pouvoir infini des flammes, leur propre pouvoir désormais. Leurs visages étaient rougis par la chaleur du feu, les yeux ouverts presque sans cligner, les pupilles dilatées. Ivres de pouvoir, les bouches déversaient des chants de haine envers leurs ennemis. Beaucoup d'entre eux portaient le brassard du Parti au bras droit, avec le drapeau tricolore et la double hache, tandis que d'autres, moins hypocrites, arboraient le svastika, symbole de l'aile forte du gouvernement. La foule grandissait à un rythme vertigineux et au fur et à mesure, elle poussait ceux du premier rang vers le foyer, toujours plus proche. Les livres et liseuses électroniques volaient maintenant au-dessus de leurs têtes.

Un mouvement de panique commença, les premiers poussèrent vers l'arrière pour mettre de la distance entre le feu et eux, mais il était déjà trop tard. La foule voulait s'approcher du foyer, jeter leurs livres sélectionnés avec tant de soin, ils voulaient voir les flammes les dévorer, sentir ce pouvoir qui d'une certaine manière rendrait plus supportable la soumission du quotidien. La première personne tomba au sol, et ensuite une autre, et une autre par-dessus son corps, jusqu'à ce que l'une d'entre elles tombe finalement dans le bûcher et se mette à se consumer dans les flammes, aux côtés des livres des Français non véritables. Un drone commença immédiatement à survoler les têtes des Français agglutinés là et, au moyen de son porte-voix, il leur ordonna de quitter les lieux.

En quelques secondes, la chaîne FL1 coupa la transmission et l'écran devint noir. Le directeur de la chaîne devait estimer qu'il existait de meilleures images à montrer à ses téléspectateurs que leurs camarades brûlant vifs à côté de livres si nuisibles aux lettres françaises. La nouvelle image fut celle du drapeau national flottant haut et libre sur un ciel bleu parsemé de nuages blancs. De gauche à droite, trois avions de chasse traversaient l'écran en laissant des lignes de fumée rouge. Le nouvel hymne national résonnait en arrière-plan ; un adage d'inspiration baroque avec un chœur ecclésiastique aux voix féminines et angéliques.

Ce prélude indiquait que le Président de la France libre allait donner l'un de ses interminables mais si inspirants discours. L'image passa alors au bureau du Commandant surmonté d'une lampe classique avec une cloche en cristal vert semblable à celle utilisée par Churchill. Au fond, un mat surmonté du nouveau drapeau français. La musique baissa, le Président entra par la droite, marchant d'un pas lent comme un grand-père, le regard baissé, brisé et inquiet pour la sécurité de ses enfants. Cette fois, il portait une chemise blanche et un gilet à boutons en laine vert mousse, avec un nœud papillon bordeaux à pois blancs. Il écarta la chaise du bureau, prit place et mit ses lunettes de lecture. La musique de fond s'était arrêtée ; le Commandant était prêt à commencer son discours.

- Mes chers enfants. Aujourd'hui marque un jour noir dans l'histoire de notre chère France. Aujourd'hui notre généreuse main tendue vers notre ennemi a été mordue ; elle a été mordue à mort par ceux que nous aidions et soignions. L'image de nos camarades morts en Zone libre m'emplit le cœur de douleur.

Rappelez-vous, camarades, pour quoi nous nous battons. Rappelez-vous comment, une fois de plus, notre révolution vient à la rescousse d'une Europe submergée par une crise morale et économique sans fin, décimée par le terrorisme. Une Europe qui votait pour des premiers ministres et présidents prudes, craintifs mais surtout mesquins, qui ont laissé sombré le continent dans une récession avec des reflets de durée, une odeur de décadence, de fin de cycle. Notre Europe chérie restait aux mains de la génération des pires leaders politiques, les plus médiocres des derniers siècles. Le peuple le savait et il a perdu confiance en ses dirigeants. Rappelez-vous comment l'ombre de la Deuxième Guerre mondiale a recommencé à planer sur la Crimée début 2014, et en Ukraine ensuite. Mais nous, les Français, nous n'avons pas laissé notre patrie sombrer dans la misère et, une fois de plus, comme en 1789, nous avons dû prendre les rênes du changement, du retour à notre essence, et apporter l'illuminisme à une Europe obscurcie par la démocratie.

Le président fit alors une pause, enleva ses lunettes, se frotta les yeux dans un signe évident de fatigue et soupira profondément comme pour se préparer à crier de toutes ses forces. Ensuite, il regarda droit dans la caméra.

Le moment est à nouveau venu d'agir. Luttons pour un monde meilleur, un monde de liberté. Mes enfants ! - dit-il d'une voix ferme - Unissons-nous. La Sixième République apportera la lumière à l'Europe. Travail, Famille et Patrie ! Travail, Famille et Patrie !

La caméra s'éloigna lentement et offrit un plan large de toute la pièce tandis que l'image du Commandant disparaissait progressivement pour laisser apparaître le drapeau français, le ciel d'un bleu profond et les nuages très blancs, sur un fond de chœur angélique chantant l'hymne national.

- 10 -

- Adieu, dit le renard. Voici mon secret. Il est très simple : on ne voit bien qu'avec le cœur. L'essentiel est invisible pour les yeux.
– L'essentiel est invisible pour les yeux, répéta le petit prince, afin de se souvenir.
– C'est le temps que tu as perdu pour ta rose qui fait ta rose si importante.

Le Petit Prince, Antoine de Saint-Exupéry (1943)

Antoine arriva épuisé à son appartement Rue de Verneuil. L'étroite ruelle était déjà sombre, à l'exception des vitrines de la petite galerie d'art et des lumières du restaurant vietnamien sur le trottoir d'en face. Il fouilla ses poches à la recherche des clés de son appartement. Il ouvrit la porte, jeta au sol son sac à dos et se laissa choir sur le canapé. Son chat Ruben se précipita pour l'accueillir, poussant sa tête contre la jambe d'Antoine, frottant son corps entier jusqu'à sa queue et concluant d'un miaulement bref mais sonore.

- Salut, Ruben - le salua Antoine, en lui administrant une petite tape sur le derrière tandis que le chat commençait sa toilette.

Le front d'Antoine était encore enflammé, sa chemise couverte de sang. Il étendit ses jambes sur la table basse, reposa sa tête et ferma les yeux. Au bout de quelques instants, il se massa les tempes et s'endormit.

Dans son rêve, Farida discutait avec un groupe d'amies dans un bar probablement situé quelque part au Moyen-Orient. Les tables étaient éclairées par des bougies, beaucoup de bougies, toutes longues, blanches, comme dans une église. Antoine était assis, seul, à une autre table. La nuit tombait, il commençait à avoir froid. Il décida rapidement qu'il était temps de partir, se leva et fit un geste vers Farida pour qu'elle l'accompagne, mais elle ne semblait pas l'entendre.

« Allons-y » répéta-t-il, mais alors qu'il s'efforçait de parler, aucun son ne sortait de sa bouche. Il tentait de crier toujours plus fort, mais il éprouvait une sensation de noyade, d'asphyxie. Il manquait d'air. L'image de Farida et de ses amies se faisait toujours plus lointaine, plus petite, et maintenant tout semblait se trouver à l'intérieur d'une énorme cage fermée par des barreaux en fer. Farida tourna alors la tête et lui demanda : « Tu ne restes pas avec moi, tu ne m'emmènes pas avec toi ? » Antoine essaya de revenir vers elle, mais il avait beau courir de toutes ses forces, il se trouvait toujours plus loin. Il manquait d'air, ses jambes le brûlaient, mais surtout les pieds, car ils étaient nus.

Entre lui et Farida s'étendait un pont étroit et presque infini qui semblait se terminer juste avant les barreaux. Antoine savait qu'il pouvait y arriver. Il sortit un pistolet de sa poche et le tint des deux mains. Il tenta de viser les barreaux en fer oxydé, mais il n'arrivait pas à tirer, quelque chose le clouait au sol, il était attaché, quelque chose derrière lui, dans son passé, le retenait et ne le laissait pas utiliser son arme, il ne parvenait pas à tirer. Il rassembla ses forces pour tenter de se libérer, mais il n'arrivait même pas à lever le pistolet, il restait pointé vers le sol. Il contempla une nouvelle fois Farida qui le regardait dans les yeux et murmurait : « Tu ne restes pas avec moi, tu ne m'emmènes pas avec toi ? » Antoine continua de courir jusqu'au bout du pont. Il sauta et tomba dans le vide. Il fut submergé par une sensation de vertige dans le ventre, les bras et le dos.

* * *

La lumière matinale éclairait le salon avec force, d'un éclat si intense, si blanc et bleu à la fois, qu'Antoine se réveilla de son sommeil profond. Il parvint difficilement à ouvrir les yeux ; il sentait sa tête sur le point d'éclater, comme si quelqu'un appuyait des deux doigts sur ses paupières. Ruben dormait enroulé entre ses jambes, étranger aux cauchemars de son ami humain. Antoine bougea à peine l'un de ses pieds et le chat réagit avec son ronronnement coutumier.

Antoine regarda l'heure et sa chemise pleine de sang, puis se leva. Il resta immobile un instant, luttant contre la nausée qui menaçait de le faire tomber. Il se rendit ensuite dans la salle de bain en laissant une trainée de vêtements dans son sillage jusqu'à la douche. Sous les gouttes d'eau chaude qui frappaient sa tête et son dos, il pensa à Farida et murmura des phrases inintelligibles. Il sentait qu'il avait besoin de réfléchir, de prendre une décision, mais il ne parvenait pas à se concentrer. Il ne connaissait qu'un seul moyen de s'éclaircir les idées.

Il enfila ses vêtements de sport et sortit dans la rue comme pour fuir une tornade. À l'instar de tous les coureurs, il chercha la route parfaite, celle qui couvrirait plus de distance en descente qu'en montée, comme si le point de départ et celui d'arrivée pouvaient se situer à des hauteurs différentes, alors qu'il s'agissait d'un seul et même endroit. Peut-être un chemin sans feu de signalisation, et pourquoi pas qui passerait par ces rues aux vitrines magnétiques qui poussent à réduire sa vitesse de course pour admirer cette nouvelle peinture, ce nouvel objet de désir. Un trajet qui parcourrait les plus jolies rues de Paris, près de la Seine et sous l'ombre protectrice des arbres que l'automne a dénudés, exposant leur faible squelette de branches fines. Un trajet sans escaliers à monter ni à descendre, qui franchirait plusieurs ponts pittoresques pour traverser la Seine, passer de la rive gauche à la droite et revenir, supportant le froid venteux qui souffle toujours sur qui s'aventure hors protection, près du fleuve parisien.

Ces mêmes ponts où avant la révolution quelques peintres débrouillards immortalisaient les touristes à coups de crayon, où des artistes de rues aux noms singuliers comme « la fée » amusaient les passants en se déguisant en statues grecques ou en vendant des œuvres d'artistes hippies improvisés. Mais ce Paris n'existait plus. Ce Paris avait disparu depuis longtemps déjà, remplacé par une ville au nom semblable, à l'aspect semblable, mais à l'âme maudite. Dans ce Paris, des milliers de policiers surveillaient chaque coin, chaque pont, aussi statiques que les arbres eux-mêmes, vêtus d'uniformes militaires noirs et armés jusqu'aux dents, comme pour rappeler aux citoyens français nouvellement libérés que cette nouvelle liberté s'arrêtait juste là où commençaient leur pouvoir et désir absolu.

La majorité des Français ne les remarquaient pas, ne les voyaient même pas ; ils les ignoraient tout simplement. De même qu'ils ne regrettaient pas la vieille France, celle d'antan ; ils s'étaient habitués à la nouvelle. Une anesthésie générale et collective semblait avoir soumis la volonté désormais endormie de la nation française. Et pourtant, la vie continuait, du moins en surface, nullement changée par la petite différence due à la disparition de plus de dix pour cent de ses citoyens - voisins, amis, collègues, compagnons de travail et d'études - qui s'étaient évanouis dans la nature, partis en fumée, peut-être pour toujours. Ou peut-être pas.

C'était un samedi matin à Paris et rares étaient ceux qui s'aventuraient hors de chez eux. Antoine courut dans les rues et passages étroits du 8e arrondissement jusqu'à atteindre le Quai d'Orsay, bordant la Seine en direction des Champs-Élysées. Il fut surpris de voir Paris aussi belle que dans le passé, complètement isolée de la réalité. La faim, la guerre, rien n'altérait la Ville Lumière. Le monde pouvait bien exploser, elle poursuivait, impériale, sa vie luxueuse.

Il regarda aux alentours en courant et vit les cafés et

boulangeries ouvrir déjà leurs portes, les Parisiens prendre leur traditionnel petit déjeuner, en lisant les journaux et en mangeant leurs croissants comme tous les matins depuis des siècles. Tout semblait tellement normal, pourtant rien dans la vie de ces gens ne l'était. Mais ça ne semblait pas leur importer.

Un point de vente de journaux lui sembla particulièrement triste. Il ne proposait que trois pauvres journaux, les trois mêmes déchets emplis de mensonges élaborés par de pseudo-journalistes qui, à l'instar de Nicolas, étaient plus romanciers que chroniqueurs. Mais ça n'importait pas aux Parisiens ; ils dévoraient croissants et nouvelles avec un mélange de déni et de résignation.

En passant devant le kiosque, il s'arrêta un instant pour lire les titres des premières pages, pour finalement constater que les trois donnaient exactement les mêmes nouvelles, seules différaient la typographie et la narration :

« La Conférence internationale des pays du Pacte méditerranéen est un succès ; la Croatie et la Hongrie s'unissent officiellement au Pacte. La Turquie et Israël dirigent le Front asiatique contre le Pacte ; la Corée unie s'engage à soutenir technologiquement les nations du Front asiatique. La France promet plus de soutien aux phalanges espagnoles. Le chômage en France atteint son niveau le plus bas du siècle, à peine 3 % : l'inflation reste sous contrôle, à un seul chiffre. »

« Vraiment, un seul chiffre ? - pensa-t-il. Ils nous prennent pour des idiots ? Un seul chiffre ! Qui y croit encore ? Eux, ils y croient, au moins ? Le pire, c'est que je crains que le Commandant en soit vraiment convaincu. Ils écrivent les journaux non seulement pour le peuple, mais aussi pour eux-mêmes. Ils bâtissent une réalité basée sur des mots et s'y complaisent. Regardez-les prendre leur petit déjeuner avec leurs enfants et leur femme, en paix, dans la fraternité, tandis qu'à quelques mètres des milliers de personnes vivent en captivité, enfermés dans un ghetto comme des animaux, dans des conditions de pauvreté extrême.

» Ça ne les intéresse pas ? Ils n'ont jamais eu d'ami ou de collègue musulman avant la révolution ? Et maintenant, ils ont tous disparu et qu'est-ce qu'il se passe ? ça ne les intrigue pas, l'idée d'être complice ne les atterre pas ? Peut-être condamnent-ils tous les Musulmans pour les crimes des radicaux ? C'est donc si facile de condamner la majorité pour quelques fils de pute ? C'est incroyable, ça me dégoûte. Mais je sais ce que je vais faire. Comment ai-je pu ne pas y penser avant ? Les mots de l'infirmière polonaise résonnaient dans son esprit, de temps à autre : « sauve une vie et tu sauveras l'humanité ».

Il s'arrêta et revint sur ses pas, courant maintenant beaucoup plus vite, en direction de sa maison, longeant la Seine une fois de plus, sautant plein d'enthousiasme et d'énergie par-dessus les bancs de bois, montant et descendant des trottoirs, sans se soucier des dizaines de gardes qu'il croisait sur son chemin, des dizaines de drones de la police, de la police secrète et de l'armée qui survolaient sa tête, qui le focalisaient, le filmaient, le scannaient, le reconnaissaient, et le reconnaissaient encore.

« Qu'ils aillent à la merde. Je sais ce que je vais faire, même si c'est la dernière chose que je dois faire dans cette vie. Si votre pouvoir réside en la menace d'en finir avec ma vie et que je me fiche de mourir, vous n'avez plus aucune emprise. »

Une fois chez lui, il prit une rapide douche, glissa une tranche de pain dans le toaster et chercha son sac de sport, sur lequel était confortablement installé le chat.

- Allez, Ruben, laisse-moi prendre le sac. Bouge tes fesses, fainéant, sois gentil et assieds-toi ici- supplia-t-il en poussant le chat.

Mais l'animal le regarda d'un air de réprobation évidente, comme pour tenter de comprendre ce qui arrivait à l'humain qui vivait chez lui et qui s'obstinait à troubler son repos. Finalement, il accepta de se déplacer de quelques centimètres pour permettre à Antoine de prendre son sac et de le poser sur la table. Sans perdre de temps, celui-ci y rangea la caméra de Nicolas, un coupe-vent et un petit sac à dos noir. Il enfila un jeans, une chemise blanche et se peigna sur le chemin de la cuisine. Il sentait l'arôme centenaire du pain grillé qui lui rappelait les matinées et petits déjeuners en famille, cette odeur qui d'une certaine manière l'aidait à se sentir en sécurité, comme quand il était enfant et qu'il savait que tôt ou tard tout irait bien, toujours, sans exception.

Il entendit le classique *ding* du toaster suivi du bruit métallique du mécanisme qui expulsait une tartine toujours semblable : une tranche moitié blanche et moitié grillée, à rayures verticales. Il étala un peu de fromage blanc et, laissant sur la table la petite assiette, le fromage et le couteau, il marcha jusqu'à la bibliothèque pour chercher un livre. En passant, il remplit de lait la gamelle de Ruben.

Tandis qu'il mangeait son toast, il regardait les livres un à un, tranche par tranche, l'un de ses doigts suivant la ligne irrégulière des couvertures, toutes de couleur, largeur et hauteur différentes.

- Tu es là, mon vieil ami - dit-il enfin en sortant un petit exemplaire qu'il rangea également dans son sac de sport. - Avant de partir, il cria : Ciao, Ruben, garde la maison, je reviens dans un moment. Le chat bougea à peine une oreille. Il sortit et enfourcha sa vieille Vespa. Bientôt, il roulait à toute vitesse dans les rues étroites, serpentant en direction de la Zone libre. Il gara sa moto devant l'entrée principale et pointa sa carte d'accès comme il l'avait déjà fait tant de fois. Son corps entier passa au scanner, puis son iris et en quelques minutes il se trouva en plein ghetto.

Une fois de plus, il faisait face à la triste réalité. Le quartier était sale, les vitres cassées n'avaient pas été remplacées, des centaines d'hommes déambulaient dans les rues, sans emploi, à la recherche d'une âme sœur pour discuter et partager leurs peines. Pourtant, par un mécanisme inconscient, incompréhensible, mais humain, par une volonté innée de survivre un jour de plus, leurs visages ne dénotaient aucune tristesse ; ils ne marchaient pas à pas lents, le regard baissé, ils regardaient au contraire droit devant eux, comme si rien d'étrange ne s'était produit.

L'endroit ressemblait désormais très peu au Paris d'antan et beaucoup plus au vieux Moyen-Orient ; achat et vente de toutes choses à chaque coin, cafés pleins de clients même s'ils ne mangeaient que d'insipides galettes à base de farine bon marché et de sucre et ne buvaient que du thé maure. D'une certaine manière, le lieu conservait tout de même une part de son charme parisien mêlé désormais aux contrastes propres à la Zone libre, y compris l'anachronique absence de voitures, la présence d'une multitude de vélos que l'inventivité populaire des nouveaux habitants du 18e arrondissement avaient rendus à la vie, et les tables des bars et cafés qui occupaient maintenant les rues, transformant le quartier en immense bazar.

La matinée avançait et Antoine s'assit à la terrasse d'une petite boulangerie au coin de la Rue de l'Abreuvoir, toujours pittoresque. Le timide soleil d'automne brillait suffisamment pour que les gens se sentent en sécurité ; il chauffait la peau d'Antoine à la température douce et apaisante d'une caresse humaine. Il sortit le livre de son sac de sport et commença sa lecture. Un homme grand et maigre, vêtu d'une énorme veste noire sur une chemise blanche s'approcha de sa table et lui servit du thé maure.

- Une pâtisserie, monsieur ? - demanda le serveur dans un français teinté d'un fort accent marseillais.

- Oui, s'il vous plait, un croissant et du thé anglais avec un peu de miel - répondit Antoine.

Demander du thé anglais ou un croissant dans tout autre bar de la Zone libre serait revenu à faire preuve de folie sénile, mais le Café des Livres, qui avait conservé son nom d'avant la révolution, était sans doute l'unique lieu de tout le ghetto où l'on pouvait encore manger un petit déjeuner décent et profiter des meilleures pâtisseries françaises. Il était également connu comme le café où s'arrêtaient les officiels du Parti de service en Zone libre et c'est pour cette raison que le propriétaire pouvait s'en sortir avec son évidente contrebande de produits variés. De quelle autre manière pourrait-il disposer toujours de la meilleure farine, entre autres biens qu'il paraissait pouvoir obtenir sans limites de quantité ni de prix ?

De sa place, Antoine pouvait voir l'intérieur de la boulangerie à travers sa grande vitrine, une énorme fenêtre ornée du nom de l'établissement en lettres autrefois dorées. À l'intérieur, la vie continuait comme derrière un écran de télévision, quelques privilégiés discutaient avec animation en achetant leur pain quotidien. Derrière le comptoir, une femme vêtue d'une burqa noire glissait deux baguettes dans un sac en papier. Le client prit le sac et remit un billet de vingt nouveaux francs. Elle accepta l'argent et leva le regard un moment ; c'est alors que ses yeux rencontrèrent ceux d'Antoine.

Pendant un instant elle resta immobile, le billet en main, sans pouvoir rien faire d'autre que le regarder. De son côté, Antoine lui sourit et reprit sa lecture. Elle encaissa la commande et sortit de la boulangerie, s'arrêtant au seuil de la porte, le regard fixé sur Antoine. Leurs yeux se croisèrent à nouveau. Lui souriait toujours, de ce même sourire qu'il avait enfant quand il s'apprêtait à jouer une farce. Elle, par contre, le regardait avec un sérieux apparent et les yeux grand ouverts, sans ciller.

Même s'il ne pouvait voir de son visage que ses yeux, il sentit une pression presque physique qui lui fit deviner l'énervement et la réprobation de Farida. Ses bras restaient tranquilles, près du corps, mais elle bougeait discrètement sa main droite, faisant un geste sans équivoque, lui intimant de s'en aller. Après avoir réalisé que le garçon n'avait pas la moindre intention de partir, elle se dirigea vers lui à la vitesse de la lumière, se pencha en appuyant les deux mains sur la table et parla d'une voix aussi basse que claire :

- Que diable fais-tu ici, Tony ? Va-t-en, va-t-en tout de suite ! Tu es devenu fou ? Tu ne sais pas que c'est la boulangerie de mon père ?

- Bien sûr que je le sais, mais je voulais manger un bon croissant et les gens du Parti m'ont dit que ceux-ci étaient peut-être les meilleurs de tout Paris. Tu le crois, ça ? - répondit Antoine.

- Bon sang, Tony, va-t-en, tu nous mets tous en danger - le pressa Farida.

- Je m'en irai, mais pas avant de t'avoir parlé.

- Bon, attends une minute et entre. Il y a une petite porte près du comptoir, entre. Je t'attendrai là, laisse-moi seulement une minute. Mon frère Nader t'a-t-il vu ? - interrogea Farida.

- Non, je ne l'ai pas vu - répondit Antoine.

- À quoi diable penses-tu ? Tu es fou, Tony - répéta Farida tandis qu'elle disparaissait à l'intérieur de la boulangerie.

Antoine attendit un instant, ferma son livre, mangea le peu qu'il lui restait de son croissant et laissa un billet de vingt nouveaux francs sous la tasse vide qu'il déplaça pour couvrir complètement le visage et la moustache de Louis Darquier. Il prit son sac de sport et suivit les pas de Farida à l'intérieur jusqu'à la petite porte. Il l'ouvrit à peine et elle l'attendait, debout et immobile, le regardant droit dans les yeux. Il s'arrêta près d'elle, nerveux. Jamais encore il n'avait vu ses yeux d'aussi près et il les trouva beaux. Son cœur battait à tout rompre.

- Tu es grande, Farida. Je n'avais jamais pensé à ta taille en fait. C'est sûrement parce que je ne t'avais jamais vue debout, tu étais toujours sur ce banc près du canal, tes mains cherchant un peu de chaleur sous tes jambes, comme une enfant, tes yeux toujours si vifs, observant tout et tous, toujours inquiète, toujours un peu triste, mais toujours forte - dit Antoine.

- Grande, moi ? Comment sais-tu que je ne porte pas de talons, Tony ? Avec les femmes en burqa, on ne sait jamais. Je les porte depuis que je travaille pour le Front, ils m'aident à cacher mon identité. Mais je continue de les détester. J'essaye de trouver un bon côté à la burqa, mais c'est comme chercher un bon côté à ce ghetto, c'est mission impossible - répondit Farida.

- J'imagine. Mais au moins avec la burqa, on ne voit que l'essentiel, le reste est invisible pour les yeux. Ta voix, tes yeux, c'est tout ce que j'ai besoin de connaître de toi, Farida - dit Antoine en s'approchant encore plus, ses mains cherchant les siennes.

- Viens, montons. Vite, suis-moi - le pressa Farida tandis qu'elle se déplaçait telle une étoile filante le long de l'étroit passage et des vieux escaliers de pierre, jusque dans une petite pièce. Antoine la suivit et ferma derrière lui.

- Tu sais que c'est dangereux, n'est-ce pas ? Tu sais que tu n'aurais jamais dû venir jusqu'ici, pas vrai ? Tu le sais, non, Tony ? - insista Farida.

Mais, au lieu de répondre, Antoine laissa tomber son sac et marcha jusqu'à elle, s'arrêtant si près qu'il pouvait sentir sa respiration, entendre son cœur battre à l'unisson avec le sien, comme s'ils ne formaient qu'un. Une fois encore ses mains cherchèrent les siennes, il les prit avec douceur et ils entrelacèrent leurs doigts, un à un. Farida appuya la tête sur son épaule tandis qu'il la serrait dans ses bras pour la première fois et sentait son petit corps. À chaque respiration, il sentait la température de sa peau à travers la burqa. Antoine la serra fort et ils restèrent ainsi, leurs corps ne formant qu'un, durant ce qu'il leur parut une éternité. Il approcha alors sa bouche de l'oreille de Farida et, appuyant ses lèvres contre la fine toile noire, il lui murmura :

- Je t'ai apporté un cadeau.

Elle sentit la chaleur et le souffle de sa voix, qui la firent trembler. Il remarqua son tremblement et la serra encore plus fort.

- Tu m'as apporté plus de détonateurs pour Nader ? - demanda-t-elle.

- Non, je t'ai apporté quelque chose pour toi, mais c'est une surprise - répondit-il.

- Une surprise pour moi ? - demanda Farida tandis qu'elle levait la tête et le regardait, une fois de plus, droit dans les yeux.

Elle lâcha ses mains et enleva la partie de la burqa qui lui couvrait la tête. Elle le fit très lentement, libérant d'abord sa bouche, puis ses cheveux, longs et noirs comme la nuit. Antoine resta immobile, regardant ses fins doigts soulever le voile, centimètre par centimètre, ses cheveux se libérer. Ils restèrent tous les deux ainsi, calmes, se regardant dans les yeux. Antoine se sentit honteux, comme si elle s'était dénudée complètement. Il baissa le regard.

- Tony, regarde-moi, c'est moi, Farida - lui dit-elle, en prenant le visage d'Antoine à deux mains.

Il regarda le sol, confus. Elle était aussi jeune que sa voix le laissait croire et belle, très belle.

- Tony, regarde-moi - insista-t-elle.

Il leva le regard, la regarda dans les yeux et appuya ses lèvres sur les siennes. Il lui donna un baiser doux, tendre, très bref, et ensuite un autre et encore un autre, tous des baisers petits et timides, comme on embrasserait un nouveau-né. Il la serra à nouveau avec force, tel un boxeur qui ne peut plus encaisser de coups et cherche la protection dans les bras de son adversaire.

- Allez, dis-moi, que m'as-tu apporté ? - demanda-t-elle.

Ils s'assirent l'un à côté de l'autre sur un petit canapé vert. Comme toujours, Antoine scrutait les alentours d'un regard inquiet.

- C'est ta chambre ? - demanda-t-il.

- Oui, c'est ma chambre, mon bureau, mon tout. Bienvenue dans mon foyer.

- Ça me plait beaucoup - répondit-il tandis qu'il continuait de tout observer. La petite pièce débordait d'une collection éclectique de vieux meubles recyclés de Dieu sait où.

- C'est ton père ? - demanda-t-il en montrant la photo d'un homme.

- Oui, c'est mon père devant notre maison à Fontainebleau. Le mois où ils nous ont emmenés en Zone libre. La personne à côté de mon père est mon oncle, qui a disparu il y a un mois, nous ne savons plus rien de lui depuis. Il s'appelait Hussein.

- Hussein était ton oncle ? - demanda Antoine.

- Oui, bien sûr. Tu as aussi travaillé avec lui, non ?

- Pas toujours. C'est Patrick qui traitait avec ton oncle. Moi, j'ai travaillé avec une femme très jeune, très jolie, très courageuse et je crois que je tombe amoureux d'elle.

- Ne fais pas l'idiot.

- Mais je suis idiot, Farida, je suis très idiot. Et dis-moi, qu'est-ce que c'est que cette énorme bibliothèque à côté de la cheminée, vous n'avez pas de livres électroniques ni de tablettes en Zone libre ?

- Il en reste quelques-uns, mais sans réseau ils ne servent pas à grand-chose. C'est pourquoi j'ai décidé de reconstituer ma collection de livres. D'ailleurs, regarde, celui-là est pour toi - dit-elle en se levant et en prenant un livre à la couverture bleue.

Antoine admirait ses mouvements ; il n'avait jamais vu son visage, ses cheveux avant.

- Farida... - dit-il.

- Dis-moi - répondit-elle d'une voix insouciante et fraîche, faisant demi-tour et le regardant.

Tandis qu'elle se tournait, ses cheveux se soulevèrent avec grâce et ses yeux partirent une fois de plus à la recherche des siens. Antoine était tombé éperdument amoureux de cette femme aussi courageuse que belle, aussi forte que fragile, qui poursuivait sa vie dans l'œil d'un cyclone de feu.

- Comment fais-tu ? - demanda-t-il. Comment réussis-tu à continuer ta vie, d'où tires-tu ta force ? Tu remplaces ton oncle au Front de Résistance musulmane, tu remplaces quelqu'un qui vient de disparaître, et tu sais très bien ce que veut dire disparaître dans la France d'aujourd'hui. Tu as dû déménager d'une belle maison à Fontainebleau dans une petite pièce à un premier étage que tu partages en plus avec deux autres familles. Et tu souris, tu cherches de nouveaux livres à lire, tu te lèves chaque matin et tu continues ta vie. Quel est ton secret, Farida ?

- Il n'y a pas de secret, Tony. Tu ferais pareil, tout le monde ferait pareil. Je vis comme si j'avais une deuxième chance. Je ne veux rien regretter. Tout ce que j'aurais dû faire, je le fais maintenant. N'oublie pas que nous gagnerons cette guerre, je n'en ai pas le moindre doute. Il n'y a pas un seul soir où je me couche sans penser au jour où nous gagnerons cette guerre. Peut-être qu'ils m'attraperont, peut-être qu'ils m'arrêteront. Ils peuvent même me torturer, me tuer ; et alors ? Ils perdront de toute manière, Tony. Tu le sais. Comme Borges l'a fait dire à un certain Urquiza, je me rappelle la phrase par cœur : « L'histoire se lasse des violents. » Toujours.

» Je crois que la vie en soi est surfaite, comme l'argent, le pouvoir ou le sexe. L'amour, la tendresse, l'affection existent ; le plaisir de partager, de s'embrasser, de faire l'amour. Le plaisir de raconter une histoire à un enfant et de le voir rêver tout éveillé. Tenir la main d'un gamin pour traverser la rue, marcher en tenant le bras de ta mère, tenir ta compagne par la taille. La manière dont tu m'as serrée il y a quelques instants à peine, sentir la chaleur de tes lèvres, le souffle de ta voix dans mon oreille. Mais au-delà de ça, il n'y a rien d'autre. Il y a aujourd'hui et maintenant, demain n'existe pas. Demain n'existe que si je sais que tu viendras me voir. Mais dans ce cas, ce n'est pas demain qui m'intéresse, c'est penser à ta manière de me serrer dans tes bras qui me donnera l'envie de vivre jusqué à demain.

» Je ne crois pas, Tony, qu'il y ait beaucoup d'autres choses qui rendent les gens heureux ou tristes, qui les fassent profiter ou souffrir. Pense qu'en Zone libre, les téléphones portables ne fonctionnent pas, nous n'avons pas accès à Internet, nous n'avons qu'une chaîne de télévision, nous n'avons pas de voitures, à peine quelques vieux vélos. Au début, ça nous semblait impossible de vivre avec tant de privations. Cependant nous avons déjà oublié tout ça, nous ne nous en souvenons même plus. Ça ne parait même plus nous importer désormais. Au contraire ! La semaine passée, ma mère m'a envoyé une carte, imagine-toi ! Tu n'imagines pas le plaisir que ça m'a fait. Mes amis ne m'envoient plus de textos, quand ils veulent me dire quelque chose ils doivent passer me voir, comme tu l'as fait. Tu vois la chance que j'ai de ne plus avoir de téléphone portable ?

» Les anciens téléphones fixes ne fonctionnent plus non plus, ceux qui avaient des câbles, tu te souviens ? Eh bien, ils nous les ont déconnectés. Et tu crois peut-être que notre qualité de vie a empiré à cause de ça ? Tu crois que nous sommes plus misérables ? Eh bien non, pas même un peu. Ce qui gâche notre vie, c'est l'absence de liberté, c'est tout. La liberté, la souveraineté personnelle d'être qui nous voulons être. Le reste, Tony, ce sont des distractions, toutes des inventions de l'être humain qui ne valent rien. Tu te rends compte que quand je sortirai d'ici, j'aurai changé pour toujours ? J'aurai perdu mon illusion d'un monde meilleur, mon respect pour l'être humain en tant que race. Je me serai réveillée du rêve aussi utopique qu'infantile d'une société juste et d'un être humain civilisé.

» Nous sommes des animaux dotés d'une grande capacité de développement technologique, voilà ce que nous sommes. Comme ce singe qui utilise une branche pour la mettre dans une fourmilière, tu l'as vu ? Il prend la branche, la plante dans le trou de la fourmilière et attend qu'elle se couvre de fourmis, puis il l'enlève et suce le bois comme tu lècherais une glace. Tu devrais voir l'inventivité de ce singe et sa parcimonie pour manger les pauvres fourmis ; il se place juste à côté de la fourmilière et s'en donne à cœur joie sans même bouger un doigt. S'il pouvait, je suis sûre qu'il sourirait, ce voyou. Eh bien l'homme est comme le singe, à part qu'après la branche il a inventé la massue, et il n'a pas pu résister à l'envie de frapper son voisin. Au deuxième coup il a vu la douleur redoubler et il n'a pas pu cacher le plaisir ressenti en le voyant soumis à sa volonté et à son pouvoir.

» Ce plaisir et ce pouvoir sont devenus addictifs, alors il a inventé des massues toujours plus grandes, toujours plus sophistiquées, et comme avec un super pénis, il s'en servait dès qu'il trouvait un trou, sans discernement. Et voilà les Hommes, heureux, après des milliers d'années d'évolution, se tuant les uns les autres. Mais, pauvre imbécile, il a eu besoin d'être enfermé entre quatre murs, d'être privé de ses matraques, de ses téléphones et de toutes les supposées évolutions pour comprendre qu'il était tout aussi heureux avec sa branche et ses cinq fourmis. Ou tout aussi malheureux, mais le fait est que l'essentiel n'a pas changé.

» Laisse-moi te raconter la fin, Tony. Tu verras, c'est pathétique. J'ai appris qu'en nous ayant enlevé tous nos téléphones, les membres du Parti ne peuvent plus écouter nos conversations ni vérifier où nous sommes à chaque instant. Alors, ils pensent nous reconnecter. Quels malheureux, pas vrai ? Et ce que vous appelez des burqas, ça aussi ils veulent l'interdire. En réalité ce sont des niqabs, parce que ça laisse les yeux découverts. Personnellement, je pourrais sans problème porter à peine un voile, ou un hijab qui ne me couvrirait que les cheveux, ou encore rien du tout. Mais j'ai préféré porter cette tunique noire qui me rend anonyme et semblable aux milliers d'autres femmes de ce maudit ghetto. Et tu sais quoi ? Eh bien je marche libre, par-ci par-là, parce qu'ils ne peuvent pas m'identifier. Il parait que les caméras des drones ne peuvent même pas se focaliser sur les burqas parce qu'elles sont noires et lisses, imagine-toi essayer de nous reconnaitre.»

Antoine l'écoutait en silence, aveuglé par la lumière de cette femme qui ne s'avouait vaincue devant rien ni personne.

- Tu sais que tu es belle, Farida ? - l'interrompit-il. Tu as un niveau d'énergie, peut-être est-ce du charisme ou du magnétisme, ... Je l'ai ressenti le premier jour où je t'ai vue, dès que nous avons commencé à parler. Et maintenant, sans la burqa te couvrant la tête, ça me dépasse. Je ne peux pas arrêter de te regarder ; tes yeux brillants, tes cheveux, ta voix, tes mains, ta manière de les bouger, de parler, même de marcher, ton intelligence, ton courage, ta fraîcheur, le bracelet en argent que t'a offert ta mère, tout. Tu me plais toute entière, Farida, j'aime tout en toi, ... Même cette chambre me plait ! - s'enthousiasma Antoine en lui caressant les mains.

- Tu es fou, Tony. De quoi tu parles ? Tu me fais rougir... Regarde ce livre, tu l'as lu ? - demanda Farida en tendant à Antoine un petit livre à la couverture bleue.

- Brian Weiss, *Une même âme, de nombreux corps* - lut Antoine à voix haute.

- Tu l'as déjà lu, c'est ça ? - demanda-t-elle.

- Il y a longtemps. Ce livre a quoi, cinquante ans au moins ? D'où le sors-tu ?

- C'est ça la Zone libre, Tony, c'est comme vivre dans un musée. Tout se garde, tout se recycle ainsi, dit Farida. La société de consommation est morte par décret du Parti. Imagine-toi que ceux qui vivaient dans ces quartiers ont laissé tout ce qui ne les intéressait pas en abandonnant leurs maisons, ce qui est génial, parce qu'il semble que la lecture n'était pas leur truc, ils ont laissé des milliers de livres. On a même monté une bibliothèque populaire juste ici au coin, avec des centaines de livres oubliés.

- Qu'est-ce qui t'a plu dans ce livre ? Je ne m'en souviens que vaguement, pour être honnête. Tu crois peut-être en la réincarnation ? Que nous sommes une seule âme qui passe de corps en corps, à travers les siècles ? C'est une idée attirante, elle se trouve dans le Talmud, mais un peu tirée par les cheveux, tu ne penses pas ? - demanda Antoine.

- Je ne suis pas sûre Tony, mais il y a des aspects qui me paraissent rationnels et même cohérents.

- Par exemple ?

- Je sens que l'homme découvre de petites preuves qu'il existe quelque chose d'éternel qui connecte tout, un plan magistral qui passe de père en fils, notre code génétique. C'est notre essence qui passe d'une génération à une autre. Peut-être que je suis la réincarnation de quelqu'un qui faisait partie de ta vie, peut-être est-ce pour ça que nous ressentons une attirance inexplicable, pour cela que nous la nions. C'est ce fil qui unit les âmes à travers les générations.

» La majorité des gens vivent sans se rendre compte que tout est en réalité une vaste et mauvaise blague. Ils passent leur vie à essayer d'atteindre quelque chose. Et ce qui nous poursuit, c'est l'angoisse de ne pas pouvoir réaliser nos rêves. Certains ont peut-être pensé que la vie perdait du sens, mais la recherche de sens en soi est une partie intégrante du voyage, ce n'est pas le point d'arrivée. D'autres sont arrivés à un endroit seulement pour réaliser que ce n'était pas leur destinée. Et tu sais pourquoi, Tony ? Parce qu'il n'y a rien dans la vie que nous devons faire à part vivre chaque jour jusqu'à la fin. Et vivre chaque jour le mieux possible ; la clé c'est d'être vertueux, dans le sens le plus simple : aime, sois une bonne personne, ne blesse pas les autres et pas grand-chose d'autre. C'est ça, ma doctrine, Tony. Et maintenant, je veux mon cadeau ! - conclut Farida dans un énorme sourire.

- Attends, ce n'est pas si simple. Ton cadeau, c'est un vêtement, mais tu ne peux pas le porter avant le bon moment - expliqua Antoine.

- Tu as acheté un vêtement à une femme qui vit dans un ghetto et porte une burqa ? Eh bien, les hommes sont décidément des animaux très spéciaux ! - s'exclama-t-elle avec la même expression qui avait fait tomber Antoine amoureux d'elle au premier regard.

- C'est pire que ça, Farida, tu ne peux même pas le voir, tu me le promets ? N'ouvre pas ce sac avant le moment venu. Tu dois me le promettre - la supplia Antoine en lui remettant le petit sac à dos qu'il avait dans son sac de sport. - Prends le sac à dos, le vêtement est à l'intérieur, mais tu dois me promettre que tu ne l'ouvriras pas avant que le moment soit venu.

- Et quand sera ce moment ? - interrogea Farida.

- Tu le mettras le Jour J.

- Tu penses vraiment que le Jour J approche ?

- Je ne le pense pas, je le sais. Il est si proche que je ne suis pas sûr de pouvoir revenir te voir avant. Alors écoute-moi attentivement : ce jour-là, ton père et ton frère te demanderont de rester chez toi, de ne pas sortir, de descendre à la cave et d'attendre là avec les femmes et les enfants. Quand tout commencera, la Zone libre se transformera en zone de guerre, tu devras les écouter et rester cachée. Fais-le s'il te plait, reste chez toi, ne fais rien de stupide, je te le demande, fais-le pour moi.

» Ce jour-là tu t'enfermeras chez toi, tu mettras le vêtement que je t'ai offert, tu enfileras ta burqa par-dessus puis tu descendras à la cave avec les autres. Tu y resteras jusque minuit moins cinq, puis à minuit, à minuit pile, tu me retrouveras au même endroit que d'habitude, près du banc en bois, sur la rive du canal. Je serai là à minuit pile. Il y aura beaucoup de gens et ce sera difficile de nous retrouver, aussi devras-tu me rejoindre au même banc que d'habitude, à l'heure exacte. Promets-moi que tu n'oublieras pas de mettre le vêtement sous ta burqa - rappela Antoine. Il se leva et l'embrassa.

Cette fois, ils s'embrassèrent comme deux amants. Elle appuya sa tête sur son épaule et resta silencieuse, calme, dans ses bras.

- Tu n'es pas encore parti et tu me manques déjà... - chuchota-t-elle. Elle prit sa tête entre ses deux mains, froides et délicates, et l'embrassa sur la bouche.

- Tu sais que j'aimerais rester, Farida, mais pour pouvoir revenir te sortir de cet enfer, je dois m'en aller, à l'instant même, avant que les alarmes sonnent à l'entrée principale et que les drones me recherchent. J'ai déjà passé trop d'heures dans la Zone.

- Je sais - acquiesça Farida, se recouvrant le visage de son voile.

- Bien, nous nous voyons très bientôt, d'accord ? Au banc en bois, celui de toujours, sur la rive du canal. Promets-moi d'être très ponctuelle - dit Antoine.

- Je le serai ! - dit-elle d'une voix animée. Et je porterai mon nouveau vêtement.

Antoine lui donna un baiser rapide, la regarda une dernière fois dans les yeux. Elle remarqua qu'il avait les larmes aux yeux.

- Je sais bien, c'est plus difficile de s'en aller que de rester. Mais ne t'inquiète pas, je suis bien ici, sois tranquille. Je te verrai le Jour J, à minuit pile, sur notre banc en bois, sur la rive de notre canal, je te le promets. Je serai là avec mon nouveau vêtement sous ma vieille burqa - promit Farida.

Il récupéra son sac et partit sans un regard en arrière.

- 11 -

« Liberté, égalité, fraternité, ou la mort ! La dernière est bien plus facile à donner que les trois autres. Ô guillotine ! »

Un conte de deux villes, Charles Dickens (1859)

Nicolas arriva ponctuel à son rendez-vous avec Henny, son amie du Ministère. Il entra dans son bureau et prit place en silence dans une petite chaise viennoise en bois. Henny relisait quelques papiers et écrivait des notes dans les marges, soulignant des mots et marquant des paragraphes, sans lever le regard, comme si elle n'avait pas remarqué sa présence. Sa peau si blanche et si fine, presque transparente, son corps petit, replet, ses joues charnues et teintes en rose, et les lunettes Armani à monture chromée lui donnaient l'aspect d'une paisible grand-mère.

Comme tous les bureaux des hauts fonctionnaires du gouvernement, celui d'Henny était agrémenté d'un mât en bois sur lequel flottait le nouveau drapeau français, qui n'était en réalité qu'une nouvelle version de celui de l'ancien Régime de Vichy, avec la double hache en son sein et le concept remis à la mode de « travail, famille et patrie ». Il n'y avait plus de place pour la liberté, plus d'envie pour l'égalité et encore moins de volonté pour la fraternité dans la nouvelle France ; c'étaient des concepts archaïques associés à un passé décadent de chômage et de famine.

Nicolas resta silencieux tandis qu'il observait chaque détail du bureau : des murs blancs et lisses, un écran plat en cristal liquide de dernière génération sur un piédestal en plastique noir, qui montrait le Commandant de la Nouvelle France donner un de ses infinis discours, avec un faible led bleu à chaque coin. Le volume du téléviseur était presque silencieux ; Nicolas pouvait à peine deviner les paroles habiles du Commandant, même s'il se le rappelait presque de mémoire, après l'avoir entendu répétér en boucle sur la télévision d'État.

De Gaulle a libéré la France des Allemands - disait le Commandant de sa voix ferme - à la tête d'une puissante légion de courageux soldats français qui n'acceptèrent pas d'abandonner leur mère patrie en 1940 quand les Anglais, lâches et faibles, laissèrent leur vieille amie seule pour affronter un ennemi commun sur les plages de Dunkerque.

C'était la nouvelle version révisionniste de l'histoire selon le maître, mais le plus triste, c'était que presque personne dans la nouvelle France n'avait jamais entendu ou lu la version originale.

Seuls deux autres événements ont eu autant d'impact dans

l'histoire du monde tel que nous le connaissons - souligna le leader. Les croisades françaises pour libérer le Moyen-Orient et le Saint Sépulcre des mains des Arabes et des Juifs, quelque mille ans plus tôt, et dans des temps plus récents, la Reconquista espagnole de la Péninsule ibérique aux mains des Maures. Les deux ont été des actes héroïques contre un même ennemi : l'influence destructive et pernicieuse de la culture arabe sur l'Europe jadis unie et chrétienne, ainsi que l'ambition omniprésente et démesurée de la nation Allemande, au contraire intelligente et travailleuse, et de ses frères jumeaux, les Juifs. Nous devons nous sentir fiers, mes enfants, de guider le monde libre dans cette ultime croisade.

Nicolas ne put s'empêcher de sourire en se rappelant que c'était ce même régime de Vichy, avec ce même drapeau à double hache, qui avait condamné de Gaulle à la mort. Mais ce n'était rien de plus qu'un infime détail, un défaut insignifiant dans la nouvelle version de l'histoire selon le Commandant, qui ne faisait rien de plus que dénoter la profonde schizophrénie propre à tous les régimes autoritaires.

Henny continuait de travailler en silence, Nicolas continuait d'attendre. Et il devait en être ainsi. Elle avait toujours marqué le rythme et le ton des conversations, depuis leur première rencontre, plus de quinze ans plus tôt. Enfin, elle regarda Nicolas par-dessus ses lunettes.

- Comment puis-je t'aider cette fois, Nicolas ? Je suis très occupée par les derniers préparatifs pour la fête de demain - dit-elle d'une voix calme, sans cesser de prendre des notes.

Henny parlait de la célébration du dixième anniversaire de la Révolution. Comme il ne pouvait en être autrement, le Commandant avait décrété ce jour journée de congé national et annoncé le plus grand défilé militaire jamais vu en France.

- J'ai besoin d'un visa, Henny, je dois voyager à Londres la semaine qui vient - répondit Nicolas en allant droit au but.

- Encore un visa pour voyager à Londres. Tu dois retourner dans ta vieille mère patrie, avec laquelle nous sommes en guerre, je te le rappelle, au cas où tu l'aurais oublié. Vraiment, tu dois encore te rendre à Londres ? Tu sais que je peux t'obtenir le permis de sortie de France, mais ensuite il faudra que les Anglais te donnent le permis d'entrée, et pour ça je ne peux pas t'aider, tu le sais, non ?

- Le visa d'entrée n'est pas un problème - répondit Nicolas.

- Ah, je vois.

- Tu sais bien qu'ils n'ont jamais refusé les journalistes. Ils pensent que si nous voyons le bon côté de l'Angleterre, nous écrirons des articles favorables à notre retour.

- Bien sûr, j'avais presque oublié que les Anglais étaient idiots. Même s'ils n'ont jamais lu ce que tu écris sur eux, ils pensent que tu iras là pour combien, deux jours ? Et ensuite tu reviendras et tu écriras quoi ? C'est ça que je ne comprends vraiment pas, qu'est-ce qu'ils pensent que tu écriras à ton retour ? - demanda Henny.

- Je veux couvrir le problème musulman et juif en Angleterre - répondit Nicolas.

- Ah, bien sûr... « Le problème musulman et juif » - répéta Henny, en levant le regard et en laissant sur la table son stylo

Montblanc noir et doré.

Elle respira profondément et poussa un soupir qui ne semblait pas exprimer la fatigue mais plutôt un manque de patience face à son vieil ami. Elle enleva ses lunettes, les regarda un instant à la lumière de sa lampe de lecture et, à l'aide d'un chiffon doux qu'elle sortit d'un étui, elle commença à les nettoyer. Ensuite elle les replia comme si elle était seule et, sans se dépêcher, elle enroula le fin cordon et rangea ses lunettes dans leur étui en cuir. Nicolas attendit en silence, le visage sérieux. Il était là pour affaires, il avait besoin de son visa, c'était tout.

- Sérieusement, Nico, pourquoi crois-tu que nous avons une caméra à chaque coin de cette ville, un lecteur d'iris tous les cent mètres, des micros jusque dans les toilettes, tous ces drones qui survolent ta tête jour et nuit ? Je ne te comprends pas, tu es une personne intelligente. Tu penses pouvoir nous tromper ? Dis-moi, dans quoi t'es-tu fourré ? Tu sais que je suis ton amie depuis des années, tu sais que nous aimons beaucoup ta manière d'écrire. Malheureusement, les Français se sont habitués à ta prose bon marché de magazine people appliquée à la politique.

» Tu sais que tu nous es très utile, mais pas indispensable, ajouta-t-elle. Parce que personne n'est indispensable pour le régime. Alors, qu'est-ce que tu fabriques ? Que fais-tu avec ce coiffeur juif ? Un coiffeur juif, incroyable. Qui est non seulement Juif mais aussi pédé. Il n'est pas dans ton camp, Nico, tu sais qu'il fait partie de la Résistance. C'est un homme de gauche, et comme tous ceux de sa classe, un profond et obtus ignorant. Il suffit de voir ces motos énormes qu'il conduit. Tu sais pourquoi il le fait, non ? Parce qu'il a un pénis tellement petit qu'il doit compenser, alors il achète ces gigantesques motos américaines et il se les fourre entre les jambes, avec deux énormes pots d'échappement chromés, parce qu'un ne suffit pas, deux énormes pots d'échappement phalliques, et il les gare face à son salon.

» Mais s'il pouvait acheter un énorme pénis noir et le garder devant la porte, il le ferait. Ce sont des gens qui se cherchent une place au moyen du militantisme, ce n'est pas la France qui les intéresse mais bien devenir quelqu'un, et la Résistance leur offre cette opportunité, une identité de macho, d'hommes durs. Ce sont des gens qui ne comprennent pas comment fonctionne le monde, Nico, tu ne devrais pas t'associer avec eux. Le Parti est derrière toi et il commence à en avoir marre. Tu joues à un jeu stupide et suicidaire.

- Henny, le Parti est derrière moi et derrière chaque citoyen français. Sois sûre qu'ils sont également derrière toi - répliqua Nicolas d'un ton tendu et provocateur.

- Écoute-moi, nous vivons des temps historiques, pas seulement en France, mais dans tout le monde libre - dit Henny. Nous venons de surmonter la pire crise financière, politique et morale des trois cents dernières années. Nous avons enfin vaincu le fondamentalisme islamique. C'est la première année que nous vivons sans craindre d'être les prochains à apparaître sur Internet avec une veste orange et la tête entre les pieds. N'oublie pas que quand les Musulmans français sont revenus de Syrie et d'Iraq, après s'être battus aux côtés de l'armée islamique, ils ont transformé notre pays en champ de bataille. Pas un seul jour ne passait sans une décapitation, sans une bombe, sans un avion qui explosait dans les airs. Il était impossible de continuer ainsi. Et Sarkozy, Hollande, Le Pen... tous ont essayé de vaincre l'islamisme violent au moyen de la démocratie, ce qui a été un acte suicidaire et volontariste, sans la moindre chance de réussite.

» La démocratie s'est avérée être un boulet qui nous empêchait de nous battre d'égal à égal contre les terroristes. Nous avons dû user de violence, les politiques ne suffisaient pas avec leurs discours fermes et leurs actes vides. Mais comme toujours, l'Europe a été lente à l'accepter et à réagir. Nous avons fait trop peu, trop tard. Et pendant ce temps, la crise économique faisait claudiquer notre indépendance. Nous n'avons pu empêcher que l'Allemagne endosse une fois de plus le rôle du grand frère, ce qui est arrivé tant de fois dans notre histoire récente. L'Allemagne s'est occupée de nos banques, a dicté nos politiques fiscales et monétaires, au point que nos gouvernements ont fini par faire des rapports au Chancelier allemand. Nous étions retournés à l'époque du Troisième Reich, tous demandaient la permission à l'Allemagne avant d'oser le moindre geste, tous paniqués à l'idée d'offenser le grand frère teuton. La Banque centrale allemande est même devenue dans les faits la Banque centrale européenne.

» Et l'histoire de l'entre-deux-guerres se répétait, mais cette fois les rôles étaient inversés. En 1918, c'était nous qui imposions des conditions extrêmes à l'économie allemande, les étranglant jusqu'à la rébellion. Nous, les puissances victorieuses de la Première Guerre, aveuglées par l'arrogance et la certitude de posséder l'unique vérité, nous avons rendu la tâche facile à Hitler. Nous avons servi Hitler au peuple allemand à point pour la révolution. Mais cette fois ce sont les Allemands qui sont tombés dans le même piège, aussi imbécile que tentant, de devenir les maîtres de l'Europe, de croire que l'Europe leur devait la vie et le bonheur. Et, peine soixante ans après avoir été sauvés du communisme et de la misère d'après-guerre, après avoir tué plus de cinquante millions d'Européens, les Allemands se sont une fois de plus sentis maîtres de la vérité. Ils ont tenté de contrôler et d'humilier nos gouvernements, les ont fait voyager à Berlin à plusieurs occasions pour rendre des comptes et pour amender telle ou telle loi. Et pendant un temps, ils ont réussi. Mais, quel en a été le résultat, Nico ?

-Eh bien... - tenta-t-il d'intervenir, mais elle l'interrompit.

- C'était une question rhétorique. Ta réponse ne m'intéresse pas, j'essaye simplement de te rappeler l'histoire du monde dans lequel tu vis, puisque tu sembles l'avoir oubliée. Le résultat a été catastrophique, Nico, une véritable débâcle. Et le pire, c'est que tu sais que c'est vrai. Tu étais déjà adulte quand tout ça s'est produit, il ne s'agit pas du Commandant racontant notre supposée victoire à Dunkerque, c'est moi, Nicolas, qui te parle de l'histoire de ta vie, de l'histoire de ces vingt dernières années, pas de vingt siècles.

- Tu me parles d'histoire ? - dit Nicolas. L'histoire, soutient Pereira, est de ces animaux qu'on ne peut domestiquer, Henny, ne te méprends pas.

- Pereira, le directeur de la section culturelle ? C'est un vieux grincheux qui finira par mourir d'une crise cardiaque. L'histoire n'est pas écrite par les peuples, Nicolas, mais par les gouvernements. Et les peuples et gouvernements sont souvent dirigés par une minorité - ajouta Henny.

Nicolas la regarda en silence, avec une expression calme, sans montrer de signes d'accord ou de désaccord, seulement l'oreille tendue vers cette grand-mère qui s'exprimait avec la dureté d'un général. De son côté, Henny continua d'essayer de bâtir une histoire basée sur des réalités inéluctables qui justifierait à la fois la fin et les moyens, une fin dont elle était une part active. Elle semblait parler pour pouvoir s'écouter. Peut-être avait-elle besoin de justifier de temps à autre une fin aussi grotesque et lamentable que le commencement lui-même.

- Ils nous ont poussés aux portes de l'abîme, les peuples ont perdu confiance en les institutions et les tissus sociaux ont été rompus. Nos sociétés ont commencé à se polariser, à s'affronter les unes les autres, à se haïr entre frères, entre proches. La France s'est trouvée divisée entre une droite fasciste, une gauche maladroite qui ne faisait rien pour régler le problème, et au milieu la masse silencieuse et indifférente. Chrétiens, Juifs et Musulmans, tous silencieux et indifférents. La démocratie, au travers du vote musulman, s'est transformée en piège final. Si nous n'étions pas intervenus, les partis musulmans auraient gagné les élections et occupé le Palais de l'Élysée. Imagine-toi, un Président musulman en France.

» Et c'est à cet instant précis que nous sommes entrés en scène, Nico, pas une seconde avant. C'était le point où, étant au plus bas de notre histoire récente, nous avons dû agir, rapidement, pour sauver un patient atteint d'une maladie incurable. Autrement nous aurions fini comme l'Espagne, rayée de la carte, disparaissant comme pays. Et oui, bien sûr, nous savons tous que ça a été douloureux, et ça l'est encore. Mais il en va ainsi avec la chirurgie oncologique, Nico, il faut parfois couper un bras pour sauver le patient.

» Nous protégeons la France contre elle-même et contre tous ses ennemis externes, c'est tout ce que nous pouvions faire. Nous faisons le nécessaire pour que chaque Français ait un emploi, et pour cela nous avons dû récupérer les postes occupés par les étrangers. Eux aussi sont responsables d'avoir été victimes de la violence et de l'extrémisme de leurs leaders. En cinquante ans, ils n'ont pas produit un seul chef démocratique ni un seul mouvement de paix et d'intégration ; ils ont seulement répondu à l'exclusion sociale par la haine et la violence. Nous n'avons pas trouvé d'autres solutions. Nous avons dû expulser les étrangers puisque notre économie fragile ne pouvait plus les maintenir. Nous nous sommes montrés généreux pendant de nombreuses décennies, mais quand la faim a frappé à nos portes, nous avons dû nous occuper des nôtres en priorité.

» Si nous récupérons, si nous redevenons forts et riches, nous pourrons être généreux et les inviter à revenir. Mais pas maintenant. Nous avons dû prendre les armes pour récupérer nos rues et nous échapper des ghettos. Et pour cela, nous avons lancé le Plan quinquennal. Nous avançons pas à pas, nous suivons le livre au pied de la lettre. Nous avons déjà réglé le fléau de l'inflation, du chômage et le problème de la violence islamiste. Et tout cela avec une réussite relative, tu ne peux pas le nier. Les rues de Paris sont à nouveau praticables et sûres. Nous relevons la France. Et quand elle sera sur pieds, libre et la tête haute, alors seulement nous retournerons aux urnes pour lever les contrôles policiers. Mais pour l'instant, nous ne pouvons pas nous offrir le luxe de redevenir comme avant. Nous devons résister face à la pression de nos anciens alliés.

Henny regarda Nicolas dans les yeux. Il garda le silence un bref instant. Il n'avait pas pu se concentrer sur la longue diatribe de son amie, tirant profit de cet interlude pour chercher comment contrer l'accusation de flirt avec la Résistance.

- Allons, Henny... Tu me connais depuis des années déjà et tu sais que j'ai toujours été de votre côté, dit-il enfin. Tu sais comment nous sommes, nous, les journalistes ; nous sommes curieux et apprenons de tous. J'ai des amis à ta droite, mais aussi d'autres comme le coiffeur qui, en plus d'avoir un petit attribut, je te le concède parce que je suppose que vous devez avoir des caméras jusque dans les toilettes, est un bon gars et un bon ami aussi. Ce qu'il fait avec la Résistance, si ce que tu dis est vrai, il le garde bien caché. Il sait qui je suis et il cloisonne les choses, je suppose. S'il est dans la Résistance, Henny, c'est une activité illégale et clandestine, il ne va pas me le raconter, surtout pas à moi, qui suis réputé pour être affilié au Parti. Avec des amis comme lui, je vois l'autre côté des choses et c'est ainsi que je prépare mes arguments, c'est pour ça que mes articles sont si convaincants, parce que je n'hésite pas à écouter les autres. Ce mois-ci, je me suis rendu plusieurs fois en Zone libre, tu devrais y aller un jour, c'est une sacrée expérience.

- Ne me prends pas pour une idiote, Nico. Nous savons tout : que tu vas en Zone libre, que tu retrouves des gens... Nous te laissons faire uniquement pour en apprendre plus sur toi et tes amis. Ne sois pas naïf.

- Apprendre de moi ? Qu'est-ce que tu veux dire ? demanda-t-il.

- Nous te donnerons ton visa pour que tu sortes de France et retournes dans ta chère patrie, répondit Henny. Nous te délivrerons le permis de sortie, mais tu devras collaborer avec nous et nous raconter ce que tu sais. Tu devras retourner en Zone libre et vérifier quelques détails pour nous.

- Tu me demandes d'espionner pour le Parti, tu es devenue folle, Henny ? Je suis journaliste, je ne peux pas faire ça.

- Tu n'es pas journaliste, Nico, tu ne l'as jamais été. En vérité, tu es un employé du Parti, avec un travail différent des autres, mais tu es tout de même notre employé. Si tu es de notre côté, le moment est venu de le prouver.

- Et si je refuse ? demanda Nicolas. Ça va à l'encontre de mes principes de journaliste, Henny.

- « Mes principes de journaliste » singea-t-elle avec dérision. Qu'est-ce que c'est que cette merde ? Eh bien, non, tu ne peux pas refuser. Je perds patience avec toi, comme beaucoup de gens du Parti. Écoute, Nico, comprends que tu as de graves ennuis. De deux choses l'une : soit tu travailles pour la Résistance et tu es suicidaire, soit tu es un idiot utile et ils te manipulent. Nous le saurons rapidement. Autant que tu le saches, j'ai pris la peine de convaincre le Parti que tu étais un idiot fini, mais que tu restais fidèle à notre cause. Je ne le crois pas, bien sûr ; mais j'ai préféré te laisser une chance de changer d'avis.

» Tu ne me trompes pas, nous nous connaissons depuis longtemps et tu as changé. Tu n'es plus ce jeune qui écoutait tout et tout le monde. Maintenant tu es un journaliste confirmé, un personnage public, célèbre, on te lit et on croit ce que tu écris. Mais ça ne te rend pas plus intelligent ni plus intouchable. Tout ce que je te demande, c'est de nous aider à résoudre un casse-tête, il nous manque quelques dates et nous devons faire vite. Nous savons que la Résistance te fait confiance et nous en avons besoin désormais. Le moment est venu de prouver de quel côté tu es.

- Ne me demande pas ça, Henny, tu sais que je ne peux pas le faire. Je suis journaliste, pas espion - insista Nicolas. Je peux écrire l'histoire que tu veux, quelle qu'elle soit, je l'ai déjà fait un millier de fois, mais ne me demande pas d'espionner. Je n'en ai pas le courage, ce n'est pas moi, ça.

- Je dois partir, maintenant, Nico. Deux gardes t'attendent dehors. Ils sont là depuis ton arrivée. Ils sont venus t'arrêter. Pour une fois, je te demande d'être intelligent. S'il te plait, ne fais rien de stupide, fais seulement ce qu'ils te demandent et tu seras dans un avion pour Londres dans moins d'une semaine. N'essaye pas de les tromper, ce que je peux faire pour te protéger a des limites et tu les as déjà atteintes.

Dès qu'elle eût fini de parler, Henny se leva et se dirigea vers la porte de son bureau. Elle l'ouvrit et montra le chemin à Nicolas.

- Messieurs - dit-elle d'une voix ferme - il est à vous. Moi, j'ai fait ma part du travail.

Deux hommes en veste noire attendaient, un de chaque côté de la porte. Inutile de discuter ; Nicolas les suivit en silence jusqu'à l'ascenseur qui descendait dans les entrailles du Ministère, et ensuite dans un couloir de ciment gris, infini, sans portes ni fenêtres, éclairé par des tubes fluorescents.

En arrivant au bout, les gardes ouvrirent une porte verte et le poussèrent dans une petite salle. Nicolas entendit le bruit du loquet qu'ils fermèrent derrière lui. Les murs étaient lisses et en ciment avec, sur l'un d'eux, un miroir sans tain. Au milieu de la pièce, une table et deux chaises métalliques. Une ampoule pendait du plafond. C'était tout. La porte n'avait pas de poignée à l'intérieur et il n'y avait pas d'interrupteur pour la lumière. Nicolas s'assit et pensa qu'il ferait tout ce qu'ils lui demanderaient, dirait tout ce qu'ils voudraient pour sortir vivant de cette pièce. Il n'avait pas le moindre doute à ce sujet. Il regarda son téléphone portable mais il n'y avait pas de réseau dans ce trou noir.

Deux heures s'écoulèrent avant que quelqu'un n'entre. Il s'agissait d'une brute athlétique d'une vingtaine d'années, aux cheveux en brosse comme un marine américain. Il portait un jeans et une chemise blanche moulante ; les deux premiers boutons étaient défaits et laissaient apercevoir une grosse chaîne argentée à laquelle était accrochée une double hache en argent et un svastika. Il avait sur le torse une cartouchière en cuir noir contenant un pistolet de calibre 45, avec un nom gravé en lettres gothiques sur une plaque en argent. Nicolas tenta de le lire mais sans y parvenir, l'unique lampe qui pendait du plafond générant plus d'ombre que de lumière. Le jeune tourna une chaise le dossier en avant et, écartant les jambes, s'assit face à Nicolas. Il le regarda en silence et plaça son arme sur la table, dans une démonstration de pouvoir mais aussi dans un test de confiance. Le pistolet se trouvait à portée de Nicolas qui le fixa un instant et pensa faire une bêtise. Le type parla en premier.

- Tu vas nous aider ?

- Bien sûr, c'est ce que je fais depuis des années déjà - répondit Nicolas.

- Écoute, nous ne sommes pas des intellectuels comme toi, nous sommes des gens simples, dit-il lentement, détachant chaque mot d'une voix ferme. Si tu joues avec nous, nous t'éliminons et c'est tout, voilà le genre de brutes que nous sommes. Nous pouvons te jeter depuis un avion dans la Mer du Nord et personne ne se souviendra de toi. Tu disparaîtras pour toujours et ton corps réapparaîtra sur une plage d'Angleterre, d'où tu n'aurais jamais dû partir. Mieux encore, certains suggèrent de te tuer et de continuer à publier des histoires en ton nom. Nous avons même pensé utiliser un hologramme de toi pour que tu apparaisses de temps en temps à la télévision. Pourquoi pas ? Moi, ça me semble une bonne idée. En réalité, c'était notre option préférée, mais tu as eu la chance qu'Henny te croie plus utile vivant que mort.

Les mains moites et la bouche sèche, Nicolas garda le silence.

- C'est injuste de me traiter comme un ennemi de la révolution - dit finalement Nicolas en essayant d'établir un dialogue. Si vous avez besoin d'aide, tu me le demandes et voilà, c'est aussi simple que ça.

- N'essaye pas de me tromper, espèce d'imbécile. Tes beaux yeux bleus ont peut-être convaincu la vieille, mais pas nous. Nous te donnerons le visa pour que tu ailles en Angleterre, comme ça tu pourras écrire ton article. Mais d'abord, tu devras nous donner le jour exact de l'attaque, le Jour J. Nous savons qu'ils font entrer du matériel de contrebande avec l'aide des Turcs et des Israéliens. En réalité, nous savons tout. Tout ce qu'il nous faut, c'est la date exacte. C'est aussi simple que ça, soit tu nous donnes la date, soit nous te mettons une balle entre les deux yeux. J'ai déjà une balle réservée pour toi, et une pour ton ami, le coiffeur juif. Lui, ça fait longtemps que je veux m'en charger, mais ils ne m'ont pas laissé faire. Ce pédé est le contact entre le Commando juif et la Résistance, et mes chefs le préfèrent vivant.

- Tu crois vraiment que David est dans le Commando juif ? Vraiment, tu crois ça ? C'est un fainéant, tout ce qui l'intéresse c'est les motos et les femmes.

- Pas les femmes, c'est un pédé, on te l'a déjà dit. Il mène une vie normale, tu en fais partie, mais en parallèle il est membre de la

Résistance. Et ne fais pas l'idiot, tu ne peux pas l'ignorer. Maintenant tu as une semaine pour apprendre la date du Jour J. je t'attends ici mardi prochain, à quinze heures, pour t'écouter ou te tuer, c'est toi qui décides. À présent va-t-en avant que je change d'avis.

La brute frappa quelques coups secs à la porte et elle s'ouvrit de l'extérieur. Les deux gardes à veste noire accompagnèrent Nicolas jusque dans la rue, où ils le mirent dans un taxi. Toute la scène, songea Nicolas, semblait tirée d'un film hollywoodien. « Les mouvements sont comme ça, pensa-t-il. Ils offrent à beaucoup l'opportunité de passer du dernier de classe, de l'âne ignorant, à un personnage important. Ils s'inventent un rôle, ils le créent, l'occupent, le vivent, se déguisent en acteurs de films, les cheveux, les habits, tout. La salle d'interrogatoire, les murs en ciment, le miroir sans tain pour observer de l'extérieur, la petite table avec deux chaises, tout droit sortis d'Hollywood. »

Ils avaient importé le *know-how* d'un film. Le maton se promène dans les couloirs du Ministère, dans les rues de Paris, habillé en agent secret, son pistolet réglementaire sous sa veste, et il a enfin le sentiment d'être puissant. Le Parti et la Révolution lui ont donné une opportunité. Il avait adopté la double hache et le svastika comme il l'aurait fait de la faucille et du marteau. L'appartenance et l'identité, voilà ce qui importait, pas quelle identité, pas l'appartenance à quel mouvement.

« Quand nous gagnerons, que ferons-nous de ces types ? se demanda-t-il. Comment les transformerons-nous en gens normaux ? Devrons-nous tous les tuer ? Bien sûr, mais les tuer nous rendrait comme eux, ce serait comme une transposition : tu le tues, alors tu es son égal, tu es lui. Nous ferions ce qu'ils ont fait et ce contre quoi nous nous sommes battus. C'est un cercle vicieux, je ne sais pas comment on pourra le briser. »

Nicolas rentra chez lui et décida de ne communiquer avec personne, de ne pas raconter à la Résistance ce qui s'était passé. Il savait que ceux du Ministère le suivraient comme son ombre, tant à l'intérieur qu'à l'extérieur de la Zone libre. Contacter Antoine juste après cette rencontre reviendrait à le dénoncer.

- 12 -

Le 17 octobre 2041 se leva avec un ciel d'un bleu profond. Ce matin-là, pas un nuage n'osa ruiner un jour parfait pour la célébration du dixième anniversaire de la Dernière Révolution française. Nicolas regarda par les fenêtres de son salon et vit la ville encore endormie. Les voisins avaient obéi à l'ordre du Commandant d'accrocher un drapeau français à leurs fenêtres et balcons. De son côté, la Résistance avait lancé un appel à utiliser les drapeaux prérévolutionnaires, ceux de toujours, ceux qui n'avaient pas la double hache en leur centre. Mais peu osèrent, parce que ce geste demandait beaucoup de courage ou de bêtise et revenait à pointer sa maison comme celle d'un Résistant.

Malgré tout, Nicolas fut surpris de voir plus d'un drapeau sans hache, et même un drapeau orné d'un grotesque trou au milieu, un sacrifice qui dénotait la rage du propriétaire. Le grand défilé était programmé pour onze heures du soir, suivi par ce que le Commandant avait promis être le feu d'artifice le plus imposant jamais vu ; il illuminerait le ciel de Paris de telle sorte qu'il se verrait depuis Londres. Nicolas sortit se promener du côté de l'Arc de Triomphe, où quelques ouvriers achevaient de monter la scène et les gradins pour le défilé. L'avenue des Champs-Élysées était fermée à la circulation et les enfants profitaient de la matinée pour rouler à vélo et jouer au ballon. Nicolas s'assit à un bar et commanda un café au lait et un croissant.

- Nous proposons un café et deux croissants pour vingt nouveaux francs - dit le serveur.

- Deux croissants, dans ce cas - accepta Nicolas.

Dès qu'ils furent apportés, il en arracha quelques miettes et les posa sur la table à côté, vide, à la disposition des pigeons. Selon un mythe local, les pigeons français avaient pour coutume de voler le repas de la table des touristes, mais jamais des véritables Français. Et ainsi ces représentants de la famille des pigeoniformes, en sentant que Nicolas était Anglais, se servirent dans les miettes.

Assis sur une chaise en métal, Nicolas regarda les enfants courir entre les infinis drapeaux français et bannières du Parti suspendus à chaque lampadaire de l'avenue. Il sortit de la poche de sa veste un petit carnet noir avec des feuilles jaunes lignées, et un porte-mine de forme hexagonale que la marque suisse Caran d'Ache produisait depuis plus de cent ans. Le fait d'utiliser un carnet et un crayon n'était pas une excentricité anachronique de Nicolas, mais plus une habitude qui s'était répandue depuis environ deux ans, lorsqu'une marque de bière avait diffusé une campagne sur les réseaux sociaux avec le message « Retournons dans les bars ». À partir de là, un mouvement social s'était mis en branle, lié au besoin de revenir au face à face, à l'envie de parler au lieu de chatter, de s'appeler au lieu de s'envoyer des e-mails.

Au début, le Parti avait été très enthousiaste à l'idée d'ôter du pouvoir aux réseaux sociaux et avait donc soutenu la campagne. Il avait même subventionné des espaces publicitaires et l'impression de plus d'un million de livrets que la brasserie avait offerts à ses clients dans les bars parisiens. Sur les couvertures vertes, on pouvait lire, en lettres rouges et majuscules : « Ceci est un *notebook* », jouant sur le sens du mot anglais « *notebook* », passé de « livret » à « ordinateur ». À l'intérieur, les feuilles étaient lignées et il contenait même un index téléphonique qui présentait une nouveauté pour beaucoup, au point qu'ils s'étaient vus obligés d'inclure un mode d'emploi : « Ici, vous pouvez noter les noms, l'adresse et le numéro de téléphone de vos amis ». La première feuille servait à compléter ses données personnelles et était suivie d'une carte du Commandant à son peuple.

Pour soutenir le projet, dans un de ses discours télévisés, le Commandant était apparu à son bureau prenant des notes dans un livret vert avec un crayon en bois. La campagne avait été un succès et le Parti triomphait, au point qu'ils offrirent des centaines de milliers de livrets et de crayons, cette fois sans le logo de la brasserie mais avec celui du Parti et ornés de slogans en lettres gothiques. Le plus commun était « Vive la France libre », mais il y en avait de plus pathétiques, comme : « De la maison au travail, du travail à la maison ». Pour sa part, l'aile forte du Parti, les « Faucons du Commandant », avait offert dans les collèges des milliers de livrets noirs avec des phrases plus manifestes comme « La Patrie ou la mort », certains avec une croix gammée.

Mais le phénomène des livrets officiels, comme on avait commencé à les surnommer, n'avait été que le commencement, le déclencheur. L'idée n'était pas une réaction négative de la société face à la communication électronique ou aux réseaux sociaux, mais la technologie avait tellement avancé que les gouvernements pouvaient accéder à tout ce que le peuple faisait, disait, photographiait, partageait ou pensait. La vie privée n'existait plus. Le Parti savait tout, voyait tout. Des rumeurs circulaient, difficiles à vérifier, selon lesquelles le Parti pouvait à distance allumer le micro des téléphones portables pour écouter des conversations. D'autres parlaient également d'un supposé bureau de « piratage » destiné à s'infiltrer dans les ordinateurs privés.

C'est alors qu'une entreprise commença à commercialiser des livrets avec de nouveaux slogans, le plus populaire étant « Pirate ce notebook si tu le peux ». Le succès avait été presque instantané et c'est ainsi qu'avait commencé ce qu'on appela « la révolution des livrets ». Les gens réalisèrent que le gouvernement ne pouvait pas écouter ce qu'ils ne disaient pas au téléphone ni lire ce qu'ils écrivaient dans des livrets. Prendre des notes dans un livret était devenu un acte de défi envers le dictateur.

Nicolas écarta la tasse de café, nettoya les miettes restées sur la table et ouvrit son livret. Il en avait deux, un pour le travail et un personnel. Celui du travail était un des livrets officiels, orné du logo du Parti en doré sur la couverture noire. Sur la première feuille, il avait noté son nom : Maurice Dubois. Il en avait choisi un avec le slogan « La révolution n'est pas une fête ». Le Parti faisait sans doute référence à la Seconde révolution, tandis que Nicolas pensait à la prochaine. La phrase originale était de Mao : « La révolution n'est pas une fête, ce n'est pas un essai intellectuel, ni une peinture, ni une broderie. On ne peut pas faire une révolution lentement, prudemment, avec considération, respect et modestie. Une révolution est en réalité une insurrection, un acte de violence par lequel une classe lutte contre une autre ».

Il tourna les pages une à une, toutes remplies d'annotations et de gribouillis, jusqu'à en trouver une blanche, qu'il contempla un instant. Il ferma les yeux et sentit le vent frais sur son visage. Il appuya la tête entre ses mains et respira profondément. Il pouvait entendre les enfants jouer et les marteaux des ouvriers occupés à placer les planches de la scène où parlerait plus tard le Commandant. Il ouvrit les yeux et contempla l'avenue de l'Arc de Triomphe comme on regarde un ami pour la dernière fois avant de le quitter pour un long voyage. Il sentait que ses jours étaient comptés. Peut-être que le Parti voulait seulement le suivre quelques jours pour voir qui il contactait sous la pression de vérifier la date du Jour J. Ensuite, ils le tueraient certainement.

Mais il était impossible de vérifier la date. La Résistance française était compartimentée, le Jour J le surprendrait autant que le reste des Français. La meilleure solution consistait peut-être à s'exiler à Londres et ne pas revenir jusqu'à ce que le gouvernement tombe. En Angleterre, il pourrait certainement obtenir un poste de journaliste, peut-être même écrire un livre sur la vie à Paris sous la dictature du Commandant. Il n'était sûr que d'une chose, il ne devait contacter ni voir personne de la Résistance.

Assis sous le timide soleil d'octobre, Nicolas ferma à nouveau les yeux et pensa à son père. La première chose qui lui vint à l'esprit fut son ventre rond, chaud, comme un gros coussin. Il se rappela quand, enfant, ils se baignaient ensemble et qu'il appuyait sa tête sur la poitrine humide de son paternel pour écouter les battements de son cœur. La première fois qu'il les avait entendus, il s'était exclamé avec sa voix d'enfant et ses yeux inquiets : « Papa, ton cœur, il bat. » Et celui-ci avait répondu en souriant : « Encore heureux, Nico... Si tu vois qu'il s'arrête tu me préviens, d'accord ? » Nicolas avait ri de cette réponse comme de toutes les blagues idiotes de son père, qui lui semblaient à lui si ingénieuses.

Avec sa mère, par contre, il se souvenait de dialogues précis. Surtout un dans lequel elle avait traité Sénèque d'hypocrite qui écrivait comment vivre une vie vertueuse alors qu'en réalité, il était un coureur de jupons. Nicolas n'avait pas osé demander ce que signifiait « hypocrite » et encore moins « coureur de jupons ». Mais l'histoire qui l'avait le plus impressionné était celle d'*Un sac de billes*, le livre de deux sœurs juives qui avaient fui les nazis en marchant, seules, à travers toute la France. Les aventures des deux sœurs étaient restées gravées en lui avec tant de détails, de couleurs, de bruits, d'odeurs et de sensations que parfois, il lui semblait les avoir vécues lui-même.

Il prit le crayon et écrivit sur la feuille blanche : « Je reviendrai chez moi pour pouvoir vivre. C'est ce que vous aviez voulu que je fasse ». Quand il eut écrit le point final, il arracha la feuille et la déchira en mille morceaux.

- 13 -

Antoine dormait chez lui quand des coups secs à la porte le réveillèrent. Il ouvrit les yeux, leva la tête et vit Ruben qui le regardait avec le même visage d'endormi, tel un miroir.

- Tu vois - lui dit Antoine - si au lieu d'un chat tu étais un chien, je pourrais te demander de m'apporter la carte, mais non, tu es un chat errant comme ton maître.

Ruben l'ignora comme toujours, posa sa tête sur le drap blanc et se rendormit. Antoine mit ses pantoufles et descendit chercher la carte. Depuis longtemps, la Résistance communiquait au moyen de cartes, uniques, sans copies, codées. Il ouvrit l'enveloppe et en sortit une coupure de journal. C'était tout ce qu'elle contenait. Sans se dépêcher, il monta à la cuisine, glissa une tranche de pain blanc dans le toaster et se prépara un café. Il s'assit et commença à lire. C'était une critique littéraire d'un livre d'Harry Mulisch, *L'attentat*. Il l'avait lu et l'avait beaucoup aimé. Mais le thème de la coupure importait peu, tout autre sujet aurait eu le même sens. Le message était simple : « Rester chez soi, ne pas sortir ». Antoine trouva cohérent que le jour du dixième anniversaire de la Révolution, avec la présence policière renforcée au maximum, la Résistance demande à tous ses membres de ne pas sortir. Quand le café fut prêt, il ajouta un peu de lait dans sa tasse et versa le reste dans la gamelle de son chat.

- Ruben ! - cria-t-il. Viens manger, chat errant ! Aujourd'hui, on dirait que nous allons rester à la maison.

De son côté, Nicolas paya son café et ses deux croissants, accrocha à son col un badge bleu avec une accréditation de journaliste et se mit en marche vers l'Arc de Triomphe pour assister au défilé.

Vers les six heures du soir, la rue était bondée et l'ambiance festive était à son comble. Une multitude de chars de carnaval défilaient sur l'avenue des Champs-Élysées, pleins de couleurs et surtout de drapeaux français. Les enfants s'approchaient dans l'espoir de toucher les acteurs qui reproduisaient les luttes de rue de la Première et Seconde révolution, renommée la Dernière révolution afin que personne ne s'imagine qu'il restait de la place pour une troisième. Le char le plus festif soutenait une énorme guillotine et chaque minute, une cloche sonnait et la lame tombait pour couper la tête d'une poupée, d'un coup sec et sonore. La tête roulait dans la rue et le public applaudissait. À chaque coup de guillotine, les acteurs lançaient des caramels aux enfants. Au milieu des chars défilaient des groupes populaires jouant du tambour et de la trompette.

À mesure que tomba la nuit, les premières lumières des lampadaires apportèrent des centaines de drones et des milliers de gardes. Les spectateurs s'entassaient contre les barrières de la police pour pouvoir admirer le défilé militaire en première ligne. Nicolas s'était placé dans la zone réservée aux journalistes, près de la tribune présidentielle. L'espace était réduit et rempli de gardes. Il poussa avec force pour passer entre les bras massifs d'un couple d'agents et se placer en première ligne, appuyé contre la barrière.

De là, il regarda la tribune et vit Henny qui semblait si petite, debout dans la tribune à côté de gardes carrés et de hauts fonctionnaires du Parti. Peut-être Nicolas s'était-il habitué à la voir toujours assise, derrière son fastueux bureau. Pour lui, elle était une grand-mère en plomb, un loup dans une peau de mouton. Ses yeux bleus étaient froids comme l'Arctique. Quand elle enlevait ses lunettes et fixait dans les yeux les simples mortels, ceux-ci tremblaient de peur et finissaient toujours par baisser le regard. Mais tout à coup, en la voyant là dans la tribune, perchée sur ses chaussures rouges à petits talons, mais en même temps si petite et si fragile, Nicolas pensa qu'elle était en réalité une grand-mère faible, un mouton dans une peau de loup.

Quand leurs yeux se rencontrèrent, Nicolas sentit que quelque chose n'allait pas, mais sans parvenir à déchiffrer ce dont il s'agissait. C'était un de ces regards codés, impossibles à comprendre de manière consciente. Il pensa qu'Henny voulait lui dire quelque chose, peut-être lui disait-elle simplement adieu. Peut-être savait-elle qu'il ne restait que quelques heures à vivre à Nicolas, que c'était la dernière fois qu'ils se voyaient. Dans tous les cas, une chose était sûre : il s'agissait d'un regard triste. La grand-mère de fer semblait brisée.

À dix heures pile, une explosion fit trembler les gradins de la scène. Trois avions de guerre de la Force aérienne libre survolèrent à toute vitesse la foule en laissant des trainées qui se transformèrent en un nuage tricolore illuminé par les grands spots installés sur l'Arc de Triomphe. Les parents levèrent le bras droit en salut du Parti, les enfants se couvrirent les oreilles. Après les avions commença un défilé interminable de tanks, de camions et de drones, pour le plaisir des petits comme des grands. Des milliers de gardes du Parti, en une infinie marée noire de chair humaine, vêtus de leur uniforme en néoprène, passèrent devant la tribune présidentielle en tournant leur tête comme dans un spasme pour saluer le Commandant qui les regardait depuis une cabine en verre blindé.

Le groupe de gardes qui fermait le défilé appartenait à l'aile forte du parti, les « Faucons du Commandant », et portait une bannière avec le drapeau nazi. En les voyant, le Commandant s'énerva tellement qu'il leur ordonna à grands cris d'enlever la croix gammée. Mais, face au refus provocateur de ceux qu'il appelait « les jeunes imberbes », il leur intima l'ordre de quitter « son avenue ». Nicolas prit son livret, l'appuya comme il le put sur la barrière en métal et écrivit : « Les peuples amnésiques revivent leur passé. Le Commandant en est conscient ».

* * *

Une heure plus tôt, juste quand les avions survolaient la place, Antoine entendit à nouveau deux coups à la porte de son appartement. Il descendit une fois de plus les escaliers pour prendre le message. Il ouvrit l'enveloppe et ne trouva qu'un post-it jaune manuscrit. Il disait : « Le Jour J commencera le 11 novembre à 23:00 ». Il resta paralysé devant la note. Il savait la date fausse, au cas où le message arriverait aux mains du Parti. Ce que le post-it jaune signifiait, c'était que le Jour J tomberait le jour même.

- 14 -

Antoine monta les marches deux à deux, dans un tel vacarme qu'il effraya Ruben qui s'écarta du chemin. Il prit un petit sac à dos noir qu'il gardait sous son lit, remplit la gamelle du chat et, en sortant de chez lui, ferma en laissant à dessein une feuille de journal, à peine visible, entre la porte et le seuil. Il fila en Vespa en direction de la Zone libre. Le boulevard Richard Lenoir était inhabituellement vide, pas la moindre voiture ou moto ne circulait. Aucun garde, aucun drone.

Paris tout entière était rassemblée des deux côtés de l'avenue des Champs-Élysées. Citoyens, hommes politiques, gardes, policiers ; tous avaient envahi les rues pour écouter le grand discours du Commandant. Antoine leva la visière de son casque pour sentir l'air frais. Il avait trouvé géniale l'idée de faire coïncider le Jour J avec la célébration du dixième anniversaire de la Révolution. Il n'y aurait aucun autre moment, ni avant ni après, où toutes les forces de sécurité seraient réunies pour veiller sur le Commandant sous l'Arc de Triomphe. Il gara sa Vespa sur un coin près d'un kiosque fermé.

Il laissa le casque sous son siège et garda les clés de la moto dans son sac à dos, dans l'espoir qu'un jour il pourrait venir la récupérer. Il marcha quinze minutes jusqu'à la Zone libre.

Sur le chemin, il croisa peu de personnes, et toutes ignoraient sans doute de ce qui était sur le point de se produire. Il sentit une sensation d'étrangeté à l'idée de se savoir au courant du futur imminent, ce même jour, tandis que les autres n'en avaient aucune idée. Dans seulement quelques heures, la vie des Français et l'histoire de France prendraient un nouveau tournant. C'était une journée historique pour chacun des passants qu'il croisait et pourtant lui seul en était conscient. Les gens se promenaient tranquillement dans les rues, les enfants jouaient sur les trottoirs un jour de fête ensoleillé, sans savoir que dans quelques heures la ville se transformerait en champ de bataille.

Pour la première fois, il n'y avait pas de file à l'entrée de la Zone libre, déserte à l'exception des deux gardes postés de chaque côté de la porte. Antoine s'interrogea : « Qu'auront fait ces deux malheureux pour devoir rater le défilé ? » Il les regarda un instant en pensant que d'ici quelques heures ils seraient peut-être morts, eux, et lui aussi. L'idée le déconcerta. Jusque là, il n'avait pas pensé qu'il pouvait vivre ses dernières heures. Mais l'adrénaline ne lui permit pas de s'arrêter, l'espoir de libérer Farida lui redonna l'envie de continuer. Il passa sa carte d'accès et pénétra dans la salle sombre. Cette fois, la voix électronique, en plus d'annoncer le scan de son corps, lui souhaita une joyeuse Dernière révolution. Il la remercia à voix haute.

- Je vois que vous venez beaucoup en Zone libre, donc je suppose que vous connaissez déjà la procédure, camarade - dit une voix de femme derrière un miroir gigantesque sur l'un des murs.

- Oui, ne vous inquiétez pas - répondit Antoine. Je sais très bien ce que je dois faire aujourd'hui. Vous devez travailler comme moi, le jour de la grande fête, quel dommage.

- Eh oui, camarade, dommage. Je suis ici, seule de garde toute la nuit. Même si je ne peux pas me plaindre de m'ennuyer, plus de personnes sont entrées aujourd'hui que jamais, mais uniquement de véritables Français, aucun Musulman.

- Oui, j'imagine bien. Passez une bonne journée camarade. Vive la France libre - salua Antoine.

- Vive la France libre - répondit la femme.

C'était la première fois qu'il entrait en Zone libre la nuit. Les lumières de la ville étaient éteintes, mais il pouvait deviner son chemin grâce à une pleine lune qui semblait découpée dans du papier jaune et collée sur un faux ciel bleu presque noir. Elle était si ronde, si jolie qu'elle semblait irréelle, comme la scénographie bon marché d'une pièce de théâtre pour enfants. Un silence absolu régnait dans le ghetto.

Antoine s'arrêta un instant et écouta le redoublement des tambours du défilé, à quelques kilomètres de là. Il regarda l'heure et ressentit l'envie d'aller voir Farida. Mais il ne pouvait pas. Il avait un plan d'action à suivre et il avait mémorisé le chemin jusqu'à une maison sûre, au numéro 7 de la rue Pape François. Tandis qu'il marchait, il ne ressentait pas de peur mais, au contraire, de la fierté, la certitude qu'il faisait ce qu'il fallait. Il se rappela les paroles de l'infirmière polonaise, il pensa une fois de plus à Farida, au contact de ses mains, à ses doigts fins, à ses cheveux noirs, à ses yeux dont il était tombé amoureux. Il se la rappela assise sur le banc près du canal, seule, ses mains en quête de chaleur sous ses jambes.

- Attends-moi - murmura-t-il.

En arrivant au numéro 7, Antoine vit une porte en bois avec une poignée en bronze. Il poussa la porte de la main et elle s'ouvrit. Le bruit de la charnière brisa le silence de la nuit. Il faisait face à un couloir sombre, au bout duquel se trouvait un escalier. Il descendit les marches en bois une à une, prudemment. À chaque pas, un craquement. Une fois en bas, il entendit des murmures. Antoine ouvrit la porte d'un placard, entra et se trouva de l'autre côté, dans une grande chambre avec une longue table basse au centre et plusieurs chaises et fauteuils de toutes formes, couleurs et matières. Une unique lampe centrale, avec un grand abat-jour en cristal vert, de la forme d'un chapeau chinois, éclairait d'une lumière jaunâtre qui peinait à illuminer toute la salle. La table basse soutenait des bières, des verres de thé maure, des restes de repas dans des assiettes en plastique et des caisses en carton fermées avec de l'adhésif noir.

Une quinzaine d'hommes parlaient dans la pièce, tous en même temps. Deux d'entre eux se tenaient à l'écart, des brassards en cuir aux bras, accomplissant ce qu'Antoine supposa être une sorte de prière juive qu'il avait déjà vue dans un film. Mais dès qu'il entra, tous se turent et le plus jeune de tous se présenta comme le « leader de la cellule ». À l'instar des autres dans la salle, le chef portait l'uniforme des forces de sécurité, sauf que sur son corps si mince, la veste en néoprène lui donnait l'air ridicule d'un intellectuel de bar qui sentait le cigarillo.

Antoine les regarda un à un et ne reconnut que Patrick. Il s'assit sur l'un des fauteuils près de lui, sans un mot.

- Maintenant que le dernier est arrivé, commençons à nous préparer, il nous reste peu de temps - dit le leader de la cellule. Il se leva et commença à revoir en détail le plan d'action. D'une voix posée mais ferme, il décrivait chaque moment.

- Notre objectif est de sortir de la Zone libre les leaders de la Résistance, tous, puisque nous aurons besoin d'eux pour continuer la lutte. Chacun de nous devra aller chercher l'un d'entre eux et l'amener au point de rencontre.

Antoine écoutait avec attention tandis qu'il sortait de son petit sac à dos noir une veste de garde en néoprène qu'il enfila comme une gaine. Il se sentit d'abord tellement oppressé qu'il ne put pas respirer. Il fut reconnaissant qu'elle ait de longues manches, à cause du froid. Il prit un brassard au symbole du Parti et le mit sur son bras droit. Il ramassa ensuite sur la table un tatouage effaçable, comme ceux des enfants, et avec sa propre salive il se le colla sur la main droite. Il attendit un instant avant d'enlever lentement le papier et découvrit sur sa main, près du pouce, un tatouage parfait au symbole du Parti avec une croix gammée. Il l'observa de près et il lui sembla vrai, le bleu sombre de la teinture se mêlant aux pores de sa peau. Ensuite, Antoine se regarda dans le miroir et fut frappé par son reflet. Il espéra que cette apparence de fasciste le protègerait au moins contre l'une ou l'autre balle, et peut-être cela lui éviterait-il d'être arrêté si la confusion et le chaos étaient tels qu'ils l'espéraient.

De son côté, le leader prit un petit couteau sur la table pour ouvrir les boîtes en carton et distribua des pistolets à chacun. Antoine s'assit et étudia en détail l'arme reçue. En la soulevant, il fut surpris de sa légèreté et de son aspect de plastique, semblable à un jouet. Sur le noir de la fibre de carbone étaient imprimées les initiales de la IMI, l'usine militaire d'armes d'Israël.

- Ce que vous avez dans les mains - expliqua le leader - est un pistolet automatique modèle *Seahrah*. Il est conçu spécialement pour détruire les drones. Chaque pistolet contient cent balles de la taille d'une allumette. Ce sont de micro missiles, il n'est donc pas nécessaire de viser avec précision, mais tirez dès que vous voyez un drone. Nous supposons que cette fois les drones seront armés et qu'au lieu de seulement nous filmer, ils nous tireront également dessus. Aussi est-il important d'être attentifs. Si vous tirez sur quelqu'un, vous le ferez certainement tomber au sol. Mais à moins de n'avoir vraiment pas de chance, vous ne la tuerez pas.

Il était onze heures du soir et ils entendirent dans le fond les trois avions repasser sur l'avenue des Champs-Élysées.

- Comment se sont-ils arrangés pour apporter ces armes en Zone libre ? - demanda Antoine à Patrick.

- Je crois qu'ils les ont cachées dans les chargements qui arrivent tous les jours au Café des Livres. Tu sais que les agents du Parti le laissent faire de la contrebande de farine, liqueurs et autres crasses pour sa boulangerie. Eh bien il semble que le propriétaire se soit arrangé pour importer tout type d'armement, en plus de gérer un système efficace de correspondance par cartes.

- Le Café des Livres ? Mais ce n'est pas le café du père de Farida ?

- Celui-là même - confirma Patrick.

Antoine regarda l'heure et pensa à Farida. Il ne restait plus longtemps. À minuit moins le quart commencèrent les feux d'artifice. Fidèle à sa promesse, le Commandant illumina le ciel de Paris et tout le centre de la France libre. Le bruit continu des explosions était assourdissant, une après l'autre, de toutes les couleurs et de toutes les formes. La foule regardait en silence jusqu'à ce que se dessine dans le ciel le drapeau de la France, avec la double hache près du symbole du Parti. La foule ne put retenir un cri d'émotion et un applaudissement staliniste qui, chaque fois qu'il menaçait de s'arrêter, reprenait avec plus de vigueur que la fois précédente. Personne n'osait s'interrompre le premier.

À l'instant exact où commencèrent les feux d'artifice, soixante-dix-sept bombes éclatèrent en Zone libre, détruisant presque complètement le mur qui l'entourait. Cinquante hommes armés s'emparèrent des studios d'enregistrement de la chaîne nationale de télévision FL1 et émirent un appel à la Troisième révolution, signé par la Résistance française, le Front pour la démocratie, le Commando juif et le Front de Résistance musulmane.

Tandis que les murs de la Zone libre volaient en éclats dans les airs, la majorité des forces de sécurité et le Commandant avaient les yeux rivés sur le ciel et les feux d'artifice. Mais quelques-uns, alertés, se dirigèrent à toute vitesse avec leurs tanks en direction de la Zone libre. Antoine courait dans les rues avec ses compagnons de cellule à la recherche des leaders du Front de Résistance musulmane pour les sortir de là avant l'arrivée des forces de l'ordre. Ils les délivrèrent un à un. Le dernier fut le jeune qu'Antoine avait rencontré quelques jours plus tôt, qui travaillait dans le bar et qui avait perdu sa femme enceinte. Leurs yeux se croisèrent et ils se reconnurent immédiatement.

À minuit pile, ils arrivèrent tous au lieu de rencontre décidé, près du canal. Là les attendaient cinq canots pneumatiques à moteurs hors-bord identifiés avec le logo de l'armée. Les hommes commencèrent à sauter dans les canots ; dès qu'il y avait dix personnes à bord, il démarrait à toute vitesse par le canal en direction du nord, sous le Boulevard Périphérique, jusqu'à différents points de rencontre dans la zone de Claye-Souilly.

À la même heure, une centaine de soldats de la garde antiémeute entrèrent par le Boulevard de la Chapelle. Les rues étaient emplies de gens qui couraient dans tous les sens, s'échappant par les murs qui ne formaient plus désormais qu'un amas de décombres. On aurait dit que tous les habitants de la Zone libre se trouvaient dans les rues. Antoine courut jusqu'au banc de bois à la recherche de Farida, mais il dut s'arrêter en croisant un groupe de soldats qui avançaient en formant un mur de leurs boucliers transparents.

Il tenta de voir au-delà des soldats mais les lumières de leurs casques l'aveuglèrent. Rapidement, les gardes cognèrent à coups de matraque et tirèrent dans les airs pour éloigner la foule qui les entourait. Un jeune lança ce qui semblait être un tube métallique qui frappa un policier en plein visage. Sous l'impact, le casque vola dans les airs, dessinant une spirale de lumière et rebondissant sur le sol comme une balle en caoutchouc. Un garde à côté baissa son bouclier, leva son fusil et visa le garçon. Antoine vit un point rouge sur son front puis une balle le frapper entre les deux yeux. Le jeune resta figé quelques instants avant de s'effondrer.

Les gardes reprirent leur formation et relevèrent leurs boucliers. Le sifflement des balles en caoutchouc et des véritables munitions se mêlait au bruit des feux d'artifice qui illuminaient le ciel par intermittence. Quelques balles « traçantes » laissaient une marque rouge qui aidait les agents à améliorer leur visée en pleine nuit. L'explosion des bombes sur le mur avait laissé un nuage bas et épais, de couleur jaunâtre. Les lanternes des casques formaient des halos de lumière qui dissipaient le brouillard et s'entrecroisaient comme des épées. Antoine dut se couvrir le nez devant la forte odeur d'ammoniaque laissée par les explosions. Il se sentit nauséeux. Quand le drapeau de la France apparut dans le ciel à côté du blason du Parti, pendant quelques secondes le jour sembla s'être levé en Zone libre. À ce moment, Antoine vit Farida courir dans sa burqa noire jusqu'au point de rendez-vous.

- Farida, Farida, ici, ici ! - cria-t-il tandis qu'il courait vers elle. Vite, monte dans un des canots !

Farida ôta sa burqa et en dessous elle portait, comme promis, l'habit qu'Antoine lui avait offert : une veste en néoprène de garde du Parti, avec le brassard blanc sur son bras droit. Il la regarda vêtue de la veste noire près du corps, ses cheveux noirs lâchés, et ne put s'empêcher de la trouver belle.

Le deuxième canot pneumatique était déjà parti quand les premiers gardes commencèrent à ouvrir le feu sur la foule. Le ciel continuait de s'illuminer des feux d'artifice qui semblaient éternels. Le bruit des explosions, des tirs, des drones était assourdissant. Si l'enfer existait, il ne devait pas être fort différent de la Zone libre en cette nuit du 17 octobre 2041. Farida sauta dans le troisième canot et en voyant qu'Antoine ne l'accompagnait pas, elle cria

- Tony, tu ne viens pas avec moi ?

Mais Antoine avait le regard fixé sur un gamin noir de huit ans tout au plus, vêtu d'un short et d'une chemise sans manche. Il était petit et très maigre, ses bras pendaient de ses épaules dénudées comme deux tiges de bambou. Il faisait sombre mais Antoine crut voir que l'enfant pleurait. Au milieu des tirs et de la foule en folie, il le prit par le bras et lui demanda où étaient ses parents. Au lieu de répondre, le petit le regarda sans dire un mot. Farida continuait de l'appeler, mais Antoine était accroupi devant l'enfant sans savoir que faire.

- Rentre chez toi, tu ne peux pas rester ici - lui dit-il.

- Je n'ai pas de chez-moi - répondit le gamin.

Antoine regarda vers le canal et vit le troisième canot partir à toute vitesse avec Farida qui le regardait.

- Merde ! Va-t-en, va-t-en chez toi - cria-t-il à nouveau au petit.

Mais celui-ci ne bougea pas et ne dit pas un mot, il restait là, immobile, sanglotant. Antoine se tourna et vit qu'il ne restait qu'un dernier canot. Il prit le garçon et commença à courir jusqu'au canal quand un garde l'arrêta d'un coup de bouclier. Antoine le regarda dans les yeux et ne reconnut pas le regard d'un être humain. Il était vide. Il poussa de toutes ses forces mais c'était comme essayer de bouger un mur de béton. À travers le bouclier transparent, il put voir que plus personne ne montait dans le cinquième canot. Il était sur le point de partir, Antoine allait se retrouver seul en Zone libre. Il regarda à nouveau le garde et lui cria :

- Qu'est-ce que tu fais, imbécile ? Tu ne reconnais pas mon uniforme et mon grade ? Tu es aveugle ou totalement idiot ? Allons, fais ton travail, tu ne vois pas que les singes s'échappent de prison !

Sans attendre la réponse, il s'esquiva, courut jusqu'au bateau et, sans un regard en arrière, sauta avec le garçon dans les bras. Dès qu'ils furent à bord, le pilote lui fit signe de s'accroupir, baissa ses lunettes de vision nocturne et démarra à toute vitesse. Antoine se coucha sur le sol en fibre avec les autres passagers et tous se couvrirent d'une couverture noire, dans un silence absolu. Il n'entendait que le bruit du moteur et sentait sur son dos les coups forts des vagues contre le fond du canot. L'enfant le serrait avec force, tremblant.

- Calme-toi, lui dit-il à l'oreille. Nous allons faire un tour en bateau. Tu retrouveras bientôt tes parents, je m'en chargerai.

Il sentit la température baisser d'un coup et supposa qu'ils devaient être déjà passés sous l'autoroute périphérique et les voies de chemin de fer près de la gare de Pantin. La partie la plus dangereuse, entre les rues de Paris, était donc derrière eux. Antoine se sentit soulagé. Il souleva un peu la couverture et vit qu'ils passaient à toute vitesse par un canal étroit. D'un côté on voyait la silhouette des bâtiments illuminés de la ville, de l'autre rien, l'obscurité la plus totale. Il demanda à l'enfant s'il allait bien, mais celui-ci ne lui répondit pas. « Nous sommes déjà au milieu de la campagne, nous devons avoir dépassé le parc Forestier » songea-t-il.

Il s'agenouilla et une multitude de goutes d'eau lui frappèrent le visage. Il lui sembla reconnaître Farida dans le canot pneumatique devant eux. Le bruit assourdissant du moteur hors-bord les empêcha d'entendre la vingtaine de drones qui apparurent au milieu de l'obscurité, avec une petite led bleue sur chacune de leur tête. Les hélicoptères tirèrent d'abord dans le moteur du bateau qui commença à émettre un bruit rauque. Le pilote zigzagua pour éviter les balles ; Antoine se coucha pour couvrir l'enfant. Mais alors, juste quand il baissait la tête, il vit le moteur du bateau de devant cracher des étincelles jaunes et orange et exploser en une énorme boule bleue. Les cinq passagers et son pilote se jetèrent dans le fleuve pour se sauver, mais il ne pensait qu'à Farida.

Les drones continuaient de tirer sur l'eau, chaque balle éclaboussant comme des gouttes de pluie tropicale. À leur tour, Antoine et ses compagnons se mirent à tirer sur les drones. Mais il était déjà trop tard. En moins d'une minute, les hélicoptères disparurent aussi vite qu'ils étaient arrivés. Le pilote ralentit pour tenter de sauver quelques-uns des naufragés, mais malgré plus de dix minutes de recherche ils n'en trouvèrent pas un seul. Le fleuve était étroit et Antoine eut l'espoir que tous, et surtout Farida, avaient nagé jusqu'à la rive. Dans la barque, personne ne dit un mot.

Au bout d'une demi-heure, ils traversèrent sous l'autoroute A104 et le canal se transforma en rivière sinueuse. La barque ralentit et les coups forts des vagues cessèrent. Le bruit du moteur qui fonctionnait toujours malgré les balles diminua considérablement lui aussi. Enfin, le pilote annonça qu'ils y étaient presque. Il restait une trentaine de kilomètres à parcourir, ce qui leur mettrait un peu plus d'une heure. Antoine s'assit sur un côté du bateau et caressa la tête de l'enfant. Celui-ci ne tremblait plus, mais il continuait de le serrer avec force. Quand la barque passa sous l'autoroute D212, elle fit un virage serré vers la gauche et pénétra dans ce qui semblait être un bois, en direction de Gressy. Antoine ne cessait de réfléchir à un moyen de retrouver Farida, à condition qu'elle ait survécu. À ce stade, ils auraient déjà dû être réunis.

Le pilote ralentit encore et leur dit qu'ils pouvaient enlever la couverture. Antoine se releva et essaya de déplacer l'enfant pour qu'il s'asseye à ses côtés. La lune apparaissait par instants entre la cime des arbres, pour se cacher à nouveau et les laisser dans l'obscurité. Le fleuve lui parut beaucoup plus angoissant que ce qu'il avait imaginé. Ce n'était pas beaucoup plus qu'un ruisseau serpentant entre les arbres qui les protégeaient des drones.

- Maintenant dis-moi la vérité - murmura-t-il à l'enfant. Je ne comprends pas ce que tu fais ici avec moi.

Le petit le regarda en silence.

- Ce gosse n'a pas de parents, il est à tout le monde et à personne. Ses parents ont été tués le jour même de la déportation, et depuis il vit dans les rues de la Zone libre - expliqua un des passagers du bateau.

- Et il a un nom ? - demanda Antoine.

- Zac, pour Zacaria. Il ne parle pas très bien français, tu devras te débrouiller pour communiquer avec lui. Essaye en anglais, je pense qu'il le parle mieux.

Antoine maudit à voix basse le moment où il avait décidé de s'arrêter pour aider l'enfant en abandonnant ainsi Farida.

Le bateau s'arrêta sur un petit quai en bois.

- Nous sommes arrivés - chuchota le pilote.

En soulevant tout à fait la couverture, Antoine vit qu'il y avait au moins sept passagers dans la barque. Chacun avait mémorisé son itinéraire par cœur. Le pilote prit une radio et dit une phrase si courte qu'Antoine ne put même pas comprendre la langue dans laquelle il avait parlé. L'enfant regarda le pilote et lui dit quelques mots, après quoi l'homme sourit et lui caressa la tête. Ils eurent une conversation brève. Antoine supposa qu'ils parlaient en arabe.

- Allons-y - dit-il. Nous devons nous mettre en route.

Il descendit prudemment de la barque et prit par la main l'enfant, qui sauta agilement sur le quai. Les hommes ôtèrent leurs vestes en néoprène et enfilèrent des habits de paysan. Antoine hésita un instant et au lieu de jeter son brassard du Parti, il décida de le ranger dans son sac à dos. Il pensa qu'il pourrait être utile plus tard. Il enleva également sa casquette de baseball noire au symbole de l'armée et la mit au gamin. Le bateau s'éloigna et rapidement le vrombissement du moteur ne se fit plus entendre. Les hommes se saluèrent et s'en allèrent chacun de leur côté. Antoine prit la main de l'enfant et ils se mirent en route sur un chemin de terre au clair de lune.

- Tu sais où nous allons ? - demanda-t-il en anglais.

- Chez toi - répondit l'enfant.

- En fait, non - expliqua Antoine. Nous allons à l'hôtel, à moins de deux minutes d'ici. Il te plaira beaucoup. Là il y a un vieux très gentil qui s'appelle Franz, il nous donnera une chambre et un succulent petit déjeuner. Qu'est-ce que tu en dis ?

L'enfant se fendit d'un large sourire. Ils avaient à peine parcouru deux cents mètres quand ils arrivèrent dans la cour intérieure d'un vieux moulin à farine construit au XIIᵉ siècle et désormais reconverti en hôtel. La lumière de l'entrée était allumée et près de la grande porte en bois blanc, un homme d'environ soixante-dix ans se tenait debout. Il devait mesurer plus d'un mètre quatre-vingt et portait une chemise épaisse et un béret de paysan. Dans une de ses mains aux doigts forts et aux jointures épaisses, il tenait une montre de poche et de l'autre, il empoignait un bâton en bois clair.

Il leva le regard et salua Antoine en souriant.

- Je vois que tu amènes de la compagnie. Bienvenue à l'hôtel Moulignon. Demain, avec la lumière, vous pourrez mieux le voir. Maintenant, si ça vous dit, je vous montre votre chambre.

Antoine le remercia et le suivit dans un large escalier jusqu'au premier étage. Il n'y eut ni questions ni commentaires.

La grande chambre était typique d'un hôtel rural, avec deux lits en bois sombre dotés d'édredons blancs et d'une collection de coussins de différentes tailles et formes, certains brodés aux initiales de l'hôtel. De chaque côté du lit se trouvait une petite table de chevet avec un tiroir, une étagère et une lampe surmontée d'un abat-jour en tissu. Près de la lampe, une Bible à couverture bleue.

Le sol était en carrelage blanc rustique avec un tapis au pied de chaque lit. Une reproduction de la peinture *L'homme au casque d'or* était accrochée au mur. À peine entré, l'enfant s'arrêta sur le seuil et fixa l'œuvre de Rembrandt avec son fond noir, l'éclat oblique du casque doré et l'apparence sévère de quelqu'un qui en plus de modèle pour peintre devait sans doute avoir été un véritable soldat. L'enfant resta immobile.

- Qu'est-ce qui se passe ? Ça te plait ? Moi aussi, beaucoup. Il n'est pas de Rembrandt, selon les experts, mais pour moi, c'est pareil - dit Antoine.

- Il me fait peur - avoua l'enfant dans un anglais teinté d'un fort accent, dont Antoine ne parvint pas à déchiffrer l'origine.

- Eh bien, qu'il aille au coin alors - plaisanta Antoine en décrochant le tableau et en le mettant sous le lit. Voilà, maintenant il ne nous regardera plus, ce vieux au visage peu amical. Moi aussi, il me dérangeait un peu, pour être honnête. Maintenant, nous allons nous laver le visage, les mains bien propres, et au lit. Demain nous prendrons un bain, un bon petit déjeuner et je t'amènerai chez quelqu'un qui s'occupera de toi, d'accord ?

- Ça va - répondit l'enfant.

Antoine s'assit sur le lit et consulta les nouvelles sur son téléphone, mais les médias n'avaient publié que des photos du défilé et des vidéos du discours du Commandant. La censure se chargeait de dissimuler l'évidence. L'enfant enleva ses tongs et son short et se mit au lit en caleçon. Antoine regarda le petit s'allonger sur la couverture, avec encore sa casquette, son visage mince et ses deux grands yeux qui le regardaient sans détour.

Il éteignit la lumière, ferma les yeux et pensa à Farida. C'était le 17 octobre et dans le pire des cas, il devrait attendre le 1er novembre pour la retrouver au café George V. Il se rappela ensuite les mots de Farida comme s'il les avait entendus le jour même : « Je t'attendrai au café Georges V, le premier du mois, à dix heures du matin, à une petite table près de la fenêtre ; nous nous retrouverons là, toi et moi, et nous parlerons et nous nous regarderons dans les yeux, comme aujourd'hui. »

« À condition que tout se soit bien passé » pensa Antoine. Il se rappela Farida vêtue de la veste en néoprène noir et sourit. Il ouvrit les yeux et avec le peu de lumière de la lune qui filtrait par les rideaux, il put voir l'enfant sur l'autre lit. « Je dois lui trouver une maison » songea-t-il encore puis il s'endormit rapidement, épuisé par sa première journée de guerre.

- 15 -

- Monsieur *?* - appela l'enfant, en réveillant Antoine.

- Oui - répondit-il, tandis qu'il tentait de trouver son téléphone sur la table de chevet pour regarder l'heure. Trois heures trente du matin.

- Comment tu t'appelles ? - demanda le petit.

- Moi ? - répondit Antoine, en tentant de ne pas se réveiller tout à fait pour pouvoir se rendormir rapidement. Antoine, mais mes parents m'appellent Tony.

- Moi, ils m'appelaient Zac.

- Tu as un joli prénom, Zac.

- Tu vas m'emmener où, demain ? insista le gamin.

- Je ne sais pas, nous verrons. J'essayerai de te trouver un proche, qu'est-ce que tu en dis ? Maintenant, essaye de dormir.

- Je n'ai pas de famille.

- Nous avons tous de la famille, tu dois bien avoir quelqu'un : un oncle, un cousin, un grand-père, quelqu'un. Allons, dors maintenant, demain la journée sera longue.

- D'accord - répondit l'enfant.

- Et dis-moi... - ajouta Antoine. Dans quelle langue parlais-tu avec le conducteur de la barque ?

- En hébreu. Il m'a dit qu'il venait d'Israël.

- Et toi, tu parles hébreu ?

- Je parle hébreu, arabe, et un peu de français maintenant. Mais pas beaucoup, parce que la maitresse à l'école est très ennuyeuse. Et méchante.

- Vraiment, tu parles hébreu et arabe ? Tu es né où ?

- En Palestine, mais mon père venait d'Israël.

- Quel mélange, Zac ! Demain tu me raconteras ton histoire, mais maintenant tu dois dormir. Et moi aussi. Allons, ferme les yeux et pense à Ruben, mon chat. Demain tu le rencontreras et vous deviendrez vite amis.

- C'est que je n'arrive pas à dormir - répondit l'enfant.

- C'est facile. Tu dois juste fermer les yeux et penser à quelque chose d'agréable. Je te propose de penser aux caresses que tu feras à Ruben, qu'est-ce que t'en dis ?

- Et il ne griffe pas ?

- Qui, Ruben ? Non, c'est un chouette chat ! Tu verras bien, vraiment, pense à quelque chose d'agréable et tu t'endormiras vite.

- Et toi, tu vas penser à qui, à Ruben ?

- Non, moi je vais penser à Farida.

- Ah, d'accord. Bonne nuit alors, dit enfin l'enfant.

- Bonne nuit.

Antoine se retourna dans son lit et ferma les yeux. Le silence de la nuit était à peine brisé par le rugissement sourd et monotone du ruisseau et par des coups qui provenait apparemment du frottement des pales du moulin contre l'eau. Il ne parvenait pas à s'endormir, il était anxieux et très angoissé. Son cœur battait encore avec force, comme s'il n'était jamais sorti de Paris, comme si le bruit des bombes et des feux d'artifice n'avait jamais cessé. C'était une sensation étrange de s'endormir sans savoir où se trouvait Farida, ni ce qui s'était passé à Paris après les explosions et la chute du mur de la Zone libre. Sa part de l'opération s'était déroulée selon les plans, tous les canots avaient réussi à sauver les chefs du Front de Résistance musulmane, un point essentiel pour poursuivre la lutte contre le Parti. Sauf pour le canot pneumatique qui avait coulé, bien sûr.

Mais le fleuve était très étroit et Farida aimait plonger, elle le lui avait dit. Alors elle avait sûrement nagé jusqu'à la rive et elle était sauvée, maintenant. Ou peut-être pas. Il ne pouvait pas le savoir, personne ne communiquait, ils maintenaient tous le silence radio le plus strict. Le plan consistait à se rendre chacun dans la maison sûre assignée et à attendre au moins une nuit que la ville se calme. La police ferait certainement des razzias dans toutes les maisons qu'ils auraient reliées à la Résistance. Il valait donc mieux ne pas être à Paris.

Le problème était que les plans n'incluaient pas Farida, elle n'aurait pas dû se trouver dans un canot pneumatique mais chez elle, en sécurité. Aucune maison sûre ne lui avait été assignée. Antoine avait dans l'idée, quand il lui avait offert la veste en néoprène, qu'elle s'échapperait avec lui, dans le même bateau, au même hôtel, pas de la laisser seule parmi un groupe d'inconnus. Et si elle avait réussi à atteindre le fleuve mais sans nulle part où se réfugier ? Et s'ils l'avaient arrêtée ? Il sentit la culpabilité nouer sa gorge, il se mit à transpirer. Il se sentit même jaloux. Elle était peut-être avec un autre homme, qui l'aurait sauvée et emmenée. Il préférait qu'elle ne soit pas avec un autre homme. C'était une pensée absurde et égoïste, mais il ne pouvait pas s'en empêcher. Il regarda le plafond, l'enfant endormi, la lumière de la lune, et ferma à nouveau les yeux. Mais il ne parvenait pas à s'endormir. Il se tourna d'un côté, de l'autre, puis se coucha sur le ventre. Il regarda l'heure une fois de plus. Il était plus de quatre heures.

- Zac, tu dors ? - demanda-t-il à voix basse.

- Non. Mais je promets que j'essaye, monsieur Antoine. J'essaye de penser à Ruben, mais je ne l'ai jamais vu, alors je l'imagine blanc avec des taches brunes et noires, c'est bien ça ? - répondit l'enfant d'une voix encore plus basse.

- En réalité, Ruben est gris. Blanc avec des taches brunes et noires, c'est une couleur de chatte, pas de chat. Ruben est un garçon, comme toi, et il est gris avec des rayures noires et blanches, comme un tigre.

- D'accord, alors je l'imaginerai comme un tigre mais beaucoup plus petit ; un tigre qui ne griffe pas.

- C'est ça, un tigre qui ne griffe pas. Maintenant, dis-moi, tu connais Farida ?

- Bien sûr, c'est la fille de la boulangerie. C'est ta fiancée, pas vrai ? Parce que tu as dit que tu penserais à elle.

- J'aimerais bien. Mais non, ce n'est pas ma fiancée.

- Eh bien, ferme les yeux et pense à elle, tu verras que tu t'endormiras vite. Demain nous avons une longue journée et on commencera avec un petit déjeuner succulent, comme tu l'as promis. Alors maintenant il faut dormir.

- Tu as raison. J'essayerai de dormir, répondit Antoine en souriant.

Les deux fermèrent les yeux et s'endormirent enfin profondément. À sept heures pile du matin, le réveil sonna. En se réveillant, la première chose qu'Antoine vit fut les yeux de Zac, qui était venu sur son lit et le regardait à cinq centimètres de son visage. Il se sentit à nouveau angoissé. Il ne pouvait cesser de penser à Farida un seul instant, aussi bref fût-il, il pensait toujours à Farida, toujours. Il avait besoin de forces pour continuer à avancer. Il regarda l'enfant et lui sourit.

- Tu es comme Ruben - lui dit-il.

- Ruben est noir aussi ? Je pensais qu'il était gris avec des rayures, comme un tigre.

- Ce n'est pas qu'il est noir, mais le matin il se met sur mon lit et il me regarde comme ça, de très près. Tu dois avoir un côté chat, toi aussi.

Antoine et Zac formaient un couple des plus improbables. À trente ans tout juste, et sans frères cadets ni neveux, Antoine voyait les enfants comme des objets animés qui émettaient en général des bruits dérangeants et sentaient mauvais. Un enfant un peu plus grand, comme Zac, présentait les mêmes caractéristiques à ses yeux, à part qu'en plus, il parlait. Ce qui n'offrait pas forcément une amélioration. Antoine n'avait aucune expérience avec les enfants. Il n'y connaissait absolument rien. L'étape des enfants n'était en effet pas encore arrivée pour lui, dans une vie apparemment destinée à avancer en accord avec une feuille de route définie selon quelques bornes, comme le fait de se marier ou d'avoir des enfants, ces événements qui arrivaient aux uns ou aux autres, marquant ainsi le rythme de la vie.

Antoine savait bien que chacun devait s'arranger pour que certains événements lui arrivent, afin d'éviter de se sentir redevable envers les autres et surtout envers ses propres parents, et donc envers soi-même. Cette dette et l'obligation d'accomplir certaines étapes étaient, en définitive, le moteur de nombreuses actions et réactions, de joies et d'angoisses.

Ainsi, tant qu'un de ces événements clés ne s'était pas produit, on se sentait redevable envers la société. Et chaque question, chaque regard équivalaient à un jugement. Enfant, les conventions concernaient plus des conduites et attitudes qu'autre chose : s'habiller d'une certaine manière, pratiquer le bon sport, parler de telle ou telle façon. L'université était peut-être le premier événement qui marquait le début d'un véritable parcours d'obstacle comme adulte. Parce que tant qu'on n'avait pas terminé le collège, c'était comme si on ne nous demandait rien de plus que de survivre avec une certaine dignité. Mais à partir de là, une route établie par la société s'ouvrait à chacun et il était difficile de faire quoi que ce soit à ce sujet.

Les amis semblaient être les gardiens de la feuille de route et ils exerçaient leur tâche au travers de deux outils très efficaces. Le premier, c'était la massue de la question : « Qu'est-ce que tu vas étudier ? » Parce qu'il n'y avait pas d'autre choix. Il fallait étudier. Ensuite, la deuxième question : « Tu as une fiancée ? » Encore une fois, c'était obligatoire. « Tu es pédé, ou quoi ? » Eh bien, il fallait le réprimer et se trouver une fiancée. Le second outil était l'exemple : si eux le faisaient, il fallait faire pareil.

Ainsi, à la fin du collège s'ouvrait une succession infinie de rites marqués sur la feuille de route : la cérémonie du diplôme, le mariage, le baptême, la communion, la *bar mitzva*. Cette période durait quelques décennies, rapidement suivie par les divorces, les baptêmes et diplômes des enfants, leurs mariages etc., sans oublier quelques décès. Et les questions poursuivaient, véritable massue de la société pour maintenir chacun sur la voie : « Alors, ton fils s'est marié ? », « Il ne t'a pas encore donné de petits-enfants ? », « Mon petit-fils va à Harvard, et le tien ? ». Et tout l'infini chapelet de questions à jamais utilisées comme barème social pour mesurer le succès relatif de chacun à l'heure de remplir sa feuille de route.

Rares furent les chanceux à se demander si la feuille de route avait du sens pour eux, si s'adapter au moule social était une bonne idée, si ça leur apporterait plus de satisfactions que d'angoisses. Rares furent ceux qui se demandèrent si la feuille de route n'était pas en réalité un héritage des parents, un ordre familial que chacun devait découvrir pour décider s'il voulait ou non le suivre. Mais il n'était pas non plus question d'être un rebelle absolu, parce que la société châtiait ceux qui ne respectaient pas la feuille de route. C'est pour cela que chacun finissait par revêtir l'uniforme de ceux qui suivaient la même feuille de route : le travail, le nom donné aux enfants, le quartier où l'on vit, la manière de s'habiller, de parler...

Paradoxalement, les groupes les plus rebelles ont toujours été ceux qui se cramponnaient le plus à l'uniformité. Les *punks* marchaient dans les rues vêtus tous pareils. C'étaient eux qui faisaient passer l'anarchisme pour une version plus ostentatoire du fascisme. Et pourtant, on a beau le nier, l'approbation du voisin ne cessait d'être une expression de l'amour qu'au fond, chacun recherchait. Être aimé et apprécié.

Pour Antoine, flirter avec la Résistance avait été une question de principe, mais aussi une façon d'appartenir à un groupe qui partagerait une feuille de route un peu plus intéressante que les autres. La Résistance l'avait obligé à sortir de son cocon, de son œuf de verre, de cet utérus infini qu'était l'adolescence et qui s'étendait bien au-delà de l'université. Avec la Résistance, Antoine s'était réveillé et s'était rapidement rendu compte que ce n'était pas la justice sociale dans le monde, l'égalité entre les êtres humains, qui l'intéressait. Il voulait juste que Farida aille bien. Ce qu'il voulait maintenant, c'était la feuille de route des autres, de ses parents, de tout le monde. Il voulait vivre tranquille. Il voulait une compagne. Et il voulait Farida.

Il avait dû abandonner sa feuille de route pour la vouloir à nouveau. Il avait dû la juger pour pouvoir l'accepter. Il voulait désormais laisser à d'autres, mieux disposés, la possibilité de devenir des héros de la Résistance, cette feuille de route ne l'intéressait plus. Au lieu de ça, Antoine avait aimé marcher cette nuit en tenant un enfant par la main. Il avait aimé que quelqu'un dépende de lui, que quelqu'un le regarde dans les yeux et lui pose des questions. Il avait aimé cette lueur de normalité statistique de se fondre dans un moule. Il avait aimé cette feuille de route.

Antoine se releva dans son lit. Il n'avait pas besoin d'allumer, les rayons du soleil qui filtraient entre les fentes du rideau illuminaient la chambre comme si les fenêtres avaient été ouvertes.

- Allons-y, Zac, commençons la journée - dit-il, en donnant une tape sur le dos de l'enfant.

Il se leva, versa de l'eau dans la baignoire et lui demanda s'il savait se laver tout seul.

- Évidemment - s'étonna l'enfant - j'ai neuf ans.

Tandis que Zac prenait un bain, Antoine appela le patron de l'hôtel et lui demanda s'il avait des vêtements propres pour le petit.

- On va sûrement trouver quelque chose - répondit-il. Les gens oublient toujours des affaires. Je vais voir ce que je trouve.

Dix minutes plus tard, un groom frappa à la porte de la chambre. Il leur apportait un sac contenant une pile de vêtements pliés qui avaient l'air d'avoir été récemment repassés.

- Alors, Zac - dit Antoine - voyons ce qu'ils nous ont apporté.

L'enfant sauta sur le lit avec enthousiasme à la vue du sac qui contenait un peu de tout, rien de parfait. Mais ils trouvèrent un short propre en tissu brun clair avec des poches sur le côté. Pour le haut, il dut s'accommoder d'une chemise bleue qui aurait pu appartenir à son grand frère, mais qui lui plaisait beaucoup. Il n'y avait pas de chaussettes, mais une paire d'espadrilles bleues qu'il put enfiler.

Ils descendirent dans la salle de petit déjeuner où ils trouvèrent le propriétaire et un couple de jeunes assis à une petite table près d'une des fenêtres. Antoine ne put s'empêcher d'éprouver une sensation de bien-être en sentant l'odeur du pain récemment cuit mélangée à celle des toasts. Il pensa de nouveau à Farida. Il regarda la table au centre de la salle et vit le grille-pain carré en acier inoxydable typique des hôtels, à côté d'un grand panier en osier rempli de tartines de toutes les formes et tailles possibles. À côté du toaster, il y avait des pichets de jus d'orange, d'eau et de lait, ce qui lui fit penser à Ruben. À côté du pain, il y avait une table de fromages, chacun orné d'un petit papier pour indiquer sa région d'origine.

- Vous devriez essayer celui-ci, le Mimolette - dit le propriétaire, en montrant un fromage rond orangé. Nous le produisons dans la grange de ma famille dans la région de Lille.

Antoine s'arrêta près de la table et, dans l'espoir de faire plaisir au propriétaire, répondit :

- Il ressemble à l'Édam des Hollandais, pas vrai ?

Le patron ne put cacher sa déception face à un commentaire si ignorant de la part d'un Français. Il attendit un long moment avant de répondre, comme pour se recomposer.

- Exact. L'Édam est la version hollandaise de notre fromage. Et sans donner plus de détails, il mit la main sur l'épaule du petit et lui indiqua où trouver les pâtisseries.

Antoine choisit une table près de la fenêtre. Il écarta le rideau à carreaux rouges et blancs et regarda vers le patio de l'hôtel. C'était un grand jardin entouré de bâtiments bas, comme si dans une vie antérieure ils avaient fait partie d'une grande maison de campagne, avec des murs blancs, des toits de tuiles rouges, des galeries en bois et des étages en faïence couleur brique. Dans une des galeries, il y avait deux chaises en osier, et sur l'une d'elles une femme lisait le journal. Antoine supposa qu'il devait s'agir de la femme du propriétaire. Derrière l'un des bâtiments, il put apercevoir une petite cascade d'eau qu'il devina à l'origine du murmure qu'on entendait depuis sa chambre. Le gazon, vert foncé, arrivait jusqu'au bord même du fleuve et trahissait une région où la pluie ne manquait pas. Près du fleuve s'étendait le petit chemin de terre par lequel ils étaient arrivés pendant la nuit. Au centre du jardin, on voyait une charrette en bois garée près d'une citerne et entourée de pierres blanches et de pots de fleurs colorées.

Zac se servit dans son assiette tout ce qu'il put et quand il n'eut plus de place, avec beaucoup de soin, il en ajouta encore, une tranche par-dessus l'autre, à côté de la confiture, d'une portion de tarte, d'un toast brûlé et noir, et sur le tout quelques biscuits campagnards rustiques qui, quand on mord dedans, s'émiettent en mille morceaux. En véritable équilibriste, l'assiette dans une main et un verre de lait au chocolat dans l'autre, il s'assit à côté d'Antoine. Tandis qu'il l'attendait, celui-ci avait essayé de lire les nouvelles sur son portable mais il n'y en avait toujours pas, pas une seule allusion aux récents événements.

Il se connecta à Facebook et lut les posts de ses amis, beaucoup avaient mis les photos des faux gardes assassinés. Ils étaient naïvement horrifiés mais aucun ne remettait en question la véracité des images. Il leur était plus facile d'avaler l'horreur en conserve ne fût-ce que pour se sentir un peu plus humains. Il tenta également d'écouter la conversation des jeunes de l'autre table. Ils devaient venir d'Alsace, d'après leur accent. Ils se tenaient par la main et il lui caressait la main de l'index. Antoine pensa de nouveau à Farida. Il passa en revue le plan pour les vingt-quatre prochaines heures, même s'il ne savait pas bien comment il s'arrangerait avec l'enfant.

- Voyons voir - lui dit-il. Raconte-moi ton histoire. Comment ça se fait que tu parles hébreu et arabe ?

L'enfant prit le toast brûlé et, de son couteau, gratta la couche noire. Il le fit avec soin et sans hâte, comme s'il savait qu'Antoine attendrait patiemment. Ensuite, il étala une généreuse quantité de confiture de framboises et mordit à pleines dents. La bouche pleine et dans un grand sourire, il répondit finalement :

- Parce qu'on me l'a appris à la maison et à l'école, comme tout le monde. Quelle question étrange !

- Eh bien moi, on ne me l'a pas appris - répondit Antoine.

Alors, le petit déposa le toast dans son assiette et raconta l'histoire de sa famille, une lignée dont l'identité de fer avait été forgée, génération après génération, par l'amertume.

Apparemment Rada, le grand-père de Zac, était né en Éthiopie en 1977. Cette nuit du 23 juillet, l'armée de Somalie, leur voisine, avait envahi l'Éthiopie. Tandis que les soldats traversaient la frontière à toute vitesse, montés sur leurs jeeps, la mère de Rada donnait naissance à son fils. Dans le quartier de leur petite cabane, aux environs d'Addis Abeba, naissait un enfant qu'ils appelleraient Rada, « celui qui nous aidera » en amharique, l'ancienne langue sémitique parlée dans leur foyer.

Rada grandit avec des parents et amis dans la tradition juive, et à treize ans il fit sa *bar-mitzvah*. Presque un an après, à peine quelques heures avant que la guérilla entre dans la ville en anéantissant des milliers de personnes, Rada fut l'un des quatorze mille Éthiopiens à embarquer dans les Jumbo 747 de charge de la compagnie israélienne El Al pour s'assoir sur le sol de l'avion. Après avoir volé plusieurs heures et avoir assisté à deux accouchements, il atterrit à Israël où l'attendait sur la piste sa mère, dont il avait été séparé de force des années auparavant. Le petit Rada était désormais un jeune garçon svelte de quatorze ans qui portait un carton numéroté, le seul moyen de reconnaissance dont disposait sa mère.

Rada eut son premier enfant, le père de Zac, en 2005. Il l'appela Salomon, du nom de l'opération de sauvetage qui lui avait sauvé la vie en Éthiopie. Salomon étudia la médecine et travailla pour l'armée d'Israël dans un hôpital de la ville d'Hebron. Là, il rencontra une infirmière palestinienne qu'il épousa dès qu'Israël et la Palestine signèrent la paix qui donnerait vie à l'État palestinien, en 2031. Au bout d'un an naquit le petit Zac et cette même année, la famille décida de partir pour Paris, où Salomon pensait se spécialiser en chirurgie cardiovasculaire.

Le reste appartenait à l'histoire. Un Juif noir marié à une Musulmane. Les membres du Parti, sourds aux passeports et aux histoires compliquées, les firent embarquer dans un camion pour les enfermer en Zone libre. Du moins ils essayèrent, mais Salomon était un officier de réserve de l'armée d'Israël et il ne comptait pas les laisser les emmener, lui et sa famille, aussi facilement. Ainsi, profitant d'un moment de distraction des gardes du Parti, Salomon se saisit d'un pistolet, et d'un coup de crosse sur la tête il laissa au sol le soldat qui les gardait. En moins d'une minute, trois gardes du Parti avaient tué par balle Salomon et sa femme, devant les yeux de leur fils.

Ils mirent Zac dans un autobus jusqu'à la Zone libre, où ils le remirent aux autorités musulmanes pour qu'elles se chargent du petit orphelin qui ne connaissait que quelques mots de français.

Voilà l'histoire que raconta Zac à Antoine, à quelques détails près.

- D'accord - dit Antoine. Je comprends mieux pourquoi tu parles hébreux et arabe. Ne t'inquiète pas, je t'emmènerai avec moi. Tu aimes te promener, dis-moi ? Nous ferons un tour à moto dans Paris, si tu veux.

- 16 -

« La liberté, Sancho, est un des dons les plus précieux que le ciel ait faits aux hommes. Rien ne l'égale, ni les trésors que la terre enferme en son sein, ni ceux que la mer recèle en ses abîmes. Pour la liberté, aussi bien que pour l'honneur, on peut et l'on doit aventurer la vie ; au contraire, l'esclavage est le plus grand mal qui puisse atteindre les hommes. »

Don Quichotte de la Manche, Miguel de Cervantes Saavedra (1605)

Nicolas se demanda pourquoi tout à coup, en pleine célébration du dixième anniversaire de la Révolution, les feux d'artifices s'interrompirent au-dessus de l'Arc de Triomphe. Le ciel de Paris devint noir, quelques étoiles se laissèrent même apercevoir. À quelques centaines de mètres, de l'autre côté de la Seine, la Tour Eiffel réapparut comme un colosse illuminé, cette fois aux couleurs de la France. Le silence inattendu avait révélé le son incessant des sirènes de police et des ambulances qu'on entendait au loin.

Les gens attendaient, anxieux, sans savoir s'il s'agissait d'un simple interlude ou si le spectacle était arrivé à son terme. Il s'agissait d'un silence étrange, incomplet, comme lorsqu'un théâtre rempli de gens attend l'entrée sur scène des musiciens. Quelques murmures, quelqu'un qui tousse. Les feux d'artifice avaient couvert le bruit des explosions en Zone libre et comme tant d'autres, Nicolas n'avait pas la moindre idée de ce qui se passait.

Aussi incroyable que cela puisse sembler, ce genre d'ignorance se produit sans arrêt. Quelqu'un vit une tragédie, un événement qui le marquera à vie, la mort d'un ami, un vol violent, un accident, et à quelques mètres un couple se retrouve et s'embrasse, une mère prend son enfant dans les bras pour la première fois, le regard de deux amants se croise. Un enfant meurt de faim en Afrique, des milliers de femmes sont mutilées et lapidées en Moyen-Orient, et pendant ce temps-là, quelqu'un se plaint d'un oreiller peu confortable dans son hôtel cinq étoiles à New York.

Ainsi va la vie, telle est l'essence de l'être humain et de son monde si relatif. Et cette nuit parisienne ne faisait pas exception à cette normalité humaine que sont l'indifférence et la négation collectives. Une partie de la ville était en guerre, l'autre avait le regard rivé sur le ciel. Mais les feux d'artifices, ce vaccin qui avait immunisé la masse, s'étaient arrêtés, de même que tôt ou tard prennent fin l'effet de l'anesthésie ou du mensonge.

Le pain et les jeux étaient deux recours temporaires, comme l'avaient appris les empereurs romains, pourtant tous les dictateurs suivant avaient décidé de l'ignorer. C'étaient des mécanismes provisoires, des artifices passagers. La réalité reprenait toujours ses droits. Parfois ça mettait du temps, le mensonge pouvait sembler s'éterniser, surtout quand on le mesurait en temps humain. Comme ces milliers de soldats qui mouraient le jour même de la fin de la guerre, ou ces prisonniers qui décédaient le jour de la libération d'un camp. Pour eux la normalité, la vérité, la cohérence étaient arrivées avec un jour de retard. Seulement un jour, seulement quelques heures. Mais la vérité et la cohérence revenaient toujours, elles étaient infaillibles, comme le passage du temps, comme la lumière qui dissipe l'obscurité la plus absolue.

La fin des feux d'artifice se ressentit comme une chute soudaine de l'extase au vide de la nuit. Comme à la fin d'un concert qui va *crescendo* jusqu'à ce qu'au dernier mouvement tous les vents, cordes et percussions résonnent à la fois, et tout à coup ça s'arrête, le silence enveloppe la salle, le public attend une longue seconde pendant laquelle l'orchestre se remet de la montée finale, avant qu'éclatent les applaudissements.

L'obscurité du ciel et le silence firent frissonner Nicolas de froid et de peur. Il éprouva en un coup le besoin de sortir de là au plus vite. Il regarda aux alentours et remarqua l'absence de gardes. Il nota aussi que les lumières de la tribune étaient éteintes et que les gradins étaient vides. Tous les fonctionnaires semblaient avoir disparu. Henny n'était plus là. Il rangea son livret dans son sac et se prépara à partir. Il supposait que tout était sur le point de finir et préférait sortir avant les autres. Son idée première était de rentrer chez lui dormir et d'attendre le lendemain pour décider que faire.

Il tenta de se frayer un chemin dans la foule qui marchait en procession par l'avenue des Champs-Élysées. Les enfants commentaient avec excitation le terrible bruit des avions de guerre qui avaient survolé leurs têtes et les adultes parlaient de l'imposante beauté des feux d'artifice, surtout la *grande finale** avec le drapeau de France dans le ciel.

Nicolas mit au moins dix minutes pour couvrir les quelques rues qui séparaient l'Arc de Triomphe de l'avenue Georges V, se frayant un passage dans la foule comme à la sortie d'un concert ou d'un match de football, jouant des coudes, des épaules et se mettant de profil pour pouvoir avancer d'un pas de plus. Dès qu'il atteignit la Seine, il tenta de traverser le fleuve par le pont de l'Alma pour arriver chez lui, mais ils avaient installé une barrière de sécurité. La police l'arrêta et lui demanda sa carte d'identité. Ça n'était plus arrivé depuis longtemps et il sentit la peur l'envahir. Il pensa leur dire qu'il l'avait oubliée, mais la police avait certainement un lecteur d'iris, aussi cela n'avait-il pas de sens de mentir.

- Tout va bien ? - demanda-t-il à l'agent.

Celui-ci l'informa que la rue était désormais un passage restreint et qu'il devait poursuivre jusqu'à l'autre pont. Nicolas n'avait pas de raisons de penser qu'ils pouvaient être à sa recherche, aussi lui remit-il sa carte. Mais le policier l'inspecta comme quelqu'un conscient d'être face à un faux. Il regarda les marques, l'hologramme, la puce, et ensuite l'appuya contre son lecteur. Il attendit une seconde qu'apparaisse la lumière verte ou rouge. Nicolas regarda le petit appareil avec anxiété, nerveux sans savoir pourquoi. Son pouls s'accéléra. Il jeta un regard aux alentours et nota qu'il n'y avait pas un seul garde, pas un seul policier, pas un seul drone. Comme s'ils avaient tous disparu. L'unique agent lui faisait face, attendant que le lecteur de cartes communique avec la centrale et lui renvoie une lumière verte ou rouge.

La lumière rouge représentait le cauchemar de tous les Français. Rares étaient ceux qui l'avaient déjà vue et encore plus rares ceux qui pouvaient le raconter. Cette lumière impliquait l'arrestation immédiate, et donc la disparition, au point que les Parisiens utilisaient l'expression « voir la lumière rouge » comme synonyme du verbe mourir. Ils pouvaient dire, par exemple : « Monsieur Pascal est allé se coucher heureux, en souriant, et puis, en pleine nuit, son cœur a cessé de battre fonctionner, et le pauvre a vu la lumière rouge ».

Tandis que Nicolas attendait la lumière verte, il se rappela le problème qu'il avait eu avec Antoine pour entrer en Zone libre, quand leurs cartes avaient tardé à émettre la lumière correcte qui précédait l'ouverture de la porte. Cette fois-là, malgré le retard, la lumière avait finalement été verte. Cette fois-ci, pensa-t-il, il pouvait en être de même. Ceux du Ministère lui avaient laissé une semaine de délai et ça ne faisait que vingt-quatre heures. La lumière ne pouvait pas être rouge.

Le policier déplaça l'appareil pour voir la lumière, la cachant par la même occasion à Nicolas. Tandis que celui-ci continuait d'attendre, l'agent lui posa quelques questions de routine. Nicolas s'empressa de montrer son accréditation de journaliste.

- Garde ça pour toi, ça ne sert à rien. Utilise-la pour

impressionner les femmes, mais avec la police ne perds pas ton temps à montrer cette cochonnerie crasse - dit-il.

Après plusieurs questions, le policier lui demanda d'attendre là tandis qu'il se tournait et, sans lui rendre sa carte, parlait par radio à ce qui semblait être un collègue de sa base. Nicolas commença à paniquer et pensa courir. Entre tant de gens, un garde aussi fort et carré ne pourrait pas le suivre. Mais le garde avait sa carte, ça ne servirait pas à beaucoup de courir, tôt ou tard ils le retrouveraient. Malgré tout, attendre ici sans bouger s'apparentait fortement à un suicide. Il devait courir, il allait le faire. Il regarda la foule et chercha un espace d'où il pourrait gagner un peu de distance. Mais, alors qu'il se préparait, le policier revint, lui tendit sa carte et, sans un mot, s'éloigna dans la direction opposée. Nicolas resta pétrifié, la carte en main, incapable de bouger, la bouche sèche et le cœur battant à tout rompre.

Nicolas passa directement par le Quai des Tuileries, parallèle à la Seine, en direction du Musée du Louvre. À chaque pont, il tentait de tourner à droite, mais ils étaient tous fermés par des barrières. À l'horizon on apercevait des colonnes de fumée jaune qu'il supposa venir de la célébration. Arrivé à la place du musée, il vit passer des centaines de drones volant en formation symétrique en lignes de cinq, en direction du nord, de la Zone libre.

Il marcha une quarantaine de minutes au milieu d'une foule déjà épuisée dans laquelle les enfants étaient passés de l'excitation aux plaintes et aux sanglots et les adultes étaient plongés dans le silence imposé par la nuit. Enfin, il atteignit le Pont Neuf où au moins une centaine de gardes comme toujours armés jusqu'aux dents arrêtèrent la colonne pour laisser passer une longue file de véhicules blindés qui se dirigeaient vers la Zone libre par le Boulevard de Sébastopol.

Profitant d'un moment de distraction apparente des gardes et exhibant son inutile accréditation de journaliste, Nicolas put passer sous une des barrières et traverser le petit pont qui conduisait à l'île de la Cité. Il se trouva rapidement seul sur l'île. Il n'y avait personne, ni policiers ni piétons. Alors, sans y réfléchir à deux fois, il se mit à courir de toutes ses forces, comme si on le poursuivait. Il regardait en arrière de temps à autres et poursuivait sa course.

Il atteignit la Cathédrale de Notre-Dame et la vit aussi stable que toujours, énorme, de cette couleur dorée dont elle brillait toutes les nuits quand ils allumaient les lumières. Mais cette fois il y avait deux grandes bannières sur chacune de ses tours, le drapeau de France avec la croix gammée au milieu de la bande blanche. Antoine s'arrêta face à la cathédrale, perplexe. Il n'y avait personne sur la place, seulement lui, le regard tourné vers les deux tours aux bannières collées symétriquement de chaque côté de la rosette centrale. Il ne parvenait pas à comprendre ce qu'il se passait.

Il fut tenté d'appeler David ou Antoine mais il se retint. Sans force pour continuer à courir, il reprit sa route par le pont de la Rue de la Cité et une fois de l'autre côté de la Seine, il tourna à droite pour refaire tout le chemin parcouru, longeant le fleuve en direction de chez lui. Il marcha au moins une demi-heure par une avenue déserte, tandis qu'en sens contraire passaient sans arrêt des voitures de police dont les sirènes brisaient le silence de la nuit, des motos de la garde civile du Parti, des canots pneumatiques qui filaient sur le fleuve avec des soldats armés de mitraillettes et arborant le drapeau de France orné de la croix gammée.

Il semblait évident pour Nicolas qu'un drame s'était produit. Mais il n'en comprit l'étendue qu'en arrivant près du Pont Royal, quand il découvrit qu'à chaque lampadaire qui illuminait le Quai Voltaire pendait une personne ; le corps étiré, la nuque disloquée, les yeux ouverts, et un drapeau nazi autour du cou. Nicolas regarda les corps un à un, mais il ne s'arrêta pas, jusqu'à ce qu'il reconnut les chaussures rouges d'Henny, celles qu'il l'avait vu porter seulement quelques heures auparavant dans la tribune. Le corps de la pauvre grand-mère pendait à un réverbère, il se balançait doucement sous la caresse du vent, ses lunettes encore en place, ses pieds pointant au sol.

Nicolas s'arrêta devant son amie et la regarda un instant, sans pouvoir s'empêcher d'avoir les larmes aux yeux. Il regarda vers l'arrière mais il ne vit personne, il était seul. Il leva alors les yeux au ciel et s'efforça de déglutir avant de reprendre sa marche silencieuse et solitaire. Il sentait que le temps s'était arrêté, qu'il était mort, que plus rien n'importait. Ce qu'il éprouvait était difficile à expliquer avec des mots, parce que c'était le vide, le néant. Il entendait les sirènes, l'échange de tirs et de temps en temps le bruit d'une explosion, sans savoir s'il s'agissait de bombes ou d'autres feux d'artifice. Ça ne l'intéressait plus. Il sentait que son travail était terminé.

Cette nuit-là, l'aile forte du parti, ceux à la croix gammée, avait perpétré une tentative de coup d'État contre le Commandant en l'accusant d'être trop vieux et mou pour gérer le destin de la nation française avec la poigne de fer qu'exigeaient les circonstances. L'affrontement avec les Faucons du Parti n'était pas neuf, mais les événements en Zone libre avaient fourni l'excuse parfaite, et en un peu moins d'une heure ils avaient envahi le palais présidentiel et le Ministère de l'information. Ensuite, ils avaient accroché leurs drapeaux nazis aux principaux édifices de la ville. Pendant ce temps, ceux de la Résistance prenaient la chaîne de télévision FL1 et faisaient éclater les murs de la Zone libre.

La guerre civile avait commencé sur trois fronts, les uns contre les autres : d'un côté ceux de la Résistance, de l'autre les fidèles au Commandant et enfin les Faucons qui voulaient l'abattre et prendre le pouvoir face aux signes d'ouverture qu'il avait donnés cette dernière année. Le raid qu'attendaient ceux de la Résistance cette nuit à Paris s'était produit, mais pas contre eux, plutôt lancé par les Faucon. Infiltrés dans les forces de sécurité les plus dures, ceux-ci avaient décidé d'en finir avec les fonctionnaires fidèles au Commandant, ceux perçus comme modérés et ouverts aux réformes démocratiques.

Et ils avaient tué Henny pour ça ? Peut-être, mais surtout pour avoir fourni à la Résistance les soixante-dix cartes d'accès à la Zone libre utilisées cette nuit-là. La « grand-mère de fer » avait commis un acte suicidaire en les gérant de manière personnelle, en son nom propre, et pour cette raison il lui était impossible de rester impunie.

Elle avait, tout simplement, signé de sa propre main sa condamnation à mort. Mais ça avait été un acte aussi désespéré que libérateur. Désormais Henny était morte, elle pendait à un réverbère, mais elle était enfin libre.

- 17 -

Nicolas marcha cette nuit-là jusqu'à son appartement Rue de l'Université, une rue sans issue qui terminait juste au parc de la Tour Eiffel dans le 7e arrondissement. Tandis qu'il cherchait ses clés dans ses poches, il parvint à lire les noms inscrits au premier étage de la tour, en lettres dorées énormes, illuminées par des lampes suspendues aux innombrables barres de fer. Il s'agissait des noms des soixante-douze scientifiques les plus importants de France, tous illustres, mais tous des hommes, pas une seule femme. C'était la première fois qu'il le réalisait, il ne semblait pas y avoir eu de femmes de science notables dans l'histoire de France.

Il pensa à Marie Curie, mais en réalité elle était Polonaise, ce n'était pas une véritable Française, seulement une immigrante de plus. Nicole El Karoui lui vint également à l'esprit, la fameuse mathématicienne qui en plus avait été nommée Chevalier de l'Ordre de la Légion d'honneur. Il lui sembla tout à fait typique que pour distinguer une femme, on la nomme Chevalier. Ça voulait tout dire. Mais même si cette femme était Chevalier, El Karoui était un nom à l'origine douteuse, et un tel patronyme ne pouvait en aucun cas figurer sur la Tour Eiffel.

Nicolas entra chez lui et en fermant la porte il fit taire les bruits des bombardements et des sirènes. Il n'alluma pas, il marcha dans le grand salon à peine éclairé par le reflet de la lune et les lueurs éphémères des explosions. Il laissa son petit livret sur la table basse, s'assit devant le piano, souleva le boîtier et enleva avec soin la toile de velours. Il posa les mains sur le clavier mais il ne joua pas, il les laissa là, immobiles, les yeux fermés, la tête inclinée en arrière.

Il attendit quelques secondes, peut-être une minute puis, sans ouvrir les yeux, il entama de mémoire la *Sonate pour piano n° 16* de Mozart. C'était un des morceaux qui représentaient le mieux le génie du compositeur autrichien, capable de créer une musique d'une complexité et d'une beauté extrêmes qui en réalité semblait simple, au point d'être connue sous le nom de *sonate facile*. Sa main droite s'occupait de la mélodie pendant que la gauche exécutait l'accompagnement, comme pour marquer les pas de quelqu'un à la démarche rapide, tel un enfant heureux qui saute, car Mozart composa toujours avec le cœur d'un enfant.

Cette sonate avait été le premier morceau pour piano que Nicolas avait mémorisé, et le premier qui l'avait passionné. Pour lui, elle était comme un premier baiser, une première expérience musicale où le cœur guidait les mains. Pour la jouer, il n'avait pas besoin de réfléchir mais de ressentir. Et comme tout premier baiser, il la conservait gravée dans un coin de son inconscient, le même où il conservait la sensation de la main de sa mère quand elle lui caressait la tête, le souvenir des bras de son père autour de ses épaules quand ils marchaient dans les froides nuits de Londres.

La deuxième partie de la sonate n'était plus *allegro* mais *andante*. Les pas n'étaient plus ceux d'un enfant, mais d'un adulte qui marchait d'un pas ferme. *Andante*, voilà pourquoi on l'appelait ainsi, parce que c'était quatre-vingt-dix notes par minute, autant que les battements de cœur d'un homme qui marche. Dans la deuxième partie, dans l'*andante*, Nicolas sentait la musique s'écouler du piano au même rythme que les battements de son cœur. Après avoir fini de jouer, il resta quelques instants assis, regardant aux alentours comme s'il voyait ce salon pour la première fois, avec les mêmes yeux que lorsqu'il avait décidé de vivre là pour le restant de ses jours. Mais maintenant il réalisait qu'il n'en serait pas ainsi. Il bouclait une étape à laquelle il était nécessaire de mettre un terme. Il se leva de la banquette du piano, alluma les lumières et marcha jusqu'à sa chambre. Il prit un carnet à la mode du Parti et tourna les pages une à une jusqu'à en trouver une blanche. Il s'assit à son bureau, ouvrit un tiroir, en sortit un stylo et commença sa lettre.

Chère maman,

Je t'écris depuis Paris, cette ville que j'ai voulu adopter et qui, je pense, me rejette aujourd'hui. Je suis triste. Tu te souviens d'Henny, ma première supérieure au journal ? Je t'ai souvent parlé d'elle. Eh bien, ils l'ont tuée comme un chien. Quels lâches ! Quelle mort injuste ! Même si parler d'une mort injuste dans une guerre reviendrait à dire qu'il existe des morts justes. Et toi, tu m'as appris que le concept de mort et celui de justice étaient opposés. La mort ne survient que quand la justice cesse d'exister, quand il y a des guerres, tu te rappelles ? Mais même l'hypocrisie la plus forte ne permettrait pas de nier l'évidence, autrement dit le fait que toutes les morts ne sont pas égales, qu'elles n'ont pas toutes la même importance. Il ne s'agit pas de dire qu'il existe une mort juste, mais que certaines semblent plus injustes que d'autres. Tu me comprends, maman ?

J'ai tenu la promesse que je t'avais faite, je suis allé au cimetière militaire d'Étaples, la semaine passée. J'ai déposé une fleur sur la tombe d'un soldat inconnu, et en sortant j'ai visité le musée. Là, juste à l'entrée, j'ai vu l'énorme photo d'un paysage vide, plat, blanc, d'une campagne infinie couverte d'une épaisse couche de neige. La photo était en noir et blanc, mais l'avoir prise en couleur aurait donné le même résultat. Seuls apparaissaient la campagne et quelques arbres nus à côté d'un petit chemin, également couvert de neige à l'exception des traces de pneus d'une voiture. Sur le fossé qui bordait le chemin, on voyait un soldat allemand à côté d'une immense mitrailleuse, de celles qu'on appuie sur le sol avec un trépied. Le type était mort et congelé, ou congelé et mort, puisqu'il est impossible de connaître l'ordre correct. Mais il était rigide, le casque encore sur la tête.

Sous la photo, il y avait une légende : « Soldat allemand mort en défendant sa position à Dierkirch, 1945 ». Là, ce héros anonyme, seul à côté de la charrette, avait défendu sa position jusqu'à la mort. Il aura peut-être laissé dans son Allemagne natale une veuve, un orphelin. Mais ça ne l'a pas arrêté. Il était plus important de défendre sa position jusqu'à la mort. J'ai ressenti ça comme un acte d'aliénation, de folie sublime. Donner rien de moins que sa vie pour absolument rien. Parce que ça n'a pas arrêté l'avancée des alliés ne fût-ce que d'une seconde. Et tu sais quoi, maman ? Je ne veux pas que ma mort soit aussi inutile, qu'elle n'ait servi à rien. Je veux vivre, pour pouvoir raconter. Je ne veux pas être un soldat anonyme. Je ne veux pas d'une mort comme celle de mon arrière-grand-père.

Je suis resté immobile face à cette photo pendant un long moment. J'ai fixé le visage du pauvre soldat mais, en voyant les sigles des SS sur son casque et les crânes sur son uniforme noir, il m'a été impossible de ressentir de la peine. Sa mort m'a semblé moins injuste que d'autres.

C'est très difficile de penser qu'une armée entière a pu adopter le symbole d'un crâne pour symboliser la mort que sa présence entraînait. Un pays dont l'armée planait sur un continent entier avec le crâne comme insigne. Dans le même musée, il y a la photo d'un officier allemand qui porte avec fierté ce symbole sur son uniforme et qui regarde avec hauteur une femme juive qui a la lettre *Jai*, « vie » en hébreu, accrochée à une fine chaîne en argent autour de son cou. Le crâne et la lettre *jai*, la mort et la vie. Deux peuples, l'un qui s'identifie par la mort, l'autre par la vie. Deux personnes, un même moment. Le plus probable, maman, c'est qu'aucun des deux n'ait survécu à la guerre. Elle est peut-être morte asphyxiée, tentant d'escalader la pile de cadavres qui se formait dans les chambres, des montagnes d'hommes, de femmes et d'enfants cherchant désespérément à respirer une dernière bouffée d'oxygène, collés au toit près des fausses sorties de douches. Le soldat allemand a peut-être lutté au nom de la mort jusqu'à son dernier soupir, jusqu'à son dernier souffle de vie, contre le froid de l'hiver et les troupes alliées, ce groupe de jeunes qui freinèrent l'avancée de l'obscurité qui tente ponctuellement le vieux continent. Parce que l'Europe est ainsi, comme un pendule, qui passe de l'illuminisme à l'obscurantisme avec la même fougue, la même cécité, la même intensité. Toutes les autres nations du monde, dans toutes leurs guerres, depuis que l'homme est homme, n'ont sans doute pas tué autant que les Européens.

Parce que l'Europe est ainsi, le berceau de tout, du bon comme du mal. Parce qu'elle est le berceau de la civilisation dans laquelle on vit, et la civilisation inclut la barbarie. Parce qu'il n'y a pas de civilisation sans barbarie, de même qu'il n'y a pas de lumière sans obscurité. L'une définit l'autre. L'obscurité est l'absence temporaire de lumière, de même que la barbarie est l'absence temporaire de civilisation.

Maman, j'ai toujours tenu mes promesses. Je t'ai promis que je ne tuerais jamais pour un idéal, et que je ne mourrais jamais pour lui non plus. Je veux vous voir, papa et toi. Je veux arrêter d'être Maurice et redevenir Nicolas. Je veux arrêter d'être Dubois et redevenir Right. Je veux revenir, maman.

Je t'aime,

Nico

* * *

Il ferma le livret et se leva. Il posa sur le lit une petite valise, l'ouvrit et commença à préparer les vêtements nécessaires pour à peine un week-end : deux chemises, un pantalon et un manteau gris.

Il ouvrit ensuite le tiroir de son bureau et en sortit une petite caisse en bois. Il ne l'ouvrit qu'un instant et regarda l'intérieur où s'entassaient quelques photos, une chaine en or qui avait appartenu à sa mère, des jumelles et quelques autres objets. S'y trouvaient également une médaille et une petite figurine du Petit Prince, avec ses boucles dorées et son pantalon pattes d'éléphant. Il ferma la caisse et la rangea dans la valise. De retour dans le salon, il prit le petit coq en céramique ; il chercha ensuite dans la salle de bain sa trousse avec sa brosse à dents et sa tondeuse, et ajouta quelques livrets vides qu'il gardait sur une étagère près de son bureau avant de fermer la valise. Il hésita un instant, l'ouvrit à nouveau, sortit le coq en céramique, le regarda d'un autre œil et le posa avec soin sur sa table de chevet.

- Toi, tu restes ici - décida-t-il. Tu fais partie du passé.

Il ferma son bagage, enfila une veste et prit sa mallette en cuir usé. Elle ressemblait à celles utilisées par les écoliers avant que les sacs à dos les remplacent pour toujours. Il descendit par l'escalier du garage et partit en voiture en direction du boulevard Périphérique.

Les rues de Paris étaient désertes, à l'exception des voitures de police et des tanks qui roulaient à toute vitesse dans l'une ou l'autre direction. Nicolas releva les vitres de sa voiture et monta le volume de la radio au maximum pour ne plus entendre les sirènes et les explosions incessantes. Il mit Radio nationale 1, la station officielle du gouvernement, dans l'espoir d'apprendre ce qui se passait, mais deux heures plus tôt la radio était tombée aux mains de la Résistance. Un locuteur à la voix d'enfant précoce présentait la diffusion du chœur de paysans hébreux de l'opéra *Nabucco*, le « Va Pensiero », enregistré en direct à Rome en 2011, dirigé par Riccardo Muti.

Nous avons choisi ce chœur car il dépeint la liberté perdue comme la plus précieuse des possessions de l'homme - dit le présentateur, avec une voix tremblante, peut-être d'émotion, peut-être de peur. Mais il parle aussi d'espoir, de la rénovation d'un peuple qui se repent de s'en être remis à de fausses idoles, et qui retourne à sa patrie après s'être repenti. Nous, les Français, nous retournons aujourd'hui à la nôtre - ajouta-t-il avant de mettre la musique.

Nicolas se rappela le Théâtre Colon à Buenos Aires, où avec ses parents il avait assisté à l'opéra de Verdi pendant les grandes vacances, en été 2020. Il revécut les fauteuils en velours rouge, les balcons dorés, la coupole peinte par Soldi et son père le prenant par la main et murmurant, de mémoire, les paroles du refrain. Mais en 2011 à Rome, avec l'Italie dans l'une des crises de corruption politique qui frappaient chroniquement le pays de Garibaldi, quand le chœur de plus de cinquante personnes, toutes vêtues de tuniques blanches aux bords bleus, avait commencé à chanter « O mon pays, beau et perdu », le public avait explosé d'un applaudissement infini.

À la fin, les spectateurs avaient demandé un bis. - « Vive l'Italie ! » - avait crié l'un d'eux. Alors Muti, sur son podium, avec un pacemaker installé quelques jours plus tôt à peine, s'était tourné et avait répondu : « Je suis d'accord, vive l'Italie. Mais je ne veux pas que ce chœur soit une chanson de funérailles pour notre culture. Si vous voulez que je répète le chœur, vous devrez tous chanter avec nous ». Et ainsi le théâtre entier, plus dans le style d'un récital de rock que dans celui d'un concert de musique classique, avait chanté avec les membres du chœur, qui ne purent contenir leurs larmes pour leur nation perdue qu'ils espéraient retrouver un jour.

Nicolas, comme l'aurait fait son père, s'unit au chœur et chanta à voix haute le « Va Pensiero » tandis qu'il quittait le boulevard Périphérique pour prendre l'Autoroute du Nord, laissant Paris dans son dos. Dès qu'il arriva à la sortie en direction de l'aéroport Charles de Gaulle, il vit le clignotement des gyrophares, bleus et rouges, illuminer la nuit. Nicolas ralentit et s'approcha lentement. Devant lui, quelques voitures étaient obligées de faire demi-tour et de retourner à Paris. Dès qu'il fut près de la police, il baissa la vitre de sa fenêtre et salua un agent.

- Papiers, s'il vous plaît - dit la femme.

Nicolas lui remit sa carte d'identité tandis qu'il remarquait le tatouage de croix gammée sur sa main, ce qui l'identifiait comme membre de l'aile forte du Parti. Elle appuya la carte contre le lecteur et, de manière presque instantanée, la lumière verte s'alluma.

- Regardez-moi un instant, s'il vous plait - dit la policière de sa voix monotone, en visant ses yeux avec un scanner d'iris. Une fois encore, la lumière verte. Nous ne laissons passer que les passagers disposant d'un ticket d'embarquement. Si vous n'en avez pas, vous devrez faire demi-tour.

- Je ne vais pas prendre l'avion. Je suis Maurice Dubois et je vais à l'aéroport comme journaliste - répondit Nicolas d'une voix assurée tandis qu'il exhibait son accréditation. L'agent prit la carte et l'appuya contre le lecteur. La lumière verte s'alluma à nouveau.

- J'ai Maurice Dubois - dit-elle à voix basse dans un petit microphone caché dans ses vêtements. Il veut passer. Le journaliste, tu sais bien, celui de *La Libre Parole*.

La femme attendit un instant, fronça les sourcils et se concentra sur la voix qui lui parvenait à travers une petite oreillette à droite.

Enfin, sans ajouter un mot, elle s'éloigna, prit sa mitraillette, la pointa vers la voiture de Nicolas et, l'utilisant comme une extension de son bras, lui indiqua de continuer son chemin, il était libre. Sans hésiter une seconde, Nicolas remonta sa vitre et reprit sa route.

L'aéroport semblait normal, à l'exception de la présence des voitures de police et de quelques blindés garés à l'entrée du parking. Il laissa sa voiture à une place pour stationnement rapide, prit sa valise et marcha jusqu'aux comptoirs de check-in, prenant en chemin un exemplaire de *La Libre Parole*. Il s'arrêta un instant pour lire les nouvelles devant le comptoir d'Air France, où une blonde lui adressa un sourire artificiel. Nicolas lui sourit en retour.

« La ville revient à la normalité » disait le titre en première page.

« Cinq canots pneumatiques remplis de terroristes de la Résistance sabordés par les forces de sécurité, tous leurs passagers sont morts, quinze hommes et une femme » racontait un autre titre. Nicolas n'avait aucun moyen de savoir que dans un des bateaux voyageait Antoine, et dans l'autre Farida. « La Zone libre encerclée par les forces loyales au Commandant, tout est sous contrôle » lisait-on en lettres grasses au pied de la page. Il n'eut pas besoin d'ouvrir le journal pour savoir, mieux que personne, qu'il ne s'agissait que d'un tissu de mensonges. Il le plia et le jeta avec force dans la poubelle. Il leva ensuite le regard et sourit à nouveau à la blonde qui, assise le dos droit, ses paupières maquillées d'un bleu clair qui soulignait la couleur de ses yeux, lui demanda comment elle pouvait l'aider.

- Je veux une place pour Londres - dit Nicolas.

- Je suis désolée, mais tous les vols pour Londres ont été annulés il y a quelques mois.

- Oui, je le sais bien - répondit Nicolas. Je ne parlais pas d'un vol direct, mais avec une escale. Ça ne me dérange pas de passer par Francfort, Rome ou n'importe quelle ville.

- Tu devras acheter toi-même le vol vers Londres dans l'autre aéroport, je ne pourrai pas te le vendre d'ici. Ce que je peux faire, c'est émettre la première partie de ton vol. Ça te va ?

- Oui, c'est parfait. Quel est le prochain vol que je peux prendre ? - demanda Nicolas.

- Pour n'importe quelle ville ?

- Oui, n'importe laquelle, ça m'est égal. Je veux une pause loin de toute cette folie, j'aimerais passer quelques jours au soleil, loin de tout ça. Essaye de trouver une ville avec du soleil et la plage.

- Du soleil ? Nous sommes en octobre. Je suppose que tu devras aller en Espagne.

- Très bonne idée. Barcelone, peut-être ?

- Alors, laisse-moi regarder dans le système. Nous avons un vol qui part dans moins d'une heure pour Barcelone, mais je ne pense pas que tu l'auras. Ils ferment les portes d'embarquement dans moins de cinq minutes. Par contre, il y en a un pour Madrid qui décolle dans deux heures.

- Magnifique, oublie Barcelone. Nous partons à Madrid - dit Nicolas en regardant la blonde dans les yeux.

- « Nous partons » ? Au pluriel ? C'est une invitation ? - minauda la blonde.

- Pourquoi pas ? Madrid, voyons voir, laisse-moi voir la météo sur mon portable - dit Nicolas tandis qu'il regardait sur son téléphone et montrait l'écran à la fille. - Qu'est-ce que tu en dis ? Vingt degrés maximum et du soleil. Regarde les prévisions des sept prochains jours : que des œufs ronds et jaunes. Je crois que ce n'est pas une mauvaise offre. Qu'est-ce que tu en penses ?

- Tu es complètement fou, mais tu es très sympathique. Mais je ne peux pas, si je pouvais, je m'achèterais un pyjama au *duty-free* et j'irais avec toi.

- Un pyjama, c'est ça, et une bouteille de vin rouge - plaisanta Nicolas.

- Je vais m'y perdre - répondit la fille en regardant Nicolas dans les yeux pour tenter de deviner s'il était sérieux ou s'il plaisantait.

- Eh bien dans ce cas, donne-moi un seul billet pour Madrid, voyons si j'arrive à temps.

- D'accord. Quand veux-tu revenir, Nicolas ? - demanda la blonde qui avait lu son nom sur la carte de crédit.

- Revenir ? Ah oui, bien sûr. Je veux revenir dans deux nuits - hésita Nicolas. C'est pour ça que j'ai une petite valise, deux nuits.

- Bien. Je vais t'imprimer le billet comme ça tu peux aller directement à la porte d'embarquement. Tu n'as rien d'autre que cette valise, c'est ça ?

- Oui, cette valise, c'est tout ce que j'ai.

La blonde commença à taper les données de Nicolas dans le système tandis qu'il l'étudiait en détails. Il regarda sa veste bleu clair ornée du badge de l'aéroport, très moulante sur une chemise blanche encore plus serrée avec le décolleté ouvert d'un seul bouton, qui laissait voir très peu, en réalité presque rien, mais qui permettait d'imaginer beaucoup. Un foulard aux couleurs d'Air France donnait à l'ensemble une certaine élégance, parfaitement en accord avec ses cheveux attachés et la broche en acrylique marron.

Nicolas regarda ses mains, petites aux doigts potelés, ainsi que sa chemise ajustée qui, pensa-t-il, attestait d'un corps généreux. Cette fille lui plaisait, mais plus que sa silhouette voluptueuse, il aimait sa fraicheur et le plaisir d'un flirt. Malgré tout, il ne cherchait pas de compagne pour le week-end, mais plutôt la bonne disposition de la blonde pour lui obtenir un billet un jour où rien ne fonctionnait comme d'habitude à Paris. La fille continua de taper et attendait le système.

- Donne-moi ta carte d'identité - dit-elle.

- Tout va bien ? - demanda Nicolas.

- Je crois que oui. Ce qui se passe, c'est que quand j'entre ton nom, il ne me laisse pas émettre le billet. C'est comme si tu étais bloqué. Je ne comprends pas.

Nicolas sentit la peur envahir immédiatement son corps. Il regarda aux alentours et vit plusieurs policiers discuter dans un coin de la salle, et deux gardes carrés du Parti, avec leurs vestes en néoprène noir, postés à l'entrée de la zone d'embarquement, leurs mitrailleuses à gros canon entre les mains. À la sortie du parking, il en vit deux autres. Il observa une fois de plus la blonde qui continuait d'essayer d'émettre le billet.

- Ça ne fonctionne pas. J'essaye et ça me dit « passager non autorisé », et autre chose...

La fille, tout à coup sérieuse, s'assombrit et baissa les yeux.

- Mais que dit le système, qu'est-ce qu'il dit d'autre ? - interrogea Nicolas, tentant de s'appuyer par-dessus le comptoir pour voir l'écran.

Mais la fille tourna l'appareil pour l'empêcher de voir.

- Eh bien rien, monsieur. Je ne peux pas émettre le billet, je suis désolée, c'est tout.

- « Monsieur » ? Qu'est-ce qui se passe, Bea ? - demanda Nicolas, en lisant le nom de la fille imprimé sur son badge à côté des drapeaux des langues qu'elle parlait, français et espagnol.

- Je ne peux pas. Je suis désolée, vraiment.

- Dis-moi ce qu'il y a écrit - l'implora Nicolas.

- Ça dit « non autorisé », et autre chose, mais je n'ai jamais vu ce message. C'est peut-être une erreur. Le mieux c'est que tu t'en ailles, laissons ça comme ça.

- Une erreur ? Que je m'en aille, tu dis ?

- Oui, c'est mieux que tu t'en ailles, ou... - dit la fille sans terminer sa phrase.

- Ou quoi ? Dis-moi que dit le système ? S'il te plait, Bea.

- Ne m'appelez pas Bea, je ne vous connais pas. Maintenant, allez-vous-en ou je devrai appeler la police - ajouta l'hôtesse en regardant aux alentours.

- Je crois qu'il y a une erreur, c'est pour ça que je te le dis, je ne suis pas Nicolas Right, mais Maurice Dubois.

- Maurice Dubois, le journaliste ?

- Bien sûr, le journaliste. Attends, laisse-moi te montrer mon accréditation.

La fille regarda la carte de Nicolas avec méfiance. Elle compara la photo et la mit dans l'identificateur, où elle obtint une lumière verte.

- Ça ne change rien, qui que vous soyez, Nicolas ou Maurice. Le système dit « passager non autorisé, prévenir les autorités ». Même si l'accréditation était vraie et que vous étiez Maurice Dubois, il ne me laisse pas émettre la carte d'embarquement. Je crois que c'est mieux que vous vous en alliez, vraiment, ne me compromettez pas. Allez-vous-en, s'il vous plait... Je vous le demande, ne m'obligez pas à...

- Bea, je t'en supplie...

À cet instant, la fille leva le regard derrière l'épaule de Nicolas et vit que sur le tableau des départs, tous les vols avaient changé de statut, passant de « à l'heure » à « annulé », y compris celui pour Madrid. Dans les haut-parleurs, on annonça que l'aéroport serait fermé jusqu'à nouvel ordre et on demanda à tous les passagers de rentrer chez eux attendre des nouvelles de leurs compagnies aériennes respectives.

Nicolas se tourna et vit que les uniques vols non annulés étaient celui de Barcelone et un pour Rome, qui indiquaient « dernier appel ».

- Bea, s'il te plait, pour Barcelone, pour Rome, n'importe... Je dois sortir d'ici, tu comprends ? - chuchota-t-il à la fille, en se penchant sur le comptoir.

- Ils ont fermé l'aéroport, ces deux vols n'ont pas été annulés parce que les passagers ont déjà embarqué. Allez-vous-en, vraiment...

- Non, je ne m'en vais pas. Maintenant, appelle la police - répondit Nicolas, regrettant ses mots à l'instant même où il les prononça.

La fille l'observa en silence, regarda aux alentours et soupira profondément. Les policiers du terminal se mobilisaient pour faire sortir les rares voyageurs encore présents aux comptoirs de facturation. Rapidement, plus de cinquante agents commencèrent à circuler dans la salle. Nicolas regarda en arrière, nerveux. Des gouttes de sueur coulaient dans son dos.

- Donnez-moi votre accréditation de journaliste, vite, donnez-la-moi ! - se décida la fille en tendant la main.

Nicolas n'hésita pas un instant et la lui remit, même s'il ne savait pas si elle voulait l'aider ou le dénoncer. La fille se leva de son siège et marcha jusqu'à un autre ordinateur où elle commença à taper à toute vitesse.

En moins d'une minute, elle avait imprimé une carte d'embarquement sur un papier blanc à rayures rouges avec l'insigne du Parti sur les bords et le texte « Passager du Parti - Accès prioritaire ».

- Voilà - dit-elle à Nicolas. Je vous ai émis un billet au nom de Maurice Dubois.

- Mais cette personne n'existe pas, je l'ai inventée. Ils ne me laisseront pas embarquer.

- Il me semble que vous n'avez pas beaucoup d'autres choix. Le système n'accepte pas votre véritable nom, mais j'ai réussi à le leurrer en marquant que vous étiez étranger et en mettant celui de votre accréditation de journaliste. J'ai donc imprimé la carte d'embarquement comme si vous étiez un fonctionnaire du Parti. Maintenant suivez-moi et ne posez pas de questions, n'ouvrez pas la bouche, ne regardez personne dans les yeux. Contentez-vous de me suivre. Je sais ce que je dis, je travaille ici depuis dix ans. Gardez la carte d'embarquement bien en vue, qu'ils voient que vous êtes du Parti, et votre accréditation, le tout bien en vue. Allons-y !

La fille sortit de derrière le comptoir et se hâta vers le contrôle de sécurité, à côté de Nicolas. Ses talons résonnaient sur le sol de marbre du nouveau terminal de l'aéroport Charles de Gaulle et son pas était si décidé et si ferme qu'aucun policier n'osa s'interposer. Quand ils arrivèrent au contrôle de sécurité, il ne restait plus de passagers et il n'y avait qu'un seul scanner de corps habilité.

- Nous n'avons pas le temps - dit la femme au garde. C'est un haut fonctionnaire du Parti, le journaliste Maurice Dubois. Laissez-le passer, il doit embarquer pour une mission officielle à Barcelone.

Les gardes se regardèrent et hésitèrent un instant.

- Nous ne pouvons pas, l'aéroport est fermé - dit l'un d'eux. Ils ont annulé tous les vols et celui de Barcelone est déjà fermé.

Au lieu de répondre, la fille sembla ne même pas avoir écouté le refus. Elle prit sa radio et appela la porte du vol pour Barcelone.

- C'est Bea, du commercial. J'ai un membre du Parti en mission officielle. Attendez-le à la porte s'il vous plait. Il arrive dans deux minutes, nous sommes déjà en train de passer la sécurité. Comment ? Non, il n'a pas de valise, seulement un bagage cabine... Dubois, Maurice Dubois... Oui, le journaliste... En mission, oui, parfait, merci, Jean, je t'en dois une. - L'hôtesse regarda à nouveau les gardes et d'une voix tranquille mais ferme, leur dit : Allons, laissez-le passer, ils l'attendent.

Nicolas regarda la fille, et un instant il douta qu'elle ait réellement parlé à quelqu'un à la porte. En réalité, il pensa que ça pouvait être un spectacle monté par une personne qui, de jolie hôtesse, s'était transformée en véritable tourbillon. Les gardes échangèrent à nouveau des regards.

- Nous devons consulter nos supérieurs, je suis désolé - hésita l'un d'eux.

- C'est qu'il n'y a pas de temps, insista la femme. Allons, vous ne réalisez pas que c'est une urgence ? Si l'avion part, comment on s'arrange ? Qui va faire face au Parti ? Pas moi, je vous le dis tout de suite.

- D'accord. Avancez, passez - céda finalement l'un des gardes.

Sans perdre un instant, Nicolas et Bea coururent dans les couloirs vides jusqu'à la porte d'embarquement où les attendait une hôtesse de l'air. En arrivant, agité, il la regarda.

- Merci pour votre patience - dit-elle. Ayez un bon vol.

- Merci beaucoup à toi, Bea - dit-il.

Nicolas ne savait pas quoi ajouter. Il entra dans le tunnel qui menait à l'avion, regarda derrière lui et vit sa sauveuse anonyme dont il ne connaissait même pas le nom de famille. Détendue, la fille bavardait avec l'autre hôtesse, comme si elle venait simplement d'accomplir son travail quotidien. En le voyant se tourner, elle lui sourit, cette fois d'un sourire non pas artificiel mais réel, un sourire qui serra la gorge de Nicolas d'angoisse, un sourire que seule une femme peut offrir à un inconnu à qui elle vient de sauver la vie. Nicolas lui renvoya son sourire et des lèvres, sans émettre aucun son, il lui dit « merci ».

Il entra dans l'avion et s'assit dans son siège en première classe, presque vide. Il respira profondément et pensa qu'au moins il ne volait pas avec Air France, ainsi une fois qu'ils auraient décollé, il serait en sécurité.

Le Boeing 827 d'Iberia roula jusqu'à prendre place sur la piste où il s'arrêta un instant. Nicolas ne s'inquiéta pas tout de suite. Il savait que c'était normal que les avions s'arrêtent avant de décoller mais, pourquoi maintenant, pourquoi si longtemps ? Il regarda aux alentours et nota que les autres passagers semblaient ignorer ce qui se passait. L'avion s'était arrêté sur la piste de décollage et personne ne s'inquiétait.

Rapidement, il sentit dans son corps le rugissement assourdissant des turbines et le tremblement, la pression dans son dos tandis que l'avion prenait de la vitesse. Il regarda par la fenêtre et vit passer les lumières vertes et bleues de la piste, toujours plus rapides, et dans le fond le terminal de l'aéroport éclairé comme une carte postale. À l'horizon s'étendaient les lueurs orangées de la Ville Lumière sur fond noir. Dès que l'avion leva le nez et s'éleva, Nicolas ferma les yeux et ne put retenir ses pleurs réprimés, silencieux, comme un feu qui brûle sans flammes.

- 18 -

« Je t'ai vue, mignonne, et tu m'appartiens désormais, quel que soit celui que tu attends,
  et même si je ne dois plus jamais te revoir. Tu m'appartiens et tout Paris m'appartient,
  et j'appartiens à ce cahier et à ce crayon.»

Paris est une fête, Ernest Hemingway (1964)

Quand l'avion s'inclina doucement vers la gauche, Nicolas vit la ville de Paris illuminée, des centaines de lignes blanches et jaunes qui partaient dans toutes les directions sur fond noir, le boulevard Périphérique marquant un cercle presque parfait. Il lui sembla également pouvoir distinguer la Tour Eiffel et la limite de la Zone libre.

Il ferma les yeux et se rappela la carte qu'il avait écrite à sa mère et le cimetière militaire britannique d'Étaples, proche de la plage, très au nord, presque à la frontière avec la Belgique. Le même village qui avait vu passer les Normands, les Romains, les troupes de Napoléon et les Allemands, plusieurs fois les Allemands. La semaine précédente tout juste, Nicolas avait fait son voyage annuel au cimetière. C'était important pour lui parce que le jour où il avait avoué à sa mère qu'il resterait vivre en France - il n'avait jamais eu le courage de lui rapporter qu'il avait pris la nationalité française - il lui avait promis deux choses.

La première, qu'il adopterait une des tombes du cimetière militaire, qu'il lui rendrait visite au moins une fois par an, qu'il y porterait des fleurs et prierait pour ce soldat mort au combat. Il lui avait également promis que, à voix basse, il le remercierait d'avoir donné sa vie pour que lui, Nicolas, puisse être libre et lui rendre visite. Et il lui dirait aussi qu'il lui devait beaucoup, ainsi qu'à ceux de sa génération, et l'assurerait que sa mission n'avait pas été oubliée ; qu'il n'avait pas fait tout ça en vain, mais au contraire pour beaucoup et pour tout ce pour quoi il était mort.

Aussi Nicolas prenait-il sa voiture tous les ans et conduisait-il jusqu'au petit village, il se garait juste à l'entrée du grand cimetière et marchait dans les prés infinis, remplis de croix blanches et de sépultures toutes identiques, jusqu'à l'horizon, où chaque file était semblable à la précédente, et à la suivante, et à celles au loin. La première fois qu'il était arrivé au cimetière, quand il avait dû choisir une tombe à parrainer, le ciel était couvert et une petite bruine tombait sur l'herbe.

Nicolas avait marché entre les croix qu'il avait comptées jusqu'au numéro mille. Là, il s'était arrêté devant une tombe parfaitement semblable aux autres : rectangulaire, blanche et parée du symbole d'un régiment gravé sur la pierre et une grande croix au centre. Sur la croix, une inscription : « William de Tolle-Swain 515203, Vicomte de Tolle, 1er bataillon, Régiment de Londres (écossais), mort le 13 août 1918 à 19 ans. Fils unique de William et Florence de Tolle-Swain (Comte et Comtesse de Tolle), de Bournemouth ». « Fils unique, comme moi » avait-il pensé. La sépulture d'à côté appartenait à un soldat inconnu, tout ce qu'elle disait était « Mort dans la Grande Guerre ».

Nicolas avait trouvé cela propre au destin qu'un fils de Comtes soit enterré à côté d'un anonyme, peut-être le fils d'un travailleur d'une mine de charbon, ou d'une infirmière dans un hôpital du Sussex, ou d'un cordonnier à Birmingham ou, pourquoi pas, d'une prostituée qui travaillait au port. Un Comte et un monsieur personne. « La mort met tout le monde sur un pied d'égalité, riches et pauvres, chanceux et malchanceux, honnêtes et criminels. La mort est l'ultime endroit et là, nous sommes tous égaux » avait-il songé. Il avait déposé les fleurs près de la tombe du soldat inconnu et avait prié comme il l'avait promis à sa mère.

La deuxième promesse que Nicolas avait faite à sa mère était que jamais, jamais, il ne donnerait sa vie dans une guerre, qu'il serait fidèle aux idéaux pacifistes de son père. Parce que le pacifisme n'était pas négociable. Les Right n'avaient pas toujours été pacifistes, mais son père en avait fait une religion. Accepter la guerre comme un processus juste et nécessaire revenait, selon son père, à accepter la peine de mort non pas d'une personne, mais d'une masse. « La guerre est la peine de mort en masse. Voilà ce que c'est », lui disait son père.

Mais Nicolas ne pouvait pas être pacifiste, parce que ça serait revenu à nier que combattre dans les guerres s'était avéré nécessaire. Non pas les lancer, mais y combattre. Il ne pouvait pas à la fois être pacifiste et accepter l'inexorabilité de la guerre en défense légitime de la liberté des peuples. Non, Nicolas ne pouvait pas être pacifiste. Mais il voulait vraiment respecter ses promesses, les deux, et c'est pour respecter la deuxième qu'il se trouvait dans cet avion et s'éloignait de la France, où une épée mortelle pendait au-dessus de sa tête.

Nicolas était le fils unique de descendants d'immigrants, lui d'Irlande, elle d'Écosse. Le premier mai 1944 son arrière grand-père, Joseph, qu'on appelait « Joner », avait été mobilisé vers une destination militaire secrète avec cinq mille autres volontaires de l'armée irlandaise. Cette nuit-là, il avait fait ses adieux à sa femme, Mary, en lui promettant de revenir vite. Ils avaient fait l'amour et étaient restés endormis dans les bras l'un de l'autre, les fenêtres ouvertes, le vent faisant voler les rideaux blancs et les gouttes de pluie les berçant de leur bruit monotone.

« Je ne me bats pas pour l'Angleterre, mais contre les fascistes » avait-il dit à son frère Paddy le matin de son départ. Joner avait embarqué au port de Portsmouth le premier juin 1944 dans une barque remplie de soldats, tous du régiment britannique Green Howards, de Yorkshire. S'étaient alors ensuivies trois nuits insupportables à dormir sur des litières en toile, à respirer la sueur de leurs compagnons et à fumer pour tuer le temps. Un dense brouillard les empêchait de voir au-delà de leur propre bras, ce même brouillard qui les protégeait des avions allemands. La barque s'était ancrée dans le canal du nord, sans bouger, aux côtés de centaines d'autres embarcations, heure après heure sans rien faire d'autre qu'attendre la nuit suivante, la matinée suivante, la prochaine messe avec le sermon de l'aumônier. Le 6 juin, Joner avait été réveillé à trois heures du matin et vingt minutes à peine plus tard, il s'était trouvé dans un radeau. Le rugissement du moteur poussait avec force en direction de la plage. Sur son épaule luisait l'insigne des Green Howards, avec la croix et la couronne d'un pays que Joner considérait comme son ennemi, mais qu'il devait soutenir pour l'instant pour vaincre le fascisme.

Quand la barque s'était échouée à toute vitesse sur le sable de la plage de Normandie, la rampe s'était ouverte et ce que Joner avait vu n'appartenait pas à cette planète. Il avait couru sur une plage couverte de véhicules de toutes sortes, certains en mouvements, d'autres en flamme, des soldats tapis, certains vivants, d'autres morts, vissés comme des chiffons aux alentours de troncs et de barres de fer qui sortaient du sable comme des tentacules. La fumée des explosions et du feu couvrait le ciel. C'était la nuit en plein jour. Avec ses camarades, il avait atteint l'autre bout de la plage, où le gazon mêlé à du sable était recouvert d'autant de cadavres anglais qu'allemands. Sur les fils barbelés, deux oiseaux s'accrochaient à la dernière chose qui ne brûlait pas, qui n'explosait pas en cette matinée du 6 juin 1944. Joner avait regardé son compagnon Stanley et lui avait fait un commentaire sur les oiseaux. Une minute après, un soldat allemand leur avait tiré dessus de derrière un bunker qu'il n'avait pas vu, à quelques mètres. Joner était tombé au sol, sans vie. Les oiseaux s'étaient envolés.

Le grand-père de Nicolas avait grandi à l'ombre de la honte d'une liste de déserteurs que le gouvernement d'Irlande avait publiée en 1945, condamnant à l'ostracisme les familles des soldats qui avaient combattu aux côtés de l'ennemi anglais durant la Deuxième Guerre mondiale. Mais il ne supporta pas l'injustice faite à son père et, dès qu'il le put, il émigra à Londres et changea son nom pour celui à la consonance plus anglaise de Right. C'était ce qu'il y avait de mieux à faire, avait-il pensé.

Après une demi-heure de vol, le commandant de bord annonça qu'ils avaient quitté l'espace aérien français et que les restrictions de navigation sur Internet n'étaient plus en vigueur, invitant les passagers à utiliser le *WiFi* gratuit. Il informa également que l'aéroport de Barcelone se trouvait désormais aux mains des milices catalanes fidèles à la Reine et qu'ils ne devaient pas s'inquiéter. Nicolas se demanda de quelles milices catalanes parlait le commandant de bord. Il se leva de son siège et chercha sa tablette dans sa mallette. Il ne put même pas attendre d'être à nouveau assis pour se connecter.

Ce serait la première fois en plusieurs années qu'il pourrait accéder aux nouvelles d'Internet publiées hors de France. Mais dès qu'il commença à lire, il se sentit nauséeux et dût s'asseoir. Il existait un monde entier qu'il ne connaissait pas. Il avait vécu dans une bulle, lisant et écrivant des mensonges bien au-delà de ce qu'il avait imaginé. Et maintenant, la première nouvelle qu'il lut informait que les milices navarraises et basques, fidèles à la Reine, avaient arrêté l'avancée des troupes françaises dans le village de Candanchú, dans les Pyrénées. « Des troupes françaises avançant sur l'Espagne ? ça n'a aucun sens » s'étonna-t-il, et il reprit sa lecture.

La première page parlait de la victoire écrasante dans le plébiscite des partis fidèles au Roi. Il trouva un discours donné par la Reine d'Espagne à peine un mois plus tôt. Apparemment, les fascistes avaient pris le pouvoir au Portugal après une terrible crise en 2038, et avec l'appui des phalanges espagnoles et des forces de la France libre, ils avaient envahi la péninsule. Mais l'Espagne n'était pas un pays comme les autres, et la Deuxième Guerre civile avait rapidement éclaté. Les fascistes avaient demandé à la Reine d'intervenir, et elle l'avait fait, mais pas comme ils l'espéraient. Elle avait donné un discours historique dans lequel elle avait invité la population de la péninsule ibérique à un plébiscite.

L'Europe s'est effondrée - avait-elle dit - et nous devons désormais décider quel type de pays nous voulons être. Si vous votez positivement au plébiscite, vous voterez pour un ensemble de lois indivisibles. C'est tout ou rien, ce sera comme une religion, comme les dix commandements. La première chose pour laquelle vous voterez sera la dissolution de la Couronne et la fin, du moins temporaire, de la monarchie. Il n'y aura plus de Reine d'Espagne.

Nicolas ne pouvait pas croire ce qu'il lisait.

Vous voterez pour moi comme première Présidente de la nouvelle Union des États ibériques. Nous lutterons ensemble contre l'invasion de l'ennemi fasciste depuis le Portugal et la France.

Ensuite, vous accepterez une nouvelle constitution, où nous nous engagerons à des dépenses en éducation égales ou supérieures à 90 % de celles des nations européennes libres ainsi qu'à des dépenses militaires et administratives inférieures à 90 % de celle des nations européennes libres. Sur ces bases, vous déciderez si oui ou non vous voulez continuer. En outre, toutes les régions autonomes resteront dissolues et nous travaillerons un an avec un gouvernement intérimaire que je commanderai personnellement. Nous créerons une union d'États sous une série de principes non négociables. Si vous votez positivement, après un an, nous tiendrons des élections et un autre plébiscite, où vous pourrez décider librement si la nouvelle Union des États ibériques aura un Roi. Vous déciderez si nous serons une Union d'États moderne avec une monarchie ancienne mais fidèle à son peuple. Ce sera une décision souveraine des nations ibériques.

- Une nation d'États ? - s'interrogea Nicolas.

Selon les nouvelles qui suivaient le discours, il semblait que les milices catalanes, basques, navarraises, asturiennes, galiciennes et madrilènes avaient décidé de constituer des États indépendants et de s'unir à l'Union des États ibériques. Le nouveau drapeau était un *collage** d'écussons et de drapeaux régionaux au milieu des deux bandes, la jaune et la rouge.

Nicolas éteignit la tablette et ferma à nouveau les yeux. Il pensa à David, il l'imagina dans son salon de coiffure, buvant un gin de mauvaise qualité dilué avec de l'eau tonique et beaucoup de citron et, près de lui, riant, Antoine, un verre de Fernet Branca au Coca-

Cola dans la main. Il pensa ensuite à sa mère, à Henny, à son père. La fatigue, la chute du pic d'adrénaline et le murmure monotone des turbines achevèrent de le vaincre et il sombra dans un profond sommeil.

Une fois à Barcelone, Nicolas s'installa une saison à l'hôtel Continental, au numéro 138 de la Rambla, suivant les pas de George Orwell dans sa période de journaliste durant la première Guerre civile espagnole, celle de 1936. Il acheta un exemplaire de *Homenaje a Cataluña* dans une petite librairie de livres de seconde main aux murs couverts de bouquins empilés les uns sur les autres, verticalement, horizontalement, en double rangée. Il y avait de tout, depuis la poésie jusqu'à un exemplaire en catalan de *Cinquante nuances de Grey*.

La librairie était gardée par une vieille roumaine à la peau rose et aux yeux verts, petite et courbée. Nicolas entra un jour avec une valise vide et lui fit une offre pour la remplir de livres, et elle accepta de bon cœur. Il y mit un peu de tout, quelques ouvrages en espagnol, d'autres en français, peu en anglais. Il trouva une édition des œuvres complètes de Borges, un livre de poésie de Heine et un exemplaire du *Quichotte* qu'il n'avait jamais lu et qu'il ne put jamais lire, puisqu'il l'avait pris par erreur en catalan.

Une fois dans sa chambre d'hôtel, il vida la valise avec soin et rangea tous les livres sur la petite table de lecture, un à un, dans l'ordre où il voulait les lire. Et il le fit. Il les lut dans le hall de l'hôtel, l'un après l'autre, assis toujours sur le même fauteuil en velours usé, tandis qu'il sirotait un verre de brandy bon marché et que résonnaient dans son dos les balles de l'une ou l'autre bande.

Il écouta les tirs et les explosions, il parla avec ceux de l'une et l'autre faction, il vit les fidèles au Roi gagner, puis perdre, puis gagner à nouveau.

Un jour, le livreur de pizza se trompa de commande - une grande Margarita avec des cœurs d'artichaut et un Coca-Cola zéro - et il rencontra ainsi sa voisine de pallier, une prostituée qu'il entendait gémir plusieurs fois par nuit, avec des soldats des deux groupes, selon le front qui se déplaçait d'un côté ou l'autre de la Rambla.

Elle se rendit compte de l'erreur et vint frapper à la porte de Nicolas, qui n'hésita pas à l'inviter à manger. À partir de cette nuit-là, ils mangèrent ensemble tous les jours, jusqu'à ce que la fille décide d'emménager dans sa chambre. Nicolas ne lui demanda jamais son vrai nom, ni pourquoi elle faisait ce qu'elle faisait. Ils ne parlaient jamais de guerre ni de politique, seulement de livres et de films. Jusqu'à ce qu'elle s'en aille, un matin, pour ne jamais revenir. Ce jour-là, Nicolas fit sa valise et s'envola pour Londres. Il ne reviendrait plus jamais à Paris. Ainsi, sa vie prenait la même étrangeté que celle des exilés politiques qui, s'ils semblaient disposés à mourir pour un idéal, étaient moins tentés de retourner au pays après la victoire. Pour une raison ou une autre, cet idéal capable de justifier la mort cessait d'avoir du sens. Peut-être l'amour et la passion étaient-ils dirigés vers la lutte plus que vers la victoire. Ils tiraient leur motivation du chemin, non de la destination.

- 19 -

Par moments j'ai l'impression que la seule chose réelle, c'est nous. Que les protagonistes, c'est toi et moi. Que les autres ne sont rien de plus que des personnages secondaires, inventés pour donner quelques rebondissements à cette histoire, notre histoire. Que la vie est comme un roman et toi, tu me fais me sentir à la fois comme l'écrivain et le protagoniste. Tu me fais sentir que la vie est réelle, qu'elle vaut la peine d'être vécue et d'être écrite. Je ferme les yeux et je te vois, je sens tes lèvres. Je rêve que nous nous retrouvons, que nous partons ensemble. J'arrive à peine à te toucher, c'est comme caresser les nuages. C'est unir intention et destin, bonheur et dignité. Parce que je ne crains plus de mourir, mais de vivre sans toi.

Quelqu'un frappa à la porte de la chambre. Antoine posa sa plume, ferma son petit livret et leva les yeux. Une enveloppe blanche apparut sous la porte, d'abord la pointe, puis l'enveloppe entière après une poussée. Zac regarda Antoine, comme pour lui demander la permission d'aller la chercher. Celui-ci répondit d'un simple clignement d'œil ; l'enfant se leva de son lit et courut la récupérer. Antoine le vit accroupi, tentant d'attraper l'enveloppe, avec un sourire immense provoqué par une chose aussi simple qu'une enveloppe blanche qui apparaissait de façon inattendue sous une porte. Il pensa qu'il pourrait s'habituer à vivre avec Zac, que grâce à lui il ne se sentait plus seul. Il ne put s'empêcher de sourire et de se sentir attendri par l'enfant.

Dès que Zac eut l'enveloppe en main, il l'inspecta avec curiosité mais sans oser l'ouvrir. Il l'apporta à Antoine, qui restait assis au bureau en bois improvisé sur la table d'une ancienne machine à coudre. On pouvait encore lire sur ses pieds en fer fondu la marque Singer. Zac resta debout à côté d'Antoine, attendant qu'il l'ouvre. À l'intérieur, il n'y avait qu'un post-it jaune. Antoine le regarda des deux côtés. Rien, pas un mot, il était vierge. Il vérifia l'enveloppe, mais il n'y avait pas d'expéditeur ni de timbre. Il le jeta à la poubelle et se leva.

- C'est déjà l'heure de partir - dit-il à l'enfant. Prépare ce que tu veux emporter, nous partons tout de suite.

- Préparer quoi ? - répondit Zac.

- Tes affaires, petit, pour que nous partions. Nous pouvons enfin quitter l'hôtel, trois jours sont passés. Tu n'as pas envie de partir ? - demanda Antoine.

- Si, ce que je n'ai pas, ce sont des choses à emporter - répondit l'enfant.

- Comment ça ? Prends ta casquette, nous partons.

Antoine réalisa alors que tout ce que cet enfant avait au monde était un bermuda usé, une chemise trop grande et une casquette du Parti. Et il avait Antoine.

Celui-ci ouvrit une fois de plus le petit livret, lut ce qu'il avait écrit et pensa de nouveau à Farida. Dans seulement dix jours, ce serait le premier du mois et il pourrait la retrouver au café George V. Elle serait là, assise à une table, seule, peut-être les mains sous les jambes, cherchant la chaleur de son corps, devant une tasse de thé et un macaron. Tout ce qu'il fallait faire, c'était survivre encore dix jours. Antoine attrapa son sac à dos, prit l'enfant par la main et se rendit à la réception. Zac ne pouvait pas cacher sa joie.

- Tu m'emmèneras à Paris faire un tour en moto, pas vrai ? - demanda-t-il naïvement. Antoine ne répondit pas et lui serra seulement la main, comme l'aurait fait son père. L'enfant en fit de même.

L'hôtel semblait vide et la lumière filtrait à peine par les fenêtres. Le ciel était couleur charbon et les nuages si bas qu'ils semblaient s'appuyer sur les toits. Le propriétaire était derrière le comptoir de la réception, écrivant des notes dans un livre. En voyant Antoine, il lui sourit gentiment.

- Va t'asseoir sur le fauteuil, allez, attends-moi un instant - dit Antoine, en donnant une petite tape sur le dos de Zac.

L'enfant s'assit dans un petit fauteuil sans cesser de le regarder un instant.

- Tu as vu l'enveloppe, pas vrai ? - demanda le propriétaire.

- C'est ça, je dois partir - répondit Antoine.

- Oui, c'est ce que je pensais. Laisse-moi une minute et je serai prêt, je vous emmènerai au centre. J'ai trouvé un endroit où tu pourras laisser l'enfant.

- Le laisser ? - demanda Antoine, confus, tournant la tête pour regarder Zac.

Ses yeux croisèrent ceux du petit qui attendait dans le fauteuil, nerveux. Antoine lui sourit et l'enfant lui renvoya un sourire préoccupé.

- Bien sûr - répondit le propriétaire, comme pour expliquer l'évidence. Je suppose que tu ne voudras pas te charger de lui.

- C'est que ce n'est pas une charge. Il se conduit très bien.

- C'est pour le bien de l'enfant, tu dois le laisser dans un endroit sûr. Qu'est-ce que tu pensais faire, l'adopter ?

- Non, bien sûr. Je comprends, il n'y a pas de problème. Je l'emmènerai où il faut pour qu'il soit bien. Mais vraiment, il ne me dérange pas. On dirait un petit adulte.

- Ça te fera du bien d'être seul ces jours-ci. La situation de Paris est difficile, si on peut dire. Ils m'ont donné une adresse où tu pourras le laisser, une maison sûre. Tu connais la maison dix-sept ?

- Je n'y ai jamais été, mais je sais laquelle c'est. Celle à l'étage supérieur de l'Association culturelle, non ? - demanda Antoine.

- Oui, c'est celle-là. Amène-le dès aujourd'hui. Cristian et Viviana t'attendent là-bas, ils sont du Commando juif. Ils se chargeront du petit.

- D'accord - répondit Antoine, en pensant qu'il aurait préféré rester avec lui au moins quelques jours de plus.

Moins d'une heure plus tard, Antoine et Zac descendaient de la voiture du propriétaire de l'hôtel dans un coin anonyme de Paris. Antoine le remercia pour tout et, sans plus attendre, prit l'enfant par la main et commença à marcher. « On dirait toujours que tout va bien à Paris » pensa-t-il. Ils étaient dans un quartier tranquille, les rues étaient presque désertes et on voyait peu de drones. Au coin, il y avait un kiosque fermé et près de lui, la Vespa d'Antoine.

- Ça te plait ? C'est ma moto, pas mal, non ? - dit-il à l'enfant en montrant son *scooter*.

- Pas mal, mais elle est un peu vieille, pas vrai ?

- Qu'est-ce que tu dis ! C'est un missile, tu verras comme elle roule.

- Mon père avait une Ducati qui roulait beaucoup plus vite que ta vieille Vespa. Mais elle me plait aussi, elle est sympa.

- Sympa ? Mais quelle tête de mule, Zac !

Les deux éclatèrent de rire, premier signe de normalité. Zac lui lâcha la main et courut jusqu'à la moto. Antoine le vit courir, avec ses jambes maigres et sa casquette du Parti, et il réalisa qu'il l'avait sous-estimé une fois de plus. Il lui avait parlé en supposant que l'enfant avait été orphelin, que c'était un gamin de la rue. Mais la réalité était autre. Ce petit était comme tous ceux de la Zone libre, un survivant à qui on avait volé sa normalité, qui affrontait sa nouvelle réalité avec la dignité d'un adulte, avec la force héritée de sa mère et de son père, celui qui l'emmenait dans Paris faire des tours en Ducati. Peut-être que sur sa Vespa, le petit pourrait revenir momentanément dans le passé, récupérer un peu de ce qu'ils lui avaient enlevé. Tandis qu'il pensait ça, il réalisa que plus le temps passerait, plus il aurait du mal à se séparer de l'enfant.

Antoine donna l'unique casque à Zac, sur qui il était énorme, mit la casquette du Parti et il partirent ensemble dans les rues de Paris sur sa vieille Vespa. En voyant dans son rétroviseur son reflet porter la casquette du Parti et derrière lui, l'enfant avec son casque, tout lui sembla irréel. Mais en sentant l'air frais sur son visage, il réalisa qu'il avait énormément de chance d'être vivant et libre. Il pensa de nouveau à Farida. Le ciel était toujours de plomb et menaçant, gris et si bas que les nuages semblaient se faufiler entre les rues et les terrasses des maisons.

- Tu sens la pluie ? Il va bientôt pleuvoir, ça se sent dans l'air - dit l'enfant, surprenant Antoine dès qu'ils s'arrêtèrent à un feu.

- Tu sens la pluie, toi ? Tu es fou, Zac ? - plaisanta Antoine. C'est pour bientôt, mais ne t'inquiète pas, nous ne serons pas mouillés.

En chemin vers la maison sûre, ils passèrent sans s'arrêter devant la porte de son appartement. Antoine put vérifier que la feuille de journal était toujours écrasée entre le seuil et la porte, tel qu'il l'avait laissée en partant. C'était une habitude qu'il avait prise en rejoignant la Résistance. En sortant de chez lui, il laissait toujours un papier entre le seuil et la porte, comme ça si quelqu'un entrait le papier tombait, et ainsi il savait... Il passa également par le salon de coiffure de David, mais le Juif n'avait pas eu autant de chance. Les vitrines étaient brisées et le local avait été incendié. Quelqu'un avait peint à la bombe une étoile de David, comme s'ils avaient pu l'insulter avec ça. Il ne put s'empêcher de s'arrêter un instant et de se demander ce qu'ils avaient fait de son ami.

Il reprit sa route jusque devant la porte du café George V, dans l'espoir vague d'y voir Farida. Mais le bar était vide. Il conduisit seulement quelques minutes de plus jusqu'à un petit café sur un coin. Il y gara sa moto et entra avec Zac. Ils se dirigèrent vers un couple de jeunes assis à une table.

- Viviana ? - demanda Antoine.

- Bonjour, tu es très ponctuel. Venez, asseyez-vous, vous devez avoir froid d'être venus en moto par ce temps - dit la femme, qui ne devait pas avoir plus de vingt ans.

Antoine et l'enfant s'assirent avec le couple. Elle arrangea ses cheveux noirs, resserra sa queue de cheval et posa sur la table une petite clé.

- Et toi, tu dois être Cristian, pas vrai ? - demanda Antoine en se tournant vers l'autre jeune, tout en sachant que les deux noms étaient faux.

Le garçon portait un maillot de football du Paris Saint-Germain, un pantalon court blanc et des chaussures de foot boueuses. Près de sa chaise, il y avait un sac de sport. Il avait les cheveux courts, blonds, un nez osseux et des yeux intelligents.

- Oui, enchanté - répondit-il.

- Prends la clé sur la table et garde-la - dit Viviana. Quand nous serons partis, attends cinq minutes et si tout est tranquille, apporte-nous l'enfant au troisième étage, appartement B. Cette clé ouvre seulement la porte d'en bas. Il faudra sonner à la nôtre.

- Je suis isolé depuis le Jour J, je n'ai pas la moindre idée de ce qui s'est passé. Quelle est la situation ? - demanda Antoine, pressé d'en savoir plus.

- Nous ne le savons pas très bien - expliqua Cristian. Les deux factions du gouvernement sont en guerre ouverte. La ville est devenue très dangereuse. L'avenue des Champs-Élysées est la frontière entre la zone contrôlée par les fidèles au Commandant et celle aux mains des nazis. Ils ont placé des barricades et il y a des tireurs embusqués dans tout Paris. Nous croyons que les deux parties se préparent à une guerre totale.

- Et nous ? - demanda Antoine.

- Nous ? - dit Cristian. Nous, ceux du Commando et ceux de la Résistance, on attend. Nous avons souffert beaucoup de pertes et nous préférons attendre qu'ils s'entretuent. Les gens se sont polarisés, nous avons plus d'appui que jamais, ça c'est déjà irréversible, parce qu'ils ont perdu le contrôle de la ville. Et ça c'est à Paris, qui reste en guerre. Hier, Nantes a été déclarée ville libre. Nous l'avons prise avec l'aide de soldats revenus du front qui ont déserté en apprenant notre soulèvement. La libération de la France n'est plus qu'une question de temps.

- Tu sais quelque chose du coiffeur ?

- Tu parles de David ?

- Oui.

- Ils l'ont brûlé vif dans son propre salon de coiffure, ces fils de pute, la nuit même du soulèvement. Ils ont tué la moitié du Commando juif en une seule journée. Nous sommes la partie de la Résistance qui a le plus souffert. Mais nous restons attachés à la Résistance et continuons d'avancer.

- Et Patrick ?

- Lui je ne le connais pas, désolé.

- Et Nicolas, le journaliste ?

- Aucune idée, c'est un fasciste, je ne savais qu'il était avec nous.

- Et Farida ?

- Je ne la connais pas non plus.

- La fille qui était notre contact en Zone libre - insista Antoine. Je l'ai vue monter dans un des canots pneumatiques.

- Je suis désolé, je ne sais pas, mais le tien est l'un des rares bateaux à être arrivé à destination. Je n'ai pas entendu son nom dans les personnes que nous localisons. Tu as une destination, tu sais où aller, n'est-ce pas ?

- Oui, j'ai mon itinéraire préparé, ne vous inquiétez pas pour moi. Qu'allez-vous faire de l'enfant ?

- Il restera avec Viviana jusqu'à ce que nous sachions quoi faire. Elle s'occupera de lui.

- Tu vas me laisser ? - demanda Zac, parlant pour la première fois depuis leur arrivée au bar.

- Seulement quelques jours, ils s'occuperont bien de toi, et après je promets de revenir te voir - dit Antoine, sans être convaincu. Zac ne répondit pas, il le regarda seulement d'un air triste, contenant à peine ses larmes. - Tu seras bien avec Viviana.

Zac ne répondit pas. Viviana caressa la tête de l'enfant.

Le serveur apporta un verre de chocolat chaud pour Zac et un thé pour Antoine. Viviana et Cristian se levèrent de table et partirent du bar.

- Je ne veux pas rester avec cette femme - dit Zac dès qu'ils furent seuls.

- C'est pour peu de temps, ne t'inquiète pas. Tu iras bien, je te le promets. Ce sont des Juifs, comme ton père, ils s'occuperont bien de toi, tu verras.

- C'est un péché de promettre pour du faux - répondit l'enfant.

- Ce n'est pas pour du faux. Je te promets que je reviendrai te chercher - répondit Antoine, regardant sa montre.

Le serveur laissa l'addition sous la sucrière. Antoine mit un billet de vingt nouveaux francs sous sa tasse mais cette fois, il ne couvrit pas la tête de Louis Darquier. Il n'était plus d'humeur à plaisanter. Il ne voulait plus faire partie de la Résistance, il ne voulait plus donner sa vie pour rien ni personne. Maintenant il désirait à tout prix vivre, et surtout trouver Farida. Sans elle, ça ne le dérangerait pas de mourir pour une cause juste.

Mais maintenant, Farida était sa raison de vivre. Il s'était embarqué dans quelque chose dont il ne pouvait pas sortir, c'était comme avoir reçu le baiser de la mort de la mafia, comme avoir engagé sa vie pour le bien général, pour une cause meilleure et plus grande que sa vie. Mais il le regrettait. Il regardait les gens normaux aux alentours, qui ne risquaient pas leur vie pour la lutte, et il les trouvait plus intelligents. Il pensait à Cristian et Viviana et il doutait qu'ils soient conscients de l'importance de leur travail, du côté héroïque mais également dangereux de leurs actes. Antoine n'osa pas regarder l'enfant dans les yeux. Il finit son thé et se prépara à partir.

- Allons-y, Zac, ce n'est que pour quelques jours. Sois courageux et ne me fais pas me sentir mal - dit Antoine tandis qu'il se levait.

Ils marchèrent jusqu'à la maison sûre et Antoine ouvrit avec la clé qu'ils lui avaient donnée. L'étage du dessous était vide, seulement un couloir étroit et la porte d'un ascenseur.

- J'ai oublié les clés de la Vespa dans le bar - réalisa Antoine. Attends-moi ici, je reviens dans une seconde,. Ne bouge pas même pour tout l'or du monde, d'accord ?

- D'accord - répondit l'enfant.

Antoine marcha d'un pas rapide vers le bar avec le sentiment qu'il était totalement irresponsable de laisser l'enfant seul. Il entra en courant, prit les clés qui étaient encore sur la table. Mais dès qu'il ouvrit la porte pour sortir, une explosion fit trembler le lieu. Le bâtiment de la maison sûre, où l'attendait Zac, s'effondrait étage par étage, comme si la terre le phagocytait, tandis qu'un immense nuage de poussière enveloppait tout, tel un tourbillon. Antoine sentit le tremblement dans son corps, l'impact de l'onde sur son visage, et vit voler des éclats de verre. D'un mouvement instinctif, il se couvrit le visage des mains et se baissa pour se protéger. Le fracas dura quelques secondes, comme le tonnerre, et rapidement une forte odeur d'ammoniaque envahit tout.

Les instants suivants semblèrent sortis d'un film au ralenti. Le silence après l'explosion étourdit autant que le fracas. Les gens ne bougeaient pas, restaient à leur place, comme paralysés. Tout était statique, comme sur une photographie, tandis que la poussière, sèche comme le sable et fine comme le talc, se déposait lentement sur toute chose, morte ou vivante. Le silence et la paralysie furent suivis par la folie et la panique. Tous lâchèrent un hurlement de frayeur, comme des enfants à la vue d'un monstre. Les gens couraient, partout, ils ne savaient pas vers où, mais ils couraient.

Dans la rue, un nuage de fumée jaune et des débris recouvraient tout. Face au bar, la Vespa était au sol, les voitures couvertes d'une fine poussière brune, une couche parfaitement lisse, comme de la neige. Les gens ne cessaient de courir, de crier. Certains couverts de sang, d'autres les vêtements déchirés. Ils couraient d'un côté, ils couraient de l'autre côté, désorientés.

Les alarmes des voitures se mirent également à sonner, l'une après l'autre. Pour certains véhicules, les phares s'allumaient et s'éteignaient au rythme des alarmes. La maison sûre n'était plus qu'un amas de décombres. Il ne restait rien, on avait volé le bâtiment. On pouvait à peine reconnaître les appartements qui s'appuyaient les uns sur les autres, entre des tonnes de briques et de poussière. Et à côté des briques et de la poussière, les cadavres, serrés, écrasés.

Antoine songea que parmi eux, il y avait Zac, Cristian et Viviana. Quelques pièces étaient restées intactes, pendant du bâtiment voisin, exposant une salle de bain avec une toilette et un miroir. Antoine parcourut les décombres en appelant Zac à grands cris. Il tenta de bouger quelques pierres, quelques briques, quelques gravats. Mais tout était couvert de poussière. Entre les décombres il y avait de tout, meubles cassés, câbles et barres tordues, un vélo écrasé comme s'il était fait de papier, des livres morcelés et des restes de vêtements.

Quelques minutes après, la police et les pompiers arrivèrent. Antoine regarda la scène de derrière les décombres. Il s'assit sur un reste de mur et appuya sa tête entre ses mains. Il sentit la fine poussière sur ses doigts, sous ses ongles. Il avait du mal à respirer. ça devait être un cauchemar. En seulement trois jours, il avait assisté à la mort de Farida puis d'un enfant sans défense. Peut-être que s'il l'avait laissé en Zone libre, cette nuit-là, le petit Zac serait encore en vie. Mais son besoin de jouer le héros avait coûté la vie à deux innocents. Les pompiers commencèrent à déplacer les décombres et la police maintenait les curieux à distance. À première vue, il ne semblait y avoir aucun survivant.

Il se leva et descendit avec soin de la pile de décombres jusqu'à la rue. Il s'assit à nouveau sur une bordure, baissa la tête et ferma les yeux. Il n'avait plus la force d'avancer. Un garde s'approcha et lui indiqua qu'il ne pouvait pas rester là.

- Va en enfer, laisse-moi - répondit-il sans même le regarder.

Plus rien n'importait, pas même sa propre vie. Le garde le regarda un instant, fit demi-tour et s'en fut en enfer, puisque c'était ce qu'était Paris, un enfer, une grande fournaise. Antoine ferma à nouveau les yeux et ne put réprimer un sanglot. Mais il sentit alors une main se poser sur son épaule et découvrit le petit Zac, sans la moindre égratignure, avec seulement un peu de poussière sur les épaules.

- Tu as vu ça ? - dit Zac. Le bâtiment s'est effondré juste quand j'entrais dans l'ascenseur ! Je l'avais appelé pendant que je t'attendais, et je suis entré dedans pour que la porte ne se ferme pas. Et alors, le toit est tombé et les lumières se sont éteintes. J'ai eu très peur !

Antoine réagit sans réfléchir. Il prit l'enfant par la main et se mit à courir jusqu'au coin du bar. Des curieux s'étaient entassés près des policiers, et quelques ambulances étaient déjà arrivées. Il leva la Vespa du sol, mit le casque à Zac et partit à toute vitesse.

- Où allons-nous ? - cria le petit depuis le siège arrière.

- Chez moi, ne t'inquiète pas - répondit Antoine.

- Et la fille et le garçon, ils vont bien ?

- Je ne sais pas. Reste tranquille, nous allons chez moi.

Antoine gara la Vespa à dix minutes de chez lui et marcha avec Zac d'un pas rapide. Aucun d'eux n'osa dire un mot. En arrivant chez lui, il vit que la feuille de journal était toujours à sa place. Quand il ouvrit la porte, Ruben descendit les escaliers en courant et commença à miauler.

- Je me suis mal comporté, Ruben, je sais - dit Antoine. Viens, je vais te donner à manger. Zac, prends une douche chaude et nous partons d'ici au plus vite, tu m'entends ? - demanda-t-il.

L'enfant, déjà nu, courait à la salle de bain.

Antoine prépara un grand sac avec des vêtements et à manger. Il ouvrit un tiroir d'où il sortit une enveloppe avec de l'argent liquide et la rangea dans son sac. Zac était déjà prêt, avec son même bermuda et sa chemise trop grande, debout près de Ruben. Les deux regardaient Antoine dans l'attente d'instructions.

- Moi je prends le sac, toi tu t'occupes du chat, nous partons. Tu le prends avec soin ? Tu sais comment faire ? - demanda Antoine.

Zac souleva Ruben sans répondre et se mit en marche. Ils descendirent les escaliers et Antoine mit une fois de plus la feuille de journal entre la porte et le seuil. Ils marchèrent quelques mètres et montèrent dans sa voiture, garée devant le bâtiment.

- Laisse Ruben sur le siège arrière, au sol. Il sait ce qu'il doit faire - dit Antoine.

Pendant la première demi-heure, jusqu'à ce qu'ils sortent de Paris, ils restèrent silencieux. Le ciel avait respecté sa promesse et déchaîné une tempête de fin du monde. L'obscurité était presque absolue. Le bruit des gouttes sur le pare-brise était assourdissant, les essuie-glaces arrivaient à peine à rejeter l'eau. On ne voyait rien, on n'entendait rien. Le vent bougeait les feuilles des arbres et secouait la voiture à chaque rafale.

- L'orage me fait peur - avoua Zac, ses premiers mots depuis qu'ils avaient quitté Paris.

- Eh bien c'est une bonne tempête - répondit Antoine - parce qu'elle nous protège des drones. Figure-toi que par ce temps aucun d'eux ne vole, leurs caméras n'enregistrent pas les plaques de ma voiture et ils ne peuvent pas nous filmer avec cette obscurité et cette pluie. C'est le jour parfait pour quitter Paris.

Ils roulèrent au moins trois heures. Antoine mit la radio mais il n'y avait que de la musique.

- Tu verras, tout va bien se passer, Zac - le rassura Antoine. Nous allons nous arrêter à cette station-service et au passage tu pourras acheter quelque chose.

Antoine arrêta la voiture devant le magasin de la pompe à essence et ils descendirent en courant, tentant de s'abriter de la pluie et du vent. À l'intérieur, l'employé parlait avec un camionneur et un policier. Le camionneur appuyait son ample ventre sur une table haute, tandis que l'agent lui parlait en même temps qu'il écrivait sans arrêter sur son téléphone portable. Antoine s'approcha de la machine à café, mit une pièce et écouta le bruit du moulin. Les deux hommes continuaient leur conversation et ne semblaient pas s'intéresser à eux. Zac choisit des galettes et une cannette d'Orangina. Antoine prit un sac de nourriture pour chat, quelques boissons et se dirigea vers la caisse.

- Vous avez du pain frais ? - demanda-t-il au caissier.

- Cuit il y a quelques heures - répondit celui-ci.

- Bien alors, je vais prendre une baguette - dit Antoine tandis qu'il mettait ses articles sur le comptoir et que l'employé les rangeait avec patience dans un sac. Ce sweat-shirt, de qui il est ? - demanda Antoine en montrant un pull derrière la caisse.

- C'est le maillot officiel de notre équipe de voitures de course - répondit l'employé.

- Vous avez une taille enfants ? - lui demanda-t-il.

- Oui, bien sûr.

- Alors j'en prends un, pour le petit. Regarde Zac, de l'équipe de compétition de Total ! Qu'est-ce que tu en dis ?

Zac mit le sweat bleu et rouge, et fit un immense sourire à Antoine, qui le regarda et vit pour la première fois un enfant normal.

- Petit, je suis content que tu sois avec moi, tu es de bonne compagnie, - dit Antoine à l'oreille de Zac, comme pour confesser un secret. Tes parents seraient fiers de toi.

- Moi aussi je suis content d'être avec toi, mais je ne suis pas petit ! - répondit l'enfant sur le ton de la plaisanterie.

Ils retournèrent à la voiture et reprirent la route. Le ciel était toujours aussi noir mais l'horizon était sans nuages et d'une couleur entre le bleu et le rose. Le soleil n'avait pas totalement disparu, il avait seulement été caché derrière les nuages. Assis dans la voiture, Antoine mit la radio et sortit la baguette du sac.

- Nous allons manger la baguette un de chaque côté, moi je choisis cette pointe-là - dit Antoine en arrachant un morceau de pain.

Il cessa vite de pleuvoir et les nouvelles passèrent à la radio. La ligue de football avait très bien joué et Paris restait divisé. Ils n'en dirent pas beaucoup plus. Peut-être personne ne savait-il ce qui se passait en France. Antoine ralentit et quitta l'autoroute pour un chemin étroit entre des champs verts, des arbres et quelques animaux isolés. Le ciel était maintenant dégagé, seuls quelques nuages bas restaient après la tempête. L'herbe était mouillée, donnant au vert une couleur plus intense que d'habitude.

Ils parcoururent à peine quelques kilomètres et s'arrêtèrent devant une maison de campagne, blanche, au toit bas. Près de la maison, il y avait une étable avec un cheval, quelques vaches et un vieux tracteur. La lourde porte en bois avait un anneau en fer noir au milieu. Antoine donna deux coups secs contre la porte avec l'anneau et cria :

- Maman ! C'est moi, je suis venu te rendre visite !

La porte s'ouvrit sur une femme petite, aux longs cheveux blancs, à l'air sérieux mais gentil, à la peau tannée et avec de petits yeux bruns. Pendant un moment, elle regarda Antoine avec réprobation. Mais immédiatement après elle le serra avec force.

- Tony, je t'aime, mais tu es un idiot - lui dit sa mère.

- Allons, maman, je suis venu te rendre visite et j'ai amené mon nouvel ami. Je te le présente, il s'appelle Zac - dit Antoine.

La mère vit l'énorme sac sur l'épaule de son fils, regarda l'enfant arrêté près de lui et vit également Ruben descendre tranquillement de la voiture. Elle sourit à Zac et ne posa aucune question. C'était inutile.

- 20 -

Paris, été 2043

Le pire était passé et Paris était redevenue une ville libre. L'avenue des Champs-Élysées se réveillait, presque déserte sous le rude soleil d'été. Seuls quelques touristes se promenaient dans les rues. Un drapeau français, gigantesque, flottait sur l'Arc de Triomphe, sans croix gammée ni double hache. Sur la façade du café Georges V, on voyait encore des impacts de balle. La majorité des Français avaient décidé de laisser intactes les marques de la guerre civile, pour ne pas oublier. Parce qu'oublier c'est se condamner à répéter, c'est accepter d'être complices du passé et coupables du futur.

C'était le premier juin 2043 et Antoine attendait Farida au café George V, comme tous les premiers du mois depuis presque deux ans. Cette fois il discutait avec son amie Jolanda, l'infirmière polonaise.

- ça fait dix-sept premiers du mois que je m'assieds à cette même table, à dix heures du matin, et que j'attends Farida - dit Antoine, avec une voix sereine et un visage sérieux.

Mais ses doigts qui bougeaient sans arrêt, jouant avec ses lunettes de soleil, le trahissaient : il n'était absolument pas calme.

- Qu'est-ce que tu vas faire ? - demanda Jolanda.

- Quitter ce pays. C'est ce que j'aurais dû faire il y a très longtemps.

- J'aurais aimé pouvoir t'aider à la retrouver, tu sais que j'ai cherché dans les hôpitaux et les cliniques. Je ne sais pas, Tony, je crois que tu dois tourner la page.

- Promis, c'est ce que je vais faire.

- Et dis-moi, comment va le petit Zac ?

- Il va bien. Il n'est plus si petit, il est très grand, et il est très bon élève. Je l'emmènerai en Israël et en Palestine pour rencontrer ses grands-parents. Ceux de l'ambassade essayent de les localiser. Zac a beaucoup d'espoir. En vérité, je ne sais pas ce que je ferais sans lui.

- Tu vas l'adopter ?

- S'ils acceptent, oui. Mais je veux parler avec sa famille d'abord.

Les deux amis passèrent plus de deux heures dans le café à discuter, à se rappeler le passé, à imaginer l'avenir. Finalement, ils se regardèrent dans les yeux, se prirent dans les bras et partirent chacun de leur côté, pour vivre le reste de leur vie.

Antoine resta à Paris, il n'eut pas la force de s'en aller. Le faire serait revenu à s'avouer vaincu et à perdre l'espoir qu'un jour, il reverrait Farida. Tous les premiers du mois, il continuait de venir au café George V pour l'attendre, à dix heures pile. Même s'il avait été avec d'autres femmes, il n'avait jamais oublié Farida, peut-être parce que la fidélité des hommes passe plus par le cœur que par la chambre à coucher. Il était obsédé par l'idée qu'alors qu'il lui avait promis de la sauver, il avait en réalité le sentiment de l'avoir tuée. Alors tous les premiers du mois il marchait de chez lui au café George V et il s'asseyait à une petite table, toujours la même, et demandait un café avec un croissant. Et il attendait.

Et ainsi passèrent les années jusqu'à ce qu'un matin de pluie et de vent du long hiver 2045, tandis qu'Antoine observait depuis son lit les gouttes frapper avec force contre sa fenêtre, il reçut un texto de Jolanda. Ça faisait des mois qu'il ne l'avait plus vue et qu'il ne savait plus rien d'elle, et son cœur battit plus vite à l'idée qu'elle avait peut-être des nouvelles de Farida. Il savait que Jolanda respecterait sa promesse de l'aider à la chercher. Antoine se leva de son lit d'un bond, prit son portable et lui répondit immédiatement.

« Salut Jolanda, quelle surprise ! » écrivit Antoine sur son téléphone.

« Salut, Antoine, ça fait longtemps que nous ne nous sommes plus vus. Ça te dit qu'on se retrouve ? » répondit-elle.

« Bien sûr, quand tu veux » écrivit Antoine, pressé de savoir si l'infirmière savait quelque chose de Farida.

« Je veux que tu me parles de toi et de Zac. Dis-moi quand nous pouvons nous voir » écrivit Jolanda.

« Zac va très bien, je te raconterai. Tu sais quelque chose de Farine ? » écrivit Antoine.

« De farine ? Quelle farine ? » répondit Jolanda.

« Pardon, de Farida, c'est le correcteur du téléphone, excuse-moi. »

« Ah, eh bien non, je ne sais rien d'elle, je suis désolée. »

« Ce n'est rien, c'est que je pensais que peut-être... »

« Oui, j'imagine. Mais bon, nous nous voyons ou tu n'en as pas envie ? »

« De voir ma blonde préférée ? Évidemment que j'en ai envie » - écrivit Antoine.

« Alors, dis-moi où et quand. »

« Je continue d'aller au café George V les premiers du mois à dix heures pile, je suis têtu à ce point-là. Je sais qu'elle n'apparaîtra jamais, mais je suis un homme de rituels. Pourquoi ne viendrais-tu pas ce samedi ? ça me fera très plaisir de te revoir »- répondit-il.

« J'y serai, mais j'arriverai vers onze heures. »

« Il n'y a pas de problème, je m'installerai à ma table et je t'attendrai en lisant. »

« Tu liras quoi ? »

« Le Playboy. »

« Haha. »

« Je suis sérieux ! »

« Je sais bien, tu es un personnage. Je te vois samedi. Prends soin de toi. JTA. »

« Moi aussi, polaque. »

Antoine retourna dans son lit et se coucha sur le dos en regardant le plafond. Il se sentit honteux de garder l'espoir de trouver un jour Farida assise au café. Dans son cas, le fait qu'elle ait disparu était bien plus douloureux à accepter que sa mort. Bien sûr, il était ridicule de penser qu'après quatre ans, comme si de rien n'était, Farida apparaîtrait au café George V, vêtue de sa burqa noire, les mains sous ses jambes à la recherche de chaleur, prenant un thé avec un macaron. Mais même si la raison disait que c'était impossible, Antoine ne pouvait s'empêcher de penser que ce jour arriverait.

Il avait imaginé mille et une possibilités grâce auxquelles Farida serait en vie. Il l'avait cherchée dans les hôpitaux, dans toutes les bases de données. Il avait demandé de l'aide aux associations de proches de victimes, à la police. Il avait même publié une annonce dans un journal. Il avait fait tout ça parce qu'il lui était impossible de l'enterrer vivante, d'accepter sa perte. Pourtant il n'y avait aucune raison de croire que cette histoire aurait une fin heureuse. Et Antoine le savait. En 2041, la fin heureuse n'était pas le propre d'une bataille urbaine ; en réalité, ça ressemblait plus à une tragédie grecque. Comme Lysistrata, Farida lui avait conseillé d'abandonner la lutte, de préférer l'amour à la guerre. Et Antoine le savait. Alors non seulement il avait imaginé les mille et une façons qui pourraient expliquer que Farida soit en vie quelque part en France, mais il avait aussi pensé aux mille et une façons qui auraient pu expliquer sa mort.

Il avait fait un nombre incalculable de cauchemars dans lesquels elle mourait noyée dans le fleuve avec sa veste en néoprène noir, celle qu'il lui avait offerte. D'autres où la police la capturait et la torturait. Mais elle ne le dénonçait jamais, elle mourait en silence pour le sauver. Une nuit il rêva d'elle en vie, amoureuse d'un autre homme, vivant dans une ville d'Europe et ayant oublié sa promesse de le retrouver dans un café. Et si c'était ce qui s'était produit ? Si elle l'avait oublié ? Il la préférait morte. Il ne se permettait pas d'y penser, il le niait, mais il savait qu'il la préférait morte.

Ce samedi, le premier du mois, Antoine alla en Vespa au café George V retrouver son amie Jolanda. Il s'assit à sa table habituelle et se mit à lire *Tijeras de plata*, d'Hugo Burel, un écrivain uruguayen. Il avait choisi ce livre parce qu'en plus d'être bon, il se passait dans un salon de coiffure et les histoires se développaient au travers des dialogues du coiffeur et de ses clients. Et Antoine ne pouvait cesser de penser aux soirées passées dans le salon de David, avec Nicolas, s'imaginant une vie qu'ils n'auraient jamais.

La semaine précédente, Antoine avait reçu un mail de Nicolas. Il s'était installé à Manhattan et travaillait pour le *New York Times*. Il vivait avec une collègue de la rédaction. « Elle a quelques années de plus que moi », avait-il écrit, et Antoine avait pensé que l'amour était compliqué. Son ami n'avait pas osé demander de nouvelles de Farida.

Antoine reprit la lecture de son livre. Il se doutait de la suite de l'histoire, il imaginait au moins deux développements possibles. Il prit une note avec un crayon dans la marge du livre. Quand il leva le regard, une jeune femme entra dans le café, les cheveux courts, très courts, et pendant un instant il crut voir Farida. Elle était jolie, plus belle encore que dans son souvenir. Mais immédiatement il douta que ce fût elle, il n'avait vu Farida sans sa burqa que quelques fois et il n'était pas sûr de se rappeler son visage.

Il se sentit alors paniquer. Il n'avait encore jamais pensé qu'il pourrait oublier son visage. Mais il la regarda dans les yeux et il fut sûr de la reconnaitre. Il pouvait oublier son visage, mais ses yeux, jamais. Ému, il se leva d'un bond et regarda l'heure. Dix heures pile ! C'était elle ! Il avait reconnu ses yeux. Il ne pouvait pas se tromper. Mais elle paraissait ne pas l'avoir vu et il hésita sur la manière de la surprendre. Prononcer son nom dans son dos, lui mettre la main sur l'épaule, courir vers elle les bras ouverts et la serrer dans ses bras, comme dans une fin heureuse de film hollywoodien ?

Il attendait ce moment depuis des années. Il l'avait souvent imaginé, il en avait rêvé, dans son sommeil ou éveillé. La fille marcha vers Antoine et s'assit à la table à côté, près de la fenêtre. Il s'approcha d'elle et la regarda dans les yeux. Elle lui renvoya son sourire. Tout à coup, il réalisa qu'il s'était trompé et il se sentit honteux tandis que sa gorge se serrait d'angoisse. Il retourna à sa chaise, ferma le livre et appuya sa tête entre ses mains. Il devenait fou.

Antoine garda les yeux fermés quelques instants et sentit les larmes monter. Il leva le regard et la fille était là, assise à la fenêtre, le regard perdu vers un point de l'avenue. Il ne pouvait s'arrêter de la regarder. Le serveur s'approcha et elle passa sa commande d'une voix douce, comme les anges.

Antoine en vint à penser qu'elle n'était qu'une illusion, une hallucination, car si cette fille semblait être une personne réelle, elle pouvait aussi être en train de flotter dans l'au-delà. Assommé, il se leva et marcha vers les toilettes. Dans le miroir, il vit son visage affaissé, ses yeux pleins de larmes, ses paupières irritées. Il se rafraichit avec de l'eau et envoya un message à Jolanda. « Où es-tu ? J'ai besoin de toi, dépêche-toi. »

Il revint à sa table et vit à nouveau la fille, assise sur sa chaise, les deux mains sous les jambes, comme pour chercher la chaleur de son propre corps. Antoine sourit à nouveau, mais hésita un instant. Il se leva et marcha vers elle. Il s'arrêta à un mètre et la regarda une fois de plus. De derrière, le serveur s'approcha et laissa sur la table de la fille une tasse de thé et un macaron. Antoine sourit. Il s'approcha d'elle et la regarda droit dans les yeux.

- Salut - lui dit-il.

Elle le regarda et lui sourit également. Mais elle reporta son regard sur l'avenue sans répondre. Avec beaucoup de douceur, Antoine recula la chaise et s'assit face à elle.

- Farida - chuchota-t-il.

- Nous nous connaissons ? - demanda-t-elle.

- Bien sûr que nous nous connaissons, je suis Antoine.

- Et comment connais-tu mon nom ?

Antoine ne répondit pas. Il resta là, en silence. Farida s'était échappée cette nuit du 17 octobre 2041 dans un canot pneumatique et un drone les avait fait couler. Elle ne connaissait pas elle-même le reste de l'histoire. Elle avait été internée dans une clinique de Tel-Aviv pendant trois ans, récupérant le mouvement de ses jambes et sa mémoire, petit bout par petit bout. Elle avait dû réapprendre à lire et à écrire. La police lui avait expliqué qu'elle s'appelait Farida et qu'elle était l'unique survivante d'une famille de musulmans dans la Zone libre. Quand elle alla mieux et put se débrouiller toute seule, elle retourna à Paris. Et sans pouvoir l'expliquer, un matin de février, un samedi premier du mois, elle sortit de son lit et marcha jusqu'au café George V, à dix heures pile du matin. Et sans savoir pourquoi, elle s'assit à une table près de la fenêtre et attendit. Quand le serveur prit sa commande, toujours sans savoir pourquoi, elle demanda un thé et un macaron. Et quand un jeune homme s'assit à sa table et l'appela par son prénom, sans savoir pourquoi, elle sentit qu'il la connaissait d'avant. Et ça ne la dérangea pas quand il lui prit la main et qu'il regarda son bracelet, elle lui dit alors qu'il appartenait à sa mère et il lui répondit qu'il le savait déjà. Et alors, à cet instant, elle sut pourquoi.

Fin.

Pour Viviana et Cristian.
Parce que toutes les morts sont injustes,
Mais certaines le sont plus que d'autres.

- REMERCIEMENTS -

À mon épouse Brenda, pour avoir toujours été ma première lectrice et ma correctrice infatigable, à Diana Paris, pour son aide avec le premier manuscrit et pour les longues discussions dans les cafés de Buenos Aires et de Nice ; à Marta Rossich, pour son inestimable soutien comme éditrice ; à mon frère Ariel et à mes amis qui se sont chargés de lire le manuscrit en m'aidant de leurs commentaires et corrections, entre autres Laura Losoviz, Fares Nassar, Gabriela Kaufman, Koro Castellano, Patricia Arancibia, Marianne Renouard, Marjorie Gouzee et Marie Pierre Sangouard.

.

- À PROPOS DE L'AUTEUR -

Ezequiel Szafir est né dans la ville de Quilmes, Buenos Aires en 1971. Il a commencé sa carrière professionnelle en tant que journaliste indépendant pour les journaux Clarín et Ámbito Financiero, et a publié des articles dans des magazines locaux et internationaux. Il est également l'auteur du roman historique Marina de Buenos Aires (2004). Il a étudié la littérature à l'Université de Cambridge, est titulaire d'un doctorat en psychologie de l'Université de Tilburg, aux Pays-Bas, et d'un diplôme de la Faculté d'ingénierie de l'Universidad Argentina de la Empresa. En 1996, il s'installe aux États-Unis, où il étudie le commerce à l'ADL School of Management (Boston College) et devient chercheur au Massachusetts Institute of Technology (MIT). Il a vécu en Argentine, aux États-Unis, aux Pays-Bas, au Luxembourg et vit actuellement en Espagne.

CAUTE PUBLISHING
AMSTERDAM